王子様
など
いりません!
女に
で、今世では
贅沢三昧に
過ごします
別所 燈
illust. コユコム

ローザ
ヘレナ

エレン
アレックス
イーサン

お嬢様って最高!

「ここから、あそこまでのドレスをすべてちょうだい！」
「ちょっとお待ちなさい！何かお忘れでは？」

Contents

王子様などいりません!

脇役の金持ち悪女に転生していたので、今世では贅沢三昧に過ごします

別所 燈

illust. コユコム

✦ 馬に蹴られた令嬢

早春の日が窓辺に差し込む昼下がり。

白を基調とした豪奢な部屋の中で、クロイツァー侯爵家の長女ローザは、専属メイドのヘレナから渡された手鏡をのぞき込み、本日何度目かのため息をつく。

キングサイズの天蓋付きのベッドの上で寝ころびながら。

「お嬢様。馬に蹴られて、これだけの傷ですむなんて奇跡ですよ」

相変わらずヘレナは歯に衣着せない物言いをする。

それを聞いたローザの口から、乾いた笑いが零れ落ちた。

「あはは……」


ローザは馬車につながれた馬に蹴られた後、三日間昏睡状態に陥《おちい》った。目が覚めてみれば、額には髪で隠しきれないほどの大きな傷ができていた。もう、これは笑うしかないだろう。

（顔に傷持つ貴族令嬢の私。嫁の貰《もら》い手《て》はないわね）

意識が戻った直後は、父ロベルトも母タニアも兄フィルバートも泣いて喜んで大騒ぎしたが、今は少し落ち着いている。家族はローザが意識不明の間、片時もそばから離れようとしなかったそうだ。

そして、幸か不幸か、ローザは馬に蹴られたその瞬間、走馬灯のように前世の記憶を思い出していたのだった。

ローザは脳内でゆっくりと前世の記憶を整理する。


彼女は二十一世紀の東洋の島国で、社畜として生きていた。

仕事は残業続きで、クライアントの予定によっては休日すらつぶれることももはや日常茶飯事。

会社はブラックで労働基準法も何のその。残業代は当然のようにカットされ、労働に見合う分のお給金がもらえない。

だが、世の中は大不況、転職もままならず、ただ黙々と働いていた。当然、出会いなどなく、結婚もできず。気づけば二十代後半に差し掛かっていた。

中学や高校、大学の友達の中にはちらほら結婚する子もいて、焦《あせ》りを感じる。


そんなストレスフルな毎日を送る彼女の楽しみは風呂《ふろ》だ。

バスタブに入浴剤を入れて、のんびり入るのが唯一の喜びという枯れた生活が続く。やがて風呂に入ることが趣味になり、入浴剤を経《へ》て、動画で見たバスボムにひきつけられ、手作りするようにまでなっていく。

早く帰れる日があれば、好きな香油を選び、百均で買い込んだ材料で作ったバスボムに香り付けして、食紅を使って彩色する。

バスボム作りのいいところはそのまま材料を掃除道具にできるので、節約にもなるのだ。

バスボムの型が欲しいがために、会社帰りに一人、ガチャを回す。後ろで子供が、『あのおばちゃんのやっているガチャガチャやりたい！　まあくんも、ボケもんほしい！』と叫ばれ、思わず青筋を立てて振り返ることもしばしば。そして「まあくん」の母親は同世代でせつない。

（私はボケもんじゃなくて、その殻が欲しいのよ！　殻が！）

前世の彼女は心の中で叫びをあげる。

少しの恥と労力で作ったバスボムは、バスタブでしゅわしゅわと泡立ち、ささくれだった心を癒《い》やす。

前世のローザは、たまの休日に手作りのバスボムを入れた風呂にゆっくり浸かりながら、スマートフォンで小説や漫画を読むことを楽しみにしていた。

特に『幸せはある日突然に〜隠された令嬢ものがたり』という漫画がお気に入りで、夢中になって課金した。物語はまさにシンデレラストーリー、そしてオールカラーの絵が美しい。出てくるのはイケメンばかり。

これほど彼氏のいない社畜の心を潤すものはない。

主人公のエレンは、伯爵家令息デイビス・モローの子であるが、母が庶民のためモロー家に受け入れられず、市井で育つ。生活は貧しく、母と娘は肩を寄せ合って生きていた。また、そのパートが健気《けなげ》で……。前世のローザは、泣きながら風呂で課金した。

そんなある日、エレンは暴漢に襲われそうになる。そこへ颯爽と現れた金髪のアレックスとその従者にエレンは助けられる。だが、彼はエレンの無事を確認すると、名も告げずに去っていく。

やがて時はたち、エレンに転機が訪れる。

デイビスが伯爵位を継ぎ、母子ともに伯爵家に迎え入れられることになったのだ。

束の間、親子三人幸せに暮らしていたが、ほどなくして母は流行り病にかかりあっけなく亡くなってしまう。ショックを受けたデイビスは、自暴自棄になり酒浸りになっていく。モロー伯爵家の財産は切り崩され、没落寸前まで追い込まれる。『この先はいったいどうなってしまうの』『ここまで課金しまくったのに！』と、コメント欄は課金勢の嘆きや憤りで荒れていく。

そんなときエレンは、第三王子アレックスと王宮の舞踏会で再会する。

「君は、あの時の……」

「あなたはあの時、私を救ってくださったお方」

再会した瞬間に運命を感じ、お互いにひかれあい、数々の障害を乗り越えやがて結ばれる。

——というご都合主義なシンデレラストーリーで、いろいろと突っ込みどころは多い。

そして、二人の恋物語の中で第一の障害は、悪役ローザ・クロイツァーの存在だ。彼女はアレックスに恋慕し、エレンとの間を邪魔する侯爵令嬢である。

あろうことかローザはアレックスの弱みを握り、強引《ごういん》に彼と婚約してしまうのだ。そのうえ第三王子であるにもかかわらず優秀なアレックスは王太子となり、エレンとの身分差がさらに広がってしまう。

だがアレックスとローザの挙式半年前に、物語は急展開を迎える。ローザは、それまでの悪行からあらゆる方面に恨みを買っていたので、何者かによって毒を盛られ死んでしまうのだ。

ここで第一章が終了し、第二章が始まる。

王妃とアレックスの母である側室が身分差を理由にエレンとアレックスの仲を反対するのだ。

しかし、やがて周りはエレンの健気さに心を打たれ変わっていく。

一方、クロイツァー侯爵家はその強引な政治手腕から、憎まれ恨まれ没落し、一家離散し、国外逃亡の末路をたどる。

そして大団円の第三章は、二人の結婚式とその後の幸せな様子。

物語の主軸はあくまでもエレンとアレックスのラブロマンス。


――そう、つまりローザ・クロイツァーとは、第一章で毒殺されるモブの悪役令嬢なのだ。


(前世で散々課金したのに！　終わってからのまとめ買いの方が、割引がきくってわかっていながら課金したのに！　絶望しかない。裏切られた気分だわ)

「まさか私が、愛読していた漫画の脇役《わきやく》悪役令嬢になっているだなんて！　毒殺も没落も絶対に嫌！　前世社畜の私が、せっかくお金持ちに生まれたんだから、いっぱいお金を使って、絶対に幸せになってやるんだから！」

ローザは右手に手鏡を握りしめ、ブルブルと震える。

「お嬢様、さっさと寝てくださいませ」

ヘレナが妙に目をぎらつかせたローザに、気の毒だとでもいいたげな視線を送ってくる。

「ヘレナ、私寝過ぎてもう眠たくないのだけれど」

ローザは昏睡から覚めて以降ずっとこうして寝かしつけられている。

「あれは寝ていたのではなく、昏睡状態だっただけです。今のお嬢様には休息が必要です。それに旦那様も奥様も心配されていますよ」

そう彼らは、額に傷を持つ娘を見ても『生きていてよかった。愛しているよ、ローザ』と叫ぶほどの親馬鹿《おやばか》だった。

両親に愛されているって幸せ。ローザの前世がどうだったかは定かではない。なぜなら社畜で過労に倒れ、意識がブラックアウトした記憶までしか残っていないから。

かくしてローザは、問答無用でヘレナに手鏡を取り上げられ、寝かしつけられたのだった。

✦前世の『推し』登場

「お嬢様、閣下が診察にお見えになりました」

ヘレナの声を夢うつつに聞いた。

前世を思い出していたせいか、昨晩は興奮して目がさえていた。明け方ごろから爆睡して、目が覚めたら昼下がり。

ローザは今、閣下ことイーサン・グリフィス公爵に、馬に蹴《け》られた傷の治療をしてもらっている。

目の前のイーサンは超絶美形である。

切れ長な目は紫水晶をはめ込んだかのように美しく、つやつやかつ、さらさらな銀髪をもっている。

漫画内での出番は少なかったが、密かに人気のあったキャラクターで、前世のローザの『最推し』である。とにかく見た目と銀髪がどストライクだったうえに、漫画の中で語られるスペックの高さがすごい。イーサンは王弟であり、国一番の治癒師なのだ。

ちなみに治癒師というのは医師の上位互換で、生まれ付きの才能がないとなれないので数が少ない。この世界では『癒《い》やしのオーラ持ち』と呼ばれている。いわゆる魔法に近いもので、瀕死の重傷でも治してしまう。そんな治癒師は尊敬されていた。

現在二十二歳でアレックスより二つ年上で、血縁的にアレックスの叔父にあたる、イーサンは王位継承権第七位をもち、肥沃なグリフィス公爵領を得て己《おのれ》の高い地位を確立している。

その一方で、アレックスと同じく側室の子であったため、恵まれない幼少期を過ごしている。前王は側室が多く、次期王位をめぐり継承争いが激しかった。優秀なイーサンは幼少期に暗殺されかかった過去を持つ。そのせいかイーサンは、境遇の似たアレックスの味方であり続ける。

彼が陰になり日向になりアレックスを庇う姿から、人に尽くすタイプだと前世のローザは勝手に妄想し陶酔した。

だが今は、そんなイーサンの眩しいばかりの麗しい顔《かんばせ》が目の前にあるにもかかわらず、ローザは考え続けていた。どうすれば自分は助かるのかと。

物語の中では、この馬に蹴られた大きな傷がもとで、ローザはアレックスと婚約することになるのだ。確かローザとクロイツァー家が一丸となって、アレックスに責任を取れとごり押しした気がする。そんな大切なことを、ローザはつい先ほど思い出してしまった。

このままいけばアレックスと婚約し、挙式の半年前に毒殺されてしまう。

（冗談ではないわ！）

悪役令嬢とはいえ、今世は社畜でもなく、財政豊かかつ権力のある名門侯爵家の令嬢に生まれたのだ。ローザとしては貴族令嬢としての生活を謳歌しなければ気が済まない。

（この地位を利用して自分の力で人生を切り開くのよ！　会社のために身を粉にして働くのではなく、自分のためだけに有意義な人生を謳歌するわ。もちろん、お父様のお金を使って！）

だから絶対に毒殺されるわけにはいかないのだ。

悶々とするローザをよそに、イーサンは淡々と問診する。

「膿が出たりはしていないか？　まだ痛みは続いている？」

柔和な表情だが、なんというか、腹の底を測りかねるというか……。

なまじ美形で笑顔がきらきらと輝いて見えるせいか、感情がわかりにくいのだ。

ローザは再び前世の記憶を探る。確か、商談相手にこういうタイプがいた。始終笑顔で誠実な対応をするので、こちらは契約確定だと思っていたのに、とつぜんのちゃぶ台返しを笑顔でする。

顔の造作は違うけれど、イーサンの笑顔は、奴《やつ》の笑顔にそっくりだ。確かローザはそいつにあだ名をつけていた。

（腹黒アルカイックスマイルだ！）

その時、イーサンの探るような視線を感じ、ローザは目を瞬いた。前世を思い出す前ならば、ぼうっと見惚《みほ》れるところだが、今は我知らずその美しい紫の瞳《ひとみ》の奥に殺意を探してしまいそうになる。

（だってこの人、薬の扱いにたけた国一番の治癒師なのよね。毒殺とか証拠も残さず簡単にできそう）

ローザは今世でイーサンに何か嫌がらせをしていないか、必死で記憶を探る。

「クロイツァー嬢、痛み止めはいるかと聞いたのだけれど？　耳は聞こえている？　それとも少し聞こえ方に問題があるのかな？　具合の悪いところがあれば遠慮なく言ってほしい」

感じのいい笑みを浮かべたイーサンにそう問われて、ローザはハッとする。自分の世界に入り込んでいて、前世の『推し』の美声が全く聞こえていなかった。漫画だと声は想像するしかないけれど、イーサンは声まで素敵だ。

「はい、いいえ、万事順調です。ですが、傷はじくじく痛みます。すっごく痛いです！」

「耳は？」

再度聞かれる。

「大丈夫です。なんだか頭を打ってからぼうっとすることが多くなってしまって」

ローザは適当にごまかした。

「吐き気はない?」

そういったことはまったくなく、むしろ前世の貧しい食生活の記憶があるせいか、料理人が作る食事がおいしくてたまらない。

「まったくないですね。傷が痛むくらいです。後は打った腰と腕ですね」

か弱い貴族令嬢が馬に蹴られてこの程度の傷というのは、普通ならありえない。たとえ屈強な男でもたいてい即死する。それなのに骨を折ることなく打撲で済んでいた。

つまりローザは第一章で毒殺される悪役令嬢なので、まだ死ぬ心配はないということだ。

(え? 私って毒殺されるまで不死身なの?)

だが、当然試してみる気にはなれない。今はとりあえず痛みをどうにかして欲しいとローザは思う。

「傷口は順調にふさがってきているけれど、あまり表情を変えないように」

「どうしてですか?」

「そのたびに傷口が開くからだよ」

(やだ。怖い!)

「そうなんですか?」

ローザが怯《おび》えた表情をした瞬間、彼女の額の傷口にぴきりと痛みが走る。

「ほら、そうやって目を見開かない。今はまだ麻酔が効いているからいいけれど、後からもっと痛みがくるよ。傷がしっかりふさがるまで、なるべく無表情で過ごしてくれ」

（マジか！）

驚愕《きょうがく》が顔にでそうになり、ローザはなんとか表情を抑え込もうとする。しかし、これがなかなか難しい。

（まさか、ここから私は無表情でクールな悪役令嬢になっていくの？　っていうかこの顔で無表情とか怖くない？）

ローザはそこはかとなく不安を抱いた。今マイナス状態なので、少しでも周りの好感度を稼ぎたいところだ。

しかし、ローザの強面《こわおもて》で無表情とか脅威でしかなかった。それこそ毒殺一直線だ。

「そんな……私、微笑むことができないと困るんです！」

ローザが表情を動かさずに、わりと必死に訴えた。

「は？」

イーサンが、わけがわからないという顔をする。一瞬だけ彼の素の顔が垣間見えた気がした。

「だって、無表情だと怖いじゃないですか」

無表情のままイーサンに顔を向けると、彼は突然噴き出した。

ローザは思わず「おい！」と突っ込みをいれそうになるが、再び額が痛んだので止めた。

「大丈夫。たいして変わらないから。それよりも傷が開かないように気を付けてくれ」

彼は大爆笑していたくせに咳《せき》ばらいを一つすると、何事もなかったかのようにすまし顔をしている。

「……はい？」

（大丈夫って、何が？　たいして変わらないって、何のこと？）

ローザが顔に特大の疑問符を浮かべると、額にずきりと痛みが走る。

「ほら、そうやって眉間にしわを寄せない。それとクロイツァー卿から、傷痕が残らないように治療して欲しいと言われているから、私はしばらく通うことになるよ。君も極端に表情を変えたりしないように」

そう釘を刺すと彼は治療用の手袋を外し、革の大きなカバンに薬品をしまいこみ始めた。どうやら今日の診療は終了したようだ。

「こんなに大きな傷痕が消えるんですか？」

ローザは甚だ疑問である。

「私の腕にかけて消してみせよう」

イーサンは患者を安心させるような笑みを浮かべる。

（これは治癒師の営業用スマイル的なものなのかしら？）

そこでローザはふと思う。イーサンは作中でアレックスをとてもかわいがっていた。だから、この傷を盾にローザが彼に結婚を迫ることを警戒しているのかもしれない。しかし、残念なことに常に感じのよい微笑みという仮面をかぶっているイーサンからは、全く感情が読み取れなかった。

ローザはベッドの上で、手鏡で傷痕を確認しながら、イーサンに尋ねる。

「とりあえず、傷がふさがって痛みがなくなって、化粧で隠せれば十分なんですけれどね」

「そうはいかない。ああ、それから怒るのも厳禁だよ。頭に血が上るっていうだろう？　君の傷は額にあるから、気を付けてくれ」

イーサンは笑みを崩さない。眩いばかりの美貌の持ち主なので、彼の笑顔に魅入られつつも、ローザの背筋はぞくりとした。

(なんだろう。閣下の笑顔は見惚れるほど綺麗《きれい》なのに、ものすごく黒いものを感じるわ。いつも同じ笑みって、感じがいいようでいて不気味。仮面をかぶっているのと一緒よね?)

ローザの頭の中に警戒警報が鳴り響き、彼女の『推し』のイーサンが『腹黒』キャラだったことを思い出す。


漫画内で、ローザが毒を飲んだ時、イーサンが駆けつけてきて治療したが、ほぼ即死で助からなかったのだ。

それを思い出した瞬間、ローザの中でイーサン・グリフィスは「容疑者その1」となった。なんと言っても、彼は国一番の治癒師なのだ。人知れず毒を盛るなど、お手のものだろう。

ローザはそら恐ろしくなった。

「ああ、クロイツァー嬢。今度は難しい顔をしているね。何を考えているのかわからないけれど、また表情が動いているから気を付けてくれ。では、明日、診察に来るよ。今日は初めて君と意思の疎通ができてよかった」

妄想にふけるローザにそんな言葉を残して、イーサンはさわやかな笑顔で去っていく。

表情を変えるなと言われているローザは無表情で、帰るイーサンに小さく手を振った。

ぶっちゃけ、そこらへんの医者よりもイーサンは、ずっと感じがよいとローザは思う。ローザは

『推し』に治療されるという僥倖と、前世の記憶を思い出したせいで感情が激しく揺れ動く。

（早く傷を治したいわ。治癒師がアレックス殿下の最大の味方なんて怖過ぎる！　それともこれから頑張って好感度を上げていく？）

表情筋を動かすなと言われているローザは、無表情でヘレナが持ってきてくれた粥をすくいながら前世の記憶にある漫画のストーリーを思い出す。

納得できないことが一つあった。

（確かローザの設定って狡猾な悪女よね？　これからヒロインにやることは、陰湿で巧妙ないじめだし。それなのに、頭がお花畑ってどうよ？　脇役《わきやく》だからってキャラぶれがひどいわね）

ローザは第一章の脇役の悪役だから、とにかく皆に嫌われていたということが『これでもか』というほど強調されていたのは覚えている。

だが、詳しく何をやっていたかは思い出せない。いや、描かれていなかったのか。

結局漫画の焦点はヒロインとヒーローが身分差を乗り越えるロマンスにあった。

（第一章で退場の悪役令嬢モブだからって、扱いが雑過ぎるわ）

脇役だから、ヒロインとの絡《から》み以外はほとんど出番がないのだ。

今まで侯爵令嬢という地位を利用して、王宮で仕事中のアレックスの元へ先ぶれもなしに突撃していた。ローザは目まぐるしく、自分の将来について思考を巡らせる。

「うーん、これは、もうすでに相当周りに嫌われているってやつかしらね。ならば、皆の好感度を上げるより先に、毒殺犯を見つけたほうが早くない？」

数字の上ではマイナスとマイナスを掛け合わせるとプラスになるが、現実世界ではマイナスは常に加算されていく。

一度嫌われた人間が周りの好感度を上げるのは、かなりむずゲーだと前世の自分が告げている。

「お嬢様、どうかされたのですか？」

ヘレナが訝しそうにローザの独り言に反応する。

「ねえ、ヘレナ。私、アレックス殿下の婚約者になること、あきらめようと思うの」

ローザは今までの行動をあらため、自分を疎ましく思っているアレックスの婚約者には絶対にならないと決意表明をした。

「それは本当でございますか！　あれほど追い回していらっしゃったのに！」

ヘレナが大きく目を見開いて叫ぶ。このメイドの口の利《き》き方はどうにかならないものだろうかと思いながら、ローザはじくじくと痛む額に手を当てる。

「だって、恨まれたくないもの」

ぼそりと本音を吐き出した。

「今までそんなこと、まったく気にもなさらなかったではないですか！」

ヘレナが衝撃を受けたようにわなないている。

彼女のその反応で、いかに今までの自分がアレックスにしつこく付きまとっていたか想像がつく。

そういえば、何かしら用事を作っては、せっせと王宮に通ってアレックスの姿を探していた気がする。前世でいえば、ストーカー。いや、財力と権力がある分それ以上にたちが悪いと言えよう。

そしてローザは狡猾で陰湿な悪役令嬢という役どころだ。

悪役令嬢だけあって、さすがに見た目だけはよかった。金髪碧眼でスタイル抜群の美人なのだが、見た目以外が性格も含めてすべて残念過ぎる。

ふとへこみそうになるが、ここで負ければローザが父のお金を使って贅沢三昧の生活を送るという夢は潰えてしまう。

今までも十分贅沢をしてきたが、どちらかというとアレックスをストーキングしていた時間と、取り巻きと楽しくお茶を飲んでいた時間の方が長かった気がする。

基本ローザは人から持ち上げられたり、ほめられたりすることが大好きなのだ。

（私、どれだけおめでたい悪役なのよ。狡猾というより、馬鹿《ばか》なの？　絶対、馬鹿でしょ？）

過去を思い出しげんなりする。

「ヘレナ、これからの私は違うわ。変わるのよ」

毒殺されない未来のためにローザは固く誓った。

「はい、閣下を前にしても、お静かでしたものね」

ヘレナが感心したように頷く。

そこで、ローザはハッとする。

馬に蹴られる前は、イーサンにも秋波を送っていたことを思い出した。

（ああ、なんて恐ろしいの。私ったらとんでもない女だったのね！　世の中のすべての男は、皆自分のことが好きだと思いこむだなんて！　そりゃ、確かに美女だけれど。かわいさのかけらもないし、きつい顔立ちだし、悪役令嬢だし、モテないのは必然）

ローザは頭痛と共に、よみがえった今世での己の数々の黒歴史にベッドの上で身もだえする。

「ああ！　どうすればいいの、私！　ただの当て馬なのに調子にのって。恥ずかしくて外も歩けないわ！」

バンバンと枕《まくら》をたたいているとヘレナが慌ててローザを止める。

「ええ？　お嬢様、いったい、どうなさってしまったのですか！」

前世の記憶が戻るまで、アレックスに疎まれているなど、これっぽっちも気づいていなかった。

だが、今ならばはっきりとわかる。

そして漫画の中では、アレックスはすでにエレンと出会っていて、二人はひかれあっているのだ。

（私はアレックス殿下から嫌われていた。ついでに推しのイーサン様からもさりげなく避けられていた気がする）

ローザは特にアレックスから、ちょいちょい冷めた視線を送られていたのを思い出す。

「つらいのよ。ヘレナ。つら過ぎるわ。どうして今世の私ったら、気がつかなかったの？」

ヘレナはすっかり情緒不安定になり、わけのわからないことを言いだすローザをどうにかなだめすかした。

閑話　クロイツァー家の使用人たち

ローザが毒殺を避けるために行動を改めることを固く決意する一方で、クロイツァー家の使用人たちは、彼女の変貌ぶりに恐れおののいていた。

「いったい、お嬢様はどうなさったのでしょう？　朝食をお持ちしましたら、『ありがとう』とおっしゃられたんですよ。それに『野菜は嫌いなの』とか、わがままも言いませんし」

新人メイドが目を丸くして、ローザ専属のヘレナにわざわざ報告にくる。ちなみに今は昼休みで、ほかのメイドと交代で食事をしていた。

「私もシーツの交換に行ったら、『ご苦労様です。いつもありがとう』って言われたんです！」

下働きのメイドまでも、驚愕《きょうがく》している。

「もしかして、馬に蹴《け》られて性格が変わられたのでは？　私にも挨拶《あいさつ》されるんですよ」

従者までそんなことを言い出す始末。

使用人用の食堂は今、『わがままお嬢様』ローザ変貌の話題でもちきりだった。

「さあ、お嬢様のお考えはわかりませんわ」

ヘレナはなんでもないことのように答えたが、内心ではかなり混乱している。

実はローザの専属メイドはヘレナに落ち着くまでに、何人も替わっているのだ。わがままに耐えきれなくなり、去って行った者も多い。

そして、強靭な精神力を持ち、はっきりものを申すヘレナが、わがままお嬢様の専属メイドの最長記録を更新中だった。

急に親切になったローザを不気味に思う者が多く、頭を打ったせいで情緒不安定になったのではないかと使用人たちの間ではささやかれるようになっていた。

ヘレナも情緒不安定説を唱える一人だ。


そして、いつしかそれは祈りに変わる。

「ああ、お嬢様にこのままでいてほしい」

「多少変でも、あれはあれでいいよね？」

などと使用人たちは、今日も食堂で好き勝手にローザの話題で盛り上がる。

性格が尖《とが》っていても、柔らかくなっても、とかく話題に事欠かない人だとヘレナは思った。

✦悪役で脇役の当て馬でした

前世を思い出してからというもの、とかく記憶が混乱しがちなので、ローザはベッドに横になり、今世での出来事も含めて記憶をすり合わせ整理することにした。

そもそもこの怪我《けが》の発端はローザにあった。彼女がアレックスを強引《ごういん》に観劇に誘ったのだ。

アレックスは、政治的な発言権を持つ有力貴族の娘ローザのしつこい誘いを断り切れず、渋々観劇に行くことになった。事件はその帰りに起きている。迎えに来た王家の馬車につながれていた一頭の馬が急に暴《あば》れ出《だ》し、ローザは蹴《け》られて倒れてしまう。

ここまでが今世で起きた事実。


その後、漫画の展開では、意識を取り戻したローザが毎日のようにアレックスを呼びつけ、痛みを訴え、家の権力を笠に着て責任を取れとせまるのだ。

立場上、強く断れないアレックスは結局婚約者にならざるを得なかった。さらにアレックスは側室の子で、強い後ろ盾に恵まれていなかったので、実母の強い勧めもありローザと婚約することになる。

漫画の通りローザがアレックスと婚約すると、クロイツァー家の強引な後押しで彼は王太子になる。ますますローザは増長し、各方面に恨みを買うことになる。

茶会や夜会に取り巻きを連れて繰り出しては、わがままを言い、まるで王太子妃にでもなったかのように傍若無人に振る舞い始めるのだ。やがて周りから王太子妃にふさわしくないとされ、結婚式の半年前に何者かによって毒殺されてしまう。

だが、今のローザは漫画の中の犯人については何も覚えていない。そもそも犯人が描かれていたのかいなかったのか、それすら定かではなかった。

ローザは遠い目で、今世での夜会や茶会を回想する。

彼女はいつでも人の中心にいた。取り巻きの貴族令嬢の中でも一番仲良くしていたのは、エマにポピー、ライラだ。彼女たちはローザの言うことに、皆イエスとしか言わない。

ローザは気に入らないことがあるとすぐにかっとなり、叱責する。特にかわいらしい令嬢に対してあたりがきつかった。

「なんて狭量な……」

ローザが過去を思い出し、懊悩する横で、いつの間にかまた部屋に戻ってきていたヘレナがあきれたような視線を送ってくる。

「お嬢様、最近意味不明な独り言が多いです。誰《だれ》が聞いているかもわかりませんので、お気を付けくださいませ」

「そ、そうよね。貴族令嬢たるもの、弱みを見せてはいけないわね」

ローザはヘレナの言葉に素直に頷《うなず》いた。

最近、ヘレナから向けられる憐みの視線が痛い。以前は、はっきりとものを言うヘレナとローザのあいだには、常に緊迫感や軋轢《あつれき》があったような気がする。それが今ではすっかり、弛緩しきっていた。

部屋には穏やかで平和な空気が流れている。

しかし、こうして前世を思い出してみると、以前はかわいげがないと思っていたヘレナが、仕事ができる女性の典型だと気づく。彼女は紛れもなく、メイドのプロフェッショナルだ。嫌なことがあっても顔に出すことはない。基本無表情で、やたら愛嬌を振りまかないところも信用できる。世が世なら出世していたことだろう。

つくづく身分社会は気の毒である。

その後、疲れたローザは爆睡した。ここら辺の神経の図太さは漫画の中のローザそのものだ。前世の彼女はもう少し、神経が細かった気がする。

◇

その日も定刻通りイーサンがやってきた。

ローザはなるべく言葉少なに、余計なことを言ってしまわないように気を引きしめる。

(優秀な治癒師に殺されるとか、怖過ぎない？　証拠すら残さないわよね？)

前世の『推し』であるはずのイーサンに、ローザは恐れおののいていた。

つややかな銀糸の髪と整った面立ちには品があり、口角がきゅっと上がり常に微笑んでいるかのように見える。眼福ではあるが、腹黒キャラだったことを思い出した今では、その美しい微笑みが怖い。

彼の完璧《かんぺき》な顔面は彫像のように均整が取れ、背も高く、足も長い。イーサンは、容姿にも態度にも一切《いっさい》隙が無く、どうしたらこのような人が出来上がるか不思議になる。

そしてローザが話さなければ、彼も治療に関して以外は余計なことを話さないので、静かに時が過ぎていく。

優秀な彼はほぼ王室付きの治癒師のようになっているので、ロベルトが権力にものを言わせて無理やりローザの治療をやらせているのだろうかと嫌な予感がした。ベッドから起き上がれるようになったら、今度はそこら辺をロベルトに確認しようと心にメモをする。

ローザがイーサンの治療中にあれやこれやと考えていると、部屋にノックの音が響いた。

何事かと思い、ローザが返事をすると入って来たのは執事だ。治療中に入ってくるとはよほど急用なのだろう。

「お嬢様、アレックス殿下がお見えです」

「は？　私は殿下をお呼びしていませんが、どうしていらっしゃったのでしょう？」

まだ呼んでもいないのに来るとは思っていなかった。首を傾げたいところだが、治療中なのであきらめた。

「アレックスは、君の額の傷に責任を感じているのかもしれないね」

さらりと、なんでもないことのように、ひっかかりのあることをイーサンが言う。

「いいえ、この傷は殿下のせいではありません！」

ローザはきっぱりとイーサンに告げた。ここはしっかりアピールしておかなくてはならない。でなければ、ローザはいずれ何者かの手によって殺されてしまうのだ。

だが、常識的に考えたら、アレックスも見舞いにくらい来るだろう。それとも親馬鹿《おやばか》なロベルトがアレックスに見舞いに来るように圧力をかけたのだろうか。

ローザは胸騒《むなさわ》ぎを覚え、ここは断る一択だと判断した。

「今日はまだお会いできるような状態ではないので、お父様に言ってお断りを入れてくれる？」

「いや、あの、それが」

執事が困ったような表情を浮かべると同時に、バタンと扉が大きく開かれる。

悄然とした様子のアレックスが立っていた。

（いやいや、ちょっと待ってよ。なんで部屋の前まで来ているの？　私はベッドに座ったままなのよ？　まだ立てないんだから）

座っているとはいっても後ろにクッションを入れてやっと座れる状態だ。

ショールは羽織っているものの寝巻き姿で、ローザとしてはこのような姿を見られたくはなかった。だが、『推し』にはもっとみじめな姿を見られているし、もう手遅れだし、己《おのれ》の将来を知った今はどうでもいいかとも思う。

「すまなかったね。ローザ嬢、僕がいながら君にこれほどの怪我を負わせてしまうとは」

許可もなく、勝手に部屋に入り、ローザのベッドへとすたすたと歩いてくる。アレックスの薄い水色の瞳《ひとみ》には憂いがあり、彼は心底申し訳なさそうに謝った。

イーサンは片方の眉《まゆ》をひょいとあげたきり、何の反応もみせない。いつもの微笑みをはり付けたままだ。

（ああ、この展開はやばいかも）

ローザは本能的に危機を察知した。

「いいえ、たいしたことないですよ？」

たいしたことはあるのだが、急過ぎて気の利《き》いた言葉がでなかった。

一生残るような大した怪我なのだが、早くお引き取り願いたいので、ローザはなるべく愛想よく振る舞おうとした。だが、いかんせん傷が痛む。

つい、傷を押さえてうつむいてしまった。

(最高に痛いわ！　傷が！　傷が！　ぱっくり開く！)

「だから、笑わないようにと言ったじゃないか。また傷が開いてしまうよ」

イーサンが、ポンポンと消毒薬を傷口に塗る。

「ひょえ！」

あまりの痛みにローザの口からおかしな声が漏《も》れた。

「ほら、クロイツァー嬢、痛み止めを処方しておくから。それからアレックス、まだ怪我の状態がよくないから、彼女の見舞いは控えたほうがいい」

前半はローザに、後半はアレックスに向かってイーサンが言った。

「いや、しかし、ローザ嬢は僕のせいで」

「違います。全然違います。私はたまたま運が悪かっただけでございます」

ローザは食い気味に答える。

無表情で必死に同じ言葉を繰り返すので、かなり怖い顔になっていることだろう。

「あのグリフィス閣下。初めのころより、ずっと痛むのですがなぜでしょう？」

ローザは表情も首も動かさず、目だけをぎろりと動かしイーサンに尋ねる。顔を向けると傷が痛むので、いたしかたない。

「それは君が元気になってきた証拠だ。最初は昏睡状態にあったたし、その後は麻酔で痛みを抑えていた。今は痛みがあれば、痛み止めを飲む形にしている。麻酔はそれなりに副作用があるからね。長くは使えない。表情を変えないように、くれぐれも注意してくれ」

思わず『私のせいじゃないから！』と言いそうになって、言葉を飲み込んだ。

「はい、もう二度と表情筋を動かしません。ということで殿下、申し訳ないのですが今日のところは、どうか……。私は化粧もしていないし、このようなみっともない姿を見られるのは嫌なので」

（さっさと帰ってください）

ローザは手っ取り早く、乙女心に訴えることにした。しかし、今の彼女には乙女心など微塵も残っていなかった。

（とにかく毒殺されたくないのよ！）

彼女の脳内には生存率という言葉が渦巻いていて、『推し』に媚びを売ったり、アレックスと話したりという余裕はないのだ。

そのうえ、漫画ではこのころのアレックスはとっくにエレンと出会っていて、愛を育んでいるはず。

前世を思い出したローザに彼に対する未練はなかった。なぜなら、ローザは皆がうらやましがるような相手と結婚したかっただけなのだと気がついたからだ。

（ほかの女にうつつを抜かしているような相手はいらないのよ！）

確かに金髪の王子様然《ぜん》としたアレックスの顔は美しいが、なんというか、つい最近まであれほど光り輝いて見えた彼が、今日は薄っぺらく感じる。それがどうしてなのか、ローザにはわからない。

そして、漫画の中で彼はこの時点ですでにローザを苦手としていたはず。

「傷は残りそうなのか？」

気づかわしげな様子で、アレックスがローザに尋ねてくる。叔父の忠告も耳に入らないのか、かなり焦《あせ》った様子で近づいて来た。ロベルトが、アレックスに大袈裟に伝えたのだろう。ロベルトは親馬鹿なのでローザの恋を応援している。早急にローザの口から、訂正せねばなるまい。

心変わりしたから第三王子はいらないと伝えておこう。

「まったくもって、問題ございませんわ」

ローザは無表情を崩さずきっぱりと言った。

「本人も問題ないと言っているだろう、アレックス」

イーサンが柔らかい口調でアレックスをなだめる。ローザは横でそれを聞きながら、心の中で深く頷く。

（どうか、閣下が殿下を説得してくれますように）

ローザは祈るような気持ちだ。

「では、叔父上、ローザ嬢の額の傷は絶対に残らないのですか？」

なおも心配そうにアレックスが言い募る。彼は現時点では、本当にローザの傷を心配しているように見える。

「今のところ、なんとも言えないが、私の腕を信じろ」

イーサンの言葉を聞いたアレックスが、ローザに一歩近寄る。

「ローザ嬢、もしも傷が残るような事態になったら、僕は責任を取って君を娶ろうと思う」

「はい？　なんですって？」

ローザはまだ彼に結婚を迫っていないし、責任を取れとも言っていないので、アレックスの申し出にびっくりした。

うっかり叫んだせいで、じくりと傷が痛む。

「ひっ」

ローザが情けない声を上げる。

「クロイツァー嬢、今日のところはアレックスを連れて失礼するよ。痛み止めはここに置いておくから。ではまた明日」

「しかし、叔父上」

アレックスが不安そうに瞳を揺らす。

「アレックス、怪我人をむやみに刺激してはいけないよ。そうじゃなくてもクロイツァー嬢は表情筋を動かせない状態なのだから。あれは決して怒っているわけではないから、安心して大丈夫だ」

イーサンは柔和な笑顔のままで、アレックスの首根っこをひっつかむようにして部屋を後にした。


「気のせいかしら。ところどころとっても失礼な発言があったような気がするのだけれど」

二人が出て行ったしんとした室内で、ローザが表情を崩さずボソリと呟く。

「お嬢様、いったいどうなさったのですか？　あれほど、殿下がお好きでしたのに」

今まで空気と化していた優秀なメイドのヘレナが、心底不思議そうに口を開く。

「ヘレナ、私ね。アレックス殿下に会った瞬間に、真実の愛に目覚めたと思っていたの。でも今思うと顔が綺麗《きれい》で優秀な王子様に恋をしていただけだと気づいたのよ。つまり恋に恋する乙女とでもいうのかしら」

ローザは無表情を保っている。

「恋に、恋する乙女ですか？」

ヘレナは、いまひとつピンとこないという顔で首を傾げる。

正直過ぎるメイドだ。

「つまり、平たく言うと殿下の婚約者になることで、己の承認欲求を満たそうとしていたのよ」

「なるほど！　それならば納得です」

結構、失礼なメイドであるが、今のローザはそんな彼女が嫌いじゃない。

「ヘレナ、あなた今までメイドの仕事を首になったことあるでしょ」

「はい、二件ほど首になりました」

ヘレナがあっさりと認めた。

「え？　二件も？　それなのに、なんであなたはうちで採用になったの？」

「旦那様が、私の優秀さと鋼の神経を気に入ってくださったのです」

「なるほどね」

合理的な父らしい。そういう意味では、ヘレナは逸材である。

今のローザからしてみれば、本音をそのまま口にしてくれるヘレナはありがたい存在だ。ローザの周りにはイエスマンしかいない。ヘレナがいれば、毒殺フラグも折れるかもしれないとローザは期待した。

✦クロイツァー嬢の異変

イーサンは、いきなりとんでもないことを口走るアレックスを、ローザの部屋から引きずり出すと、クロイツァー家の使用人の目を避けて廊下の隅に移動する。

「アレックス、いったいどうしたんだ？　クロイツァー嬢のことを『やり方が強引《ごういん》過ぎる』と言って嫌がっていなかったか？」

急に心変わりしたアレックスに、イーサンが尋ねる。

「叔父上、もはやそういう問題ではありません。彼女をエスコートしていたのは僕なんです」

苦悩に満ちた表情で、アレックスがイーサンに訴える。

「クロイツァー卿から何か言われたのか？」

イーサンが軽く柳眉を寄せる。

「ローザ嬢がどこにも嫁にいけないほどの傷を負ったと聞きました」

アレックスは落ち込んだ様子だ。

「そうなのか？　卿は、私には娘の顔に傷痕を残さないように治療して欲しいと頼んでいただけだぞ。もちろん治すと請け合った」

イーサンが軽く首を傾げる。

「今、見ましたが、とても大きな傷ではないですか！　額にあのような大きな傷のある令嬢など皆嫌がると思います。ここは私が責任を取らなくてはならないのではと考えています」

思いつめた様子でアレックスが答える。

「心配ないのではないか？　クロイツァー家のご令嬢ならば、いくらでも貰《もら》い手《て》はあるだろう。この家には権力もあり財産も有り余っているのだから、彼女はある程度好きな男性を選ぶことができる。お前が心配することではない」

イーサンのきっぱりとした言葉にアレックスは首を振る。

「そうおっしゃられても」

そんなアレックスを見て、イーサンはため息をつく。

「お前は少し真面目《まじめ》過ぎるのではないか。もう少し肩の力を抜いたらどうだ」

「そんなことはありません。それより叔父上、少しローザ嬢の様子がおかしくありませんでしたか？」

アレックスが表情を曇らせる。

「元からあのような感じではなかったか？　確かにお前を見てもいつものように目の色を変えなかったが……。頭を強打したことにより、記憶が混乱しているのだろう」

「それならば、今は責任を取らなくてもいいと言っていますが、後から前言を撤回するかもしれません」

気に病んでいる様子のアレックスに、イーサンが労わるような笑みを向ける。

「お前も気苦労が絶えないな。王宮でも大変なのだろう？　とりあえず、ここは焦《あせ》らずクロイツァー嬢の出方を待ってみてはどうだろう？」

「僕は、てっきり彼女の方から、責任を取ってくれと言われるかと思っていました」

アレックスの言う通り、イーサンもローザの態度は腑《ふ》に落ちないところがある。ローザが王宮でアレックスにたびたび言い寄っていた姿を実際に目にすることもあったし、『浪費家』だの『わがまま』だのと悪い噂も流れてきていたからだ。

「人生は長いんだ。将来の伴侶を慌てて簡単に決めるものではないよ。今日はひとまず帰ろう」

イーサンはアレックスの背を押し、城に戻るように促した。

◇

その頃、ローザは本日のイーサンの治療が終わったので、部屋でくつろいでいた。大きく切り取られた窓から、柔らかな風が吹き込んできて、レースのカーテンを揺らす。

「お嬢様、お茶をお持ちしました」

ヘレナが軽食と紅茶ののったワゴンを押して部屋に入って来た。ちょうど喉《のど》が渇いていた。

相変わらずヘレナは仕事ができる。前世の日本でなら、出世コースに乗っていたことだろう。

「お嬢様。殿下のプロポーズを断ってしまってよかったのですか?」

まだヘレナはそのことが不思議なようで、直球で尋ねてくる。ローザがかなりアレックスに執着していたから、納得できないのだろう。

「ああ、あれね。いいのよ。責任取って結婚するだなんて。たいていそんな結婚はろくなことにならないから」

あっさりと答えるローザに、ヘレナはぎょっとした表情を浮かべる。

「あの……、お嬢様は今おいくつでしたっけ？」

「ふっ、私は十七歳よ。いやあねえ、主人の年齢も忘れたの」

ローザは改めて、自分の若さを噛みしめた。

(若いって素晴らしいわ！　お肌もつやつやだし。クマもないわ)

自分の白魚のような手を撫でうっとりとする。

「いえ、私のご主人様はお嬢様ではなく、旦那様なので」

きっぱりと言うヘレナにローザは遠い目をした。

「はあ。あなた、そんなんじゃあ、出世できないわよ」

ローザの言葉にヘレナが首を傾げる。なぜなら、メイドにあるのは先輩と後輩だけだからだ。せいぜい古株になるくらいだろう。

「私は元気で働ければそれでいいのです」

ローザは彼女の言葉に頷《うなず》いた。

「そうよね。人間健康が一番。命あっての物種よね」

「お嬢様は最近お変わりになりましたね。時おりひどくお年を召したようなことをおっしゃいます」

なにげに失礼なことを言うメイドである。

「そりゃあ、一度死にかけたからね。なんにせよ、これからも末永くよろしく。私、お嫁に行かないかもしれないから」

「え？　お嬢様、それは問題では？」

ぎょっとしたようにヘレナが問う。

最初は表情の乏しいメイドだったのに、ここのところ表情が豊かになってきた。ずいぶんとローザと打ち解けてきたようだ。

「問題ないわ。私、気づいちゃったのよ、殿方にモテないって。結局、私に近付いてくる殿方は皆財産目当てなのよね。そんな奴《やつ》らと下手に結婚して、財産を奪われた挙げ句、用済みとばかりに毒殺でもされたらたまったものではないわ」

ローザはヘレナの淹れる熱い紅茶に口をつける。

そんなローザの変貌ぶりにヘレナは言葉もなく、目をぱちくりとした。

怪我《けが》のせいでやることもなく、ローザが暇を持てあましているところへ、再びイーサンが診察に訪れた。

最初のころは毎日のように来ていたが、最近では三日おきになっている。

いつものように穏やかで静かな空気の中で治療を終えると、珍しくイーサンが治療以外のことで口を開いた。

「君はなぜ、アレックスからの結婚の申し込みを断ったのだ？」

よほどそのことが疑問だったのだろう。彼が私的なことを口にしたのはこれが初めてだ。

「同情されて結婚を申し込まれるなんて、嫌ですから」

本当は毒殺されたくないだけだが、ローザは今までのイメージを壊さないように気取った調子で答える。

「なるほど」

イーサンは納得したのかしないのか、いつもの感情のうかがえない緩やかな笑みを浮かべていた。

よくよく見るとイーサンは涼しげな目元をしているので、微笑んでいないと顔が整い過ぎていて怖いかもしれない。

「公爵閣下が私をどのように思われているかは存じませんが、私は傷を逆手にとって結婚を迫るような卑怯《ひきょう》な真似は致しませんわ」

ローザが傷にできる限り障らないようにきりりと顔を引き締めて答えると、イーサンが感心したように片眉《まゆ》を上げる。

「それは、よい考えだ。君はプライドの高いご令嬢なんだね」

イーサンが同意してくれたことに気をよくして、ローザはさらに続ける。

「殿方というものは、こちらが必死で追いかけると逃げ出すようです。それに結婚しなければ幸せになれない、ということはないと最近気づきました」

ローザは前世での持論を語る。社畜女子ではあったが、ロマンス小説に漫画、それに風呂《ふろ》さえあれば幸せだった。

実際、友人が結婚した時には焦《あせ》りを感じたが、お金さえあれば生活に困ることもないし、将来の心配もしなくていい。今世はそのお金が有り余るほどある。

（私の人生バラ色！　果たして夫は必要かしら？）

ローザがアレックスの婚約者になりたがったのは愛からというより、王族というブランドが欲しかっただけなのかもしれないと今では思っている。前世を思い出したからだとしても、驚くほどあっさりと気持ちがさめてしまった。

「それは貴族令嬢らしからぬご意見だね」

イーサンが意外そうな顔をする。

「ふふふ、そんなことはないですわ。どのご令嬢も己《おのれ》のおかれている現状に気づけば考えが変わるかもしれません」

彼は三食昼寝付きの豊かで幸せな令嬢生活を知らないのだろう。思えば、この世界の殿方は気の毒である。高位貴族には、贅沢で優雅な生活を送る者たちがいる一方で、立場上イーサンみたいに馬車馬のように働いている者もいるのだ。

そして、お金が大好きなロベルトも同じく嬉々として働いていた。ロベルトの場合、金儲けは趣味と実益を兼ねている。金持ちなのに、金を稼ぎ続ける。これでは、各方面に家族そろって恨まれても仕方がないのかもしれない。

だが、イーサンの場合は国一番の治癒師ということから、お役目から逃れられないのだろう。いずれにしてもローザは、夫にしてもいいと思える愛しい相手が見つからなければ領地の別荘に引っ込み、そこでニート生活を満喫する予定だ。

幸いこの家には優秀な嫡男フィルバートがいるし、毒殺と没落さえなければローザの人生は安泰である。

つまり、父が失脚しなければ一生働かなくて済む。望めばいくらでも贅沢ができるほどの財産がこの家にはあるのだ。

(そうよ。今世では人に使われて、心身をすり減らす人生なんておさらばだわ。それから、お父様に失脚されたら困るわね。その対策も考えねばならないわ)

そこまで考えてローザは不敵な笑みを浮かべる。

最近傷がふさがったお陰で、ほんのりと笑えるようになっていたのだ。

前世の記憶を思い出した彼女は、今世での固定観念を軽く打ち破っていた。

◇

怠惰な療養生活が始まり、ひと月が過ぎた。

その間アレックスから毎日のように見舞いの花が届き、断りを入れているにもかかわらずあれから二度ほど短時間だが見舞いにやって来た。

そしてイーサンは律儀に三日ごとに往診に訪れる。彼は仕事に誠実な人のようだ。

「閣下、傷はもうほとんど痛まないので、三日ごとにいらっしゃらなくても大丈夫ですよ」

だいぶ痛みが取れてきたローザは、病人生活に飽き飽きしていた。治療は染みるし、早く外出許可が欲しい。

「このままでは傷が大きく残ってしまう」

イーサンは軽く笑みを浮かべ、淡々と答える。

精巧な彫像のように整った顔立ちに涼やかな目元、微笑んでいなかったら近寄りがたい雰囲気だ。きっと治癒師という職業柄この柔らかな表情が身についたのだと、ローザは勝手に解釈していた。

「閣下も大変ですね。営業用スマイルって身についてしまうものですから」

前世の自分を思い出しながら、ローザはついうっかり口を滑らせる。

「ん？　営業用スマイル？　君は何を言っているのかな？」

微笑みながら首を傾げる姿がなんとなく怖い。機嫌を損ねたのだろうか。ローザはなんとかフォローしようと頭を働かせる。

「いえいえ、閣下は王室専属の方なので、父に無理やり頼まれたのではないかと思いまして」

「違うよ。私が志願したんだ」

「え？」

「君をエスコートしていたのは甥だからね。もちろん、アレックスのせいだとは思っていない」

意外な返答にローザはびっくりした。

「確かに馬が勝手に暴《あば》れたわけですし、別に殿下のせいではありませんよ」

ここぞとばかりにローザは力強く同意する。

「あれは責任感が強いんだ」

イーサンの言葉に頷《うなず》きつつも、ローザは心の中で思った。

（嫌だわ。その結果私、毒殺されるんですけれど？）

「気になさらなくてもいいのに。巷ではいろいろ言う方々はいますが、別に殿下が責任を取らなくても、クロイツァー家と関係を結びたい方はいっぱいいらっしゃいますから」

イーサンが訝しげな表情でローザを見る。

「なんだか君は怪我をする前と後でまるで別人のように変わってしまったようだね」

そう言って彼は、しげしげとローザの瞳《ひとみ》をのぞき込む。

前世『推し』の美貌が眩しくてローザは一瞬くらっとした。

「……閣下はそういう人を見たことはありませんか？」

ローザは何とか態勢を立て直す。

「あるな。戦場で記憶を失い別人格になってしまった人がいた」

ローザは頷く。

「私もきっとそんなようなものです。だから、傷はある程度治ればいいんです。クロイツァー家に興味のある者は誰《だれ》も気にしませんよ。それで私はいつ外出できるのでしょう？」

これがローザの本音だった。

「なるほど、クロイツァー嬢は病人生活に飽きたわけだね」

「……まあ、そんな飽きただなんて。ほほほ」

笑ってごまかしたが、彼の言う通りだ。早く外出したい。

「もうしばらく、安静といいたいところだけれど、邸の中くらいなら、少し歩いてもいいかな。ただし、クロイツァー侯爵邸の広い庭の散策はまだ体に障るからやめておいてくれ」

ローザはちょっとがっかりしたが、部屋から出られることに喜びを覚えた。いくら何でも一日中部屋にいるのは退屈過ぎるのだ。

「そういえば、クロイツァー嬢、君の部屋の中はいつもバラの花が絶えないね」

ローザが気にしなくていいと言っているのに、アレックスが律儀に見舞いの花を送ってくるのだ。そのうえ、王宮にしか咲かない品種のバラだから、すぐにアレックスからだとわかる。

「ああ、殿下が送ってくださるのですよ。申し訳ないくらいお気遣いいただいております。閣下の方からも私は元気だとお伝え願えませんか？」

不躾《ぶしつけ》だとは思ったが言ってみた。アレックスに見舞いを要求しているように思われるのが嫌だったからだ。

「それはご自分でどうぞ」

にっこり笑って突き放された。まあ、当然と言えば当然だろう。

(確かに閣下をパシリには使えないわよね)

「これは失礼しました。それで、私はもうお風呂に入ってもよろしいでしょうか? ずっと体をふくだけで湯あみをしていないのですよ」

今世のローザはそうでもないが、前世での彼女は風呂好きで風呂こそが生きていく上での癒《い》やしであった。だからどうしても風呂に入りたいのだ。

「そうだね。それほど長く浸かるわけではないのなら、大丈夫だ」

やっと風呂のお許しが出てローザは大満足だった。

「ありがとうございます!」


イーサンから許しが出たその日、早速ローザは風呂の準備を頼んだ。

ヘレナがローザの体を労わりながら、湯あみを手伝ってくれる。患部はすっかりふさがり、いまではそれほど傷が痛むということもないが、今度はかゆみが出てきた。

ヘレナが風呂にローザお気に入りのバラの香油を垂らしてくれる。

「はあ、最高だわ」

立ち上る香りのよい湯気の中で、ローザはぼんやりと前世の記憶を思い出す。ゆったりとリラックスしながらも、この世界では花びらを散らすか香油を入れるくらいしかないなとローザは気づいた。入浴剤のようにしっとりとする美容アイテムが無いからお風呂タイムが若干物足りなく感じるのだ。

(そういえば、私、風呂好きが高じて、バスボムを手作りしていたわね)

ローザはあのシュワッとした炭酸の清涼感が忘れられない。そして湯上がりのしっとりとした肌。

傷が完治したら自分でバスボムを作り、試してみて、使い心地がよかったら友人たちに配ってみようかしらと思いついた。

もしも評判が良かったら試しに売ってみるのもいいかもしれない。

ふとそんな素晴らしいアイデアが浮かぶ。だからローザは風呂が好きなのだ。

前世ではいつか自分の店を持ってみたいとささやかな夢も抱いていたが、それもブラックな社会人生活に塗りつぶされてしまった。

幸い今のローザにはそれが可能だ。

小遣《こづか》いもびっくりするほどたくさんあるし、クロイツァー家は大富豪である。

確か漫画の中でアレックスの婚約者になったローザは、高価な宝飾品をねだり王族にも周りの貴族にも反感を買っていた。ローザは高価な贈り物を貰《もら》えるイコール愛されているという残念な価値観の持ち主だったのだ。お金イコール愛なんて、ちょっと気の毒な気もする。

結局、彼女は最後までアレックスに愛されることはなかったうえに、毒殺されてしまう。

それならば、殿方へのおねだりはやめて、自分の家のお金を使えばいいではないか。

(王族よりクロイツァー家の方がお金持ちなのではないかしら?)

そのことに気づいたローザは、早く傷を治して街に遊びに行きたいと切に願うようになった。

まずは思いきり買い物をして、王都ではやっているスイーツの店を訪れたい。

今までは周りの目を気にしてダイエットをしていたが、今はそんな必要もないのだから。

(そうだ！　スイーツの食べ放題もいいかも。メニューをにらんで値段を気にすることもないしね。

片っ端から選べばいいのよ）
ロ－ザはバスタブの中でにんまりと微笑んだ。

◇

ローザが自力で起き上がれるようになったころ、見舞い客がやって来た。

「お嬢様、お見舞いのお客様がお見えですよ」

「どなたがいらっしゃったの？」

ローザには取り巻きがいたので、幾人か心当たりがある。

彼女はベッドから起き出して、レースのついた美しい色合いのショールを羽織った。今世ではこのようなさりげないおしゃれもできる。そのことにローザの気持ちは浮き立った。

「モロー伯爵家のエレン様です」

ヘレナの言葉に、ローザの動きはぴたりと止まる。

（エレン様とは親しくないのに、なぜ見舞いに来るの？）

意味が分からなくて、不安を覚えた。

そしてローザの浮き立つ気持ちはただ下がりである。

漫画の中でローザは、このころはアレックスとエレンの恋心を知らず、社交の場で顔をあわせれば挨拶《あいさつ》し、時に二言三言話をするくらいの仲だった。

つまり、通り一遍のお付き合いしかなく、怪我をしたからといって見舞いに来てもらうほど親しい間柄ではない。彼女はローザの取り巻きではなく、なんならクロイツァー家の茶会に呼ばれることすらなかったのだ。それにエレンは平民出身で貴族になってから日も浅く、漫画の中でローザはこの時期彼女をライバルとは認識していなかった。

それが、いったいどうしてローザを訪ねてきたのか。

「もしかして、殿下のことが気になっているのかしら」

残念ながら、漫画にはこのようなくだりはなかったような気がする。

前世のことも詳しく思い出せているわけではないし、ましてや漫画の細部など思い出せるわけがないのだ。

なんといってもローザは悪役という名のモブなので、漫画に記載されていない些事《さじ》なのだろう。

エレンはローザが怪我をしたことにより、アレックスと婚約してしまうのではと不安になったのかもしれない。

それならば、下心はないとアピールしておいた方がよさそうだと考え、エレンに会うことにした。

「エレン様をお通ししてちょうだい」

エレンは見舞いの花と焼き菓子を持っておずおずと入って来た。その様子はまるでローザを恐れているかのように見える。

ローザは、改めて彼女をいじめないと決意した。

しかし、探るような視線と、おどおどした態度、甘ったるい話し方……。彼女と同じ空間にいるだけで、ローザのイライラが募る。

（前世にもいたわね、こんな子。間違いを指摘しただけで泣き出して、周りの社員の同情を引いていた後輩にそっくりだわ）

ローザはそこで慌てて自分の偏見を振り払う。なんと言ってもエレンはこの漫画のヒロインなのだ。性格が悪いわけがない。

「ローザ様、お加減はいかがですか？　私なんかが突然お見舞いに来て申し訳ありません。でも心配でいてもたってもいられなくて」

ローザは『心配？　あなたとそこまで親しかったかしら？』という言葉をゴクリと飲み込む。

「ええ、すこぶる元気よ」

「でも、殿下は心配なさっているのではないですか？　このお花、すべて殿下から贈られたものですよね」

上目遣《うわめづか》いで聞いてくる。

（やっぱり、殿下のことが心配で来たのね。そして、このバラが王宮にしかない品種だと知っている）

「殿下からいただいたお花もあるわ。でもそれだけではないの。ほかの友人たちからもいただいているから」

するとエレンはさっと頬《ほお》を染め、慌てて頭を下げる。

「失礼しました。私、市井での生活が長かったから、まだお友達といえる人があまりいなくて。ローザ様は、皆様に好かれていらっしゃるのですね。羨《うらや》ましいです」

本当に羨んでいるというより、どこか媚びを含んでいるように感じた。

「あらそう。エレン様なら、すぐに素敵なお友達ができるでしょう」

ローザは慎重に返事をする。

「あの、ローザ様。それで私たち、ぜひお友達に……」

そこまでエレンが言ったとき、部屋にノックの音が響いた。

「どうぞ」

声をかけるとイーサンが入ってきた。褒めたたえたいくらい良いタイミングで往診に来てくれて
ローザはほっとする。

エレンとの間に漂っていた緊張が霧散した。

「エレン様、今日はありがとう。これから、診察が始まるの」

エレンはチラリとイーサンを見て、おずおずと椅子《いす》から立ち上がると丁寧に頭を下げた。

「では、私はこれで失礼いたしますね」

いかにも名残惜しそうにエレンが言う。

「ええ、こんなありさまだから、お見送りはできないけれど、お見舞いの品をありがとう」

そう声をかけるとエレンが驚いたように目を見開いた。

「あ、あの……いえ、こんなありふれたもので、お恥ずかしいです。クロイツァー家にはもっと高価なお菓子がありますよね。お口に合わなかったら申し訳ありません」

頬を染め、恐縮しているエレンを見て、イーサンがひょいと片眉を上げてローザを見据える。

(なんか、私が見舞いの品にケチをつけたみたいに聞こえるわね)

「謙遜することはありませんわ。ごきげんよう、エレン様」

ローザは引きつりそうになる顔に笑みを浮かべた。

最後にエレンは、しっかりイーサンに微笑みかけてから、部屋を後にした。

こうしてみると、なかなかあざとい系のヒロインだと思う。


イーサンが来たことでエレンが帰り、ローザはほっとした。ただイーサンがエレンの訪問をどう思ったのかはわからない。なぜなら、今日も今日とて感情のうかがえない笑みを浮かべているからだ。

本当に何を考えているのかさっぱりわからない。


「結構治るのに時間がかかるのですね」

「当たり前だよ。君は死にかけたんだ。そうそう簡単には治らない。特にこの額の傷はね」

「傷はどうでも、表に出られるようになれれば、いいような気がしてきました」

ローザは退屈で仕方がないのだ。出かけたくてうずうずしている。

「何とも治療のしがいのない患者だね」

イーサンが患部に薬を塗りこむ。相変わらず染みるが、最初の頃よりずいぶんましになった。

「きちんと閣下の言いつけは守っておりますよ？」

ローザは、自分がいい患者だと主張する。

「確かに君は治癒力がそうとう高いのか、普通の人より傷の治りが早いね。ひと月半で自力で起き上がれるようになるとは思わなかったよ」

それを前世ではゴキブリ並みの生命力という。

「頑丈に生んでくれた両親に感謝しております」

ローザが神妙な顔で答えると、なぜかイーサンが噴き出した。

「あの、そこ笑うところでしょうか？」

ローザには彼の笑いのツボがわからないし、失礼に感じる。

「大怪我をすると人生観が変わる者もいるんだな」

彼は綺麗《きれい》な笑顔で、ときおりさらりと失礼なことを言うので油断がならない。

「はい？　私が変わったと？」

ローザは首を傾げる。彼女にはあまり変わったという自覚がなかった。ただ前世を思い出しただけのこと。

「そうだよ。まさに君だ」

イーサンの紫の瞳にちらりと好奇心の色がよぎる。

ローザはまじまじとイーサンを見た。

確かにわがままを言うのは、やめようと思った。それにアレックスと婚約をしてしまうと毒殺されることもわかっているので、断っている。

だが、それ以外基本的にローザは何も変わっていないのだ。欲望もあるし、何より退屈なので早く街に出て、買い物をしたいし、評判のカフェにも行きたい。寝たきり生活が続くうちにローザの中でやりたいことが積もりに積もってきた。

「内面はちっとも変わっていませんよ。だって、病人生活に飽きて買い物に行ったり、カフェに行ったりしたいですから」

ポロリと本音が零れる。

「クロイツァー嬢、それは普通の反応だよ」

「え？　は？」

（では、私は今まで普通ではなかったと？　でも、思い当たるふしはある。確かに私はアレックス殿下のストーカーだった）

そこで、ローザはひらめいた。これはイーサンの好感度を上げるチャンスかもしれない。なんといってもイーサンは国一番の治癒師なので、ローザが毒を飲んだら、必死に治療してくれるかもしれない。そんな希望が湧《わ》いてきた。

「ああ、殿下をしつこく追い回していたことですね？　それについては深く反省しております。用もないのに王宮まで押しかけるだなんてどうかしていました。もう少し落ち着いたら、殿下にもきちんと謝罪したいと思っております」

とりあえず殊勝な態度で言ってみた。

すると今まで淡い笑みを浮かべていたイーサンが真顔になる。

「クロイツァー嬢、本当にそう思うのならば、君の額の傷を綺麗に治すことをお勧めするよ」

「え？　でも化粧でかくせば」

「君はそれで平気でもアレックスは違う。君の顔に傷がある限り、彼は悩むだろう」

イーサンがローザの治療を一生懸命してくれるのはアレックスのためなのだ。

やはり彼は甥のアレックスがかわいいのだろう。そして今、ローザがアレックスを追い掛け回していないから、イーサンに敵認定されていないだけだ。

（グリフィス閣下、やはり、油断がならないわね。少なくともこの人は私の味方ではない。アレックス殿下との関係次第で敵に回る可能性もありってことね）

柔和な笑顔から、彼の感情は推測しづらいが、ローザは彼の好感度を上げるのはやめにした。

ここは無難に無駄口をたたかず、かかわらないでおこう。

「そうですね。では怪我が治るまでお願いします」

ローザはにっこりと微笑んだ。

ただローザには難点があって、自分では可憐に微笑んでいるつもりなのに、笑顔に妙に迫力があり獰猛な顔つきに見えるのだ。

暇を持て余しているローザは、最近鏡をみて愛らしい笑顔というものを研究中だ。

◇

イーサンから散歩の許可が出た翌日から、次々と友人という名の取り巻きたちが見舞いに訪れ始めた。

彼女たちは口をそろえてエレンへの不満を口にする。

どうやら、ローザと親しくもないエレンが、彼女たちより先に見舞いに来たことに納得がいかないようだ。ちなみに漫画ではこのような描写はない。ローザが脇役《わきやく》だからだろう。

エレンは社交界デビューしてからというもの、殿方にかなりモテているせいか、同世代の令嬢たちには嫉妬《しっと》されていて人気がないのだ。

しかし、前世を思い出す前のローザは、自分が一番モテていると信じていたので、この頃のエレンのことは気にも留めていなかった。

ヒロインなのだからモテて当然だと、今のローザは冷静に受け止めることができる。

エレンの態度は前世で言えば、あざとい感じで、一部の女性には非常に受けが悪いようだ。

このままでは雰囲気が悪くなってしまうし、エレンへの虐めが始まるかもしれないので、ローザは話題を変えることにした。

「そうだ。私が回復したら、家で親しいお友達だけを集めてお茶会をしたいのだけど、皆さん、ぜひ来てくださらない？」

ベッドに座りながらだが、早速提案してみる。

「ええ、それはぜひ」

「楽しみですわ！」

皆喜んでくれた。

ローザはその時までに、前世で慣れ親しんだバスボムを準備しておくつもりだ。果たして、今世の貴族令嬢たちには受けるだろうか。反応が楽しみだ。

(休養はもう十分よ。早く自由に動き回りたいわ)

◇

ローザはドレスを着てサロンでお茶を飲むまでに回復していた。時には庭を散歩することもある。

高い天井《てんじょう》から豪華なシャンデリアがつり下げられている昼下がりのサロンで、テラスから庭園に咲く見事なバラを眺めつつ、優雅に兄のフィルバートと香り高い紅茶の入ったカップを傾ける。

「しかし、それにしてもお前はすごい回復力だね」

フィルバートが感心したように言う。

「はい、閣下のお陰です」

「そうか？　お前の生命力もなかなかのものだと思うぞ？」

ローザの頭の中に、再び『ゴキブリ並みの生命力』という前世の言葉がよぎった。

「お兄様、その言い方はどうかと思います。たとえば、日頃の行いが良いとか？」

するとフィルバートは噴き出して「違いない」と言って笑った。

失礼な兄である。

そこへ執事がやって来て、来客を告げる。

しかし、サロンに入って来たのはエレンでもアレックスでもなく、二十歳くらいの紳士だ。

「え？　どなたでしたっけ？」

サロンに入って来た彼を見て首を傾げるローザに、兄が小声で囁く。

「お前の取り巻きのひとりだろう？　伯爵令息のティム・パーマーだ」

そういえば、クロイツァー家の財産目当てに群がってくる紳士たちの中にそんな名前の者がいた。

イーサンやアレックスには負けるが、ティムはそれなりに整った顔立ちをしていた。が、モブのせいか存在感が薄く、髪も瞳も茶色。

漫画に登場しない完全なるモブである。

「ああ……。申し訳ありません。パーマー様ですね。頭を強打して以来、記憶が少々混乱しておりまして、失礼いたしました。お久しぶりですね。今日はどうなさったのですか？」

ローザがいつもより愛想よく応じる。将来毒殺の危険があるローザはなるべく微笑むことを心掛けているのだ。

イーサンを見ていて気づいたことだが、微笑むことは感情を押し隠すのには絶好の方法である。ぜひ、彼の笑顔という仮面を見習いたいと思った。

しかし、ローザの笑顔を見たティムはぎょっとする。クロイツァー家の使用人たちと同じ反応だ。

（なんなのよ？　私の笑顔が怖いっていうの？）

ローザは笑顔をキープしつつ、心の中でやさぐれた。

「あの、今日はローザ嬢の見舞いに」

そう言って彼はローザに花束《はなたば》を差しだす。大輪の真っ赤《まっか》なバラだ。アレックスもそうだが、ローザは派手好きで有名である。よって、彼女に白ユリや小ぶりなピンクのバラなどを贈る者はいない。

「まあ、綺麗なバラね。ありがとう」

「真っ赤なバラは君にぴったりだと思って。それで怪我の具合はいかがですか？」

彼はニコニコと微笑んではいるが、よくよくみると目元がこわばっている。

（あらあら、私はティムなんちゃら氏から、それほど好感をもたれていないようね。親にでも言われてきたのかしら？）

ローザは彼の来訪に早くもうんざりした。たいして盛り上がりもしない表面的なティムとの会話を、フィルバートがにやにやしながら横のソファに腰かけ聞いている。

居心地が悪かったのか、ほどなくして、「あまり長居をして体に障ると悪いから」と言って彼は帰っていった。

「わかりやすい方ね。私よりもうちの家門に興味があるのでしょう」

「ローザの見舞客を見ていると社交界の縮図がわかる」

「あの、お兄様、おっしゃっていることがさっぱりわかりませんが？」

ローザが眉根《まゆね》を寄せる。

「まずはエレン・モロー嬢だろう？　あの家は財政状況がよろしくない。そして今日来たパーマー伯爵家からは以前融資を頼まれたが、断った」

「ええ？　なんでですの？」

ローザはびっくりして飛び上がった。

「父上は商売にはシビアだからね」

「でも、それで恨まれたりしたら？」

（主に私がっ！）

ローザがぎりぎりとカップを握りこむ。

「ははは、父上は、商売は恨まれてなんぼだと言っていたよ」

「こわっ！」

豪快に笑うフィルバートを見ながら、ローザは家族のとばっちりで毒殺されるのかと疑心暗鬼を生ず。いや違う。漫画ではローザは各方面に恨まれていたとなっていた。

（各方面ってどの方面よ。全方面ってこと？　やっぱり私って名前と役割があるだけのただのモブ令

嬢なのね。どうせなら、物語とは関《かか》わり合いになりたくなかったわ）

ローザは目の前に置かれたきつね色のフィナンシェを一口ぱくりと食べた。その瞬間口いっぱいにふんわりとバターが香る。

「すっごくおいしいわ！」

驚きに目を見開いた。

「何を言っているんだ、ローザ。食べなれているじゃないか？」

兄が怪訝そうに首を傾げる。

前世の記憶が戻ってからというもの侯爵邸で食べるものがすべておいしい。ちなみに以前は好き嫌いが激しかった。

おいしい紅茶と菓子のお陰で、ローザはすっかりティムの訪問など忘れてしまった。

◇

翌朝、ローザは鏡の前でヘレナに髪を梳《す》かれながら、日課となった笑顔の練習をする。

「どう？　ヘレナ。少しは感じよく見えるかしら？」

ローザが期待を込めて聞く。

「多分、見えると思います」

ヘレナが微妙な表情を浮かべる。

「どうしたの？　あなたにしてははっきりしない言い方ね」

彼女のいいところははっきりとものを申すところだ。

「なんだか、見慣れてしまったせいか、とても感じよく見えます」

「なるほど……」

ヘレナがローザの笑顔になれてしまったようだ。ローザはひじょうに残念だった。


サラダにスープにパン、それに卵の簡単な朝食の後、ローザはバスボムを作るべく厨房に向かった。体が動くようになったら、バスボムを作ると決めていたのだ。バスボムの作り方に関しては、前世の記憶がばっちり残っている。恐らく厨房にあるもので材料はすべてそろうはず。

料理人たちはローザがヘレナと共に厨房に入ると、一様にびくついた。

「お嬢様。朝食に何かお嫌いなものが？」

以前は自分の嫌いなものを入れられると、いちいち厨房に文句をつけていたことを思い出す。まるで子供というより、クレーマーだ。

しかし、今のローザは違う。すっかり偏食はなおった。前世のまずい食事を思い出したお陰である。

「いいえ、すべておいしかったわよ。サラダもスープも最高のお味だったわ」

ローザのねぎらいの言葉に、料理人たちがほっと胸をなでおろす。

（私、どれだけわがままだったのよ？）

コホンと咳《せき》ばらいをすると、ローザは早速切り出した。

「今日はここで作りたいものがあって来たの。あなたたちのお仕事の邪魔にならないように隅の方を借りるわね。それからこちらも」

ローザは厨房においてある重曹やクエン酸、塩、製菓用の型などをてきぱきと取り出す。

重曹もクエン酸も食品のあく抜きや、汚れを落とすのに便利だから厨房にすべてそろっているのではと思いやってきたのだ。思った通り基本的な材料はすべてそろった。

料理人たちが唖然として見ているなかで、ヘレナが不思議そうに聞いてくる。

「お嬢様、お掃除でもなさるおつもりですか？　というかなぜ、どこに何があるのかわかるのです？」

それは前世の知識でなんとなく、収納場所がわかってしまうのだ。

「ええっと、ただの勘？　それに掃除じゃないわよ。今からバスボムを作るの」

「バスボム？」

料理人たちが不思議そうに顔を見合わせる。皆聞いたことがないのだろう。この世界にはバスボムがないのだ。

幸いこの国の民は入浴の習慣があるので、できたら彼らにも分けてあげようと思う。ぜひ、あのしゅわしゅわ感を試してみて欲しかった。

「そうそう、ヘレナ、庭師から予備の霧吹きを借りてきてくれる？」

まずはバスボムを覚えている手順で作り、その後色付けや香りづけをしてみようと決めた。

二時間ほど夢中になって作業をしていると、ヘレナに声をかけられた。

「お嬢様、あまり根を詰めるとお体に障りますよ。それでなくても傷がよくなったばかりですのに」

「ああ、ちょっと待って、ヘレナ。風通しの良いところに置いておかなければならないのよ」

ローザはバタバタしながらも、ヘレナに強制的に自室につれていかれ、ベッドに寝かしつけられてしまった。

その後も二週間ほど、ほんの少しの間、厨房の隅を借りて試行錯誤を繰り返しただろうか。色も香りも満足のいくものができた。

完成品を見て厨房の料理人や使用人たちも集まってくる。

「お嬢様、これはなんというお菓子ですか？」

「お菓子ではないの。バスボムというものよ」

「バスボムですか？」

料理人が興味津々にのぞいてくる。最初の頃彼らはローザが来るたびにビクビクしていたが、今では彼女に慣れてしまったようだ。

「ええ、湯を張ったバスタブに入れると、面白《おもしろ》いことが起こるの」

楽しそうにローザが答えると、皆一様に不思議そうな顔をする。

お湯を張った桶で実践してみてもいいが、彼らの仕事を邪魔するわけにはいかない。

ローザは何度か自分で使い心地を確かめた後、興味を持った使用人たちにも配ることにした。もちろんいつも風呂に入るのを手伝ってくれるヘレナにも。

翌日には続々と感想が集まってきた。

「お嬢様、バスボムありがとうございます。最初は突然泡が出てびっくりしましたが、気持ちよかったです！　体がとっても温まりました」

ベッドメイクや掃除をしてくれる使用人に礼を言われた。

いつものようにバスボム作りのために厨房に行くと「最高の使い心地でした」「泡が気持ちよかったです。肌がすべすべになりましたよ」など皆が喜んでくれている。

そして、いつもはっきりとものを申すヘレナは「少ない材料で、素晴らしいものができるんですね」と感心しきりだった。

思ったよりも受け入れられているようで、ローザは気を良くした。

だが、彼らはあくまでも使用人で、ローザに気を遣ってくれているのかもしれない。

それならば、今度は家族で試してみよう。

まず興味を持ってくれたのが、新しいもの好きのロベルトで、次にフィルバートに試させた。二人ともたいへん面白がってくれた。

ローザは最後にタニアに勧める。初めはしり込みしていたが、使ってみた次の日に絶賛してくれた。

「泡にはおどろいたけれど、お肌がつるつるよ。また作ってちょうだい」

タニアは朝食の席でそう言って、おっとりと微笑んだ。

だがしかし、彼らは身内に甘いから、基本ローザのすることはなんでも褒める。

最終的には、正直者のヘレナにも好評だったため、ローザは茶会を開いて令嬢たちに配る計画を立てた。

傷に障るのではとロベルトは心配したが、意外にもタニアが取りなしてくれて、短時間ならと茶会の許可をもらった。もちろんイーサンの許可も得た。最も、彼は少し呆《あき》れていたようだったけれど。

そんなことには構っていられないくらい、ローザは退屈なのだ。

茶会が決まると、早速彼女は友人のためにバスボム作りを開始した。

メイドのヘレナはローザの見張り兼、バスボム作り要員だ。

◇

茶会当日は、ローザに負担がかからないよう、子供のころから付き合いのある令嬢たちだけを三人自宅に招いた。

茶会の場所は見事なバラが咲き誇るクロイツァー家の庭園だ。快晴で風は穏やか、絶好の茶会日よりだった。

ローザを含めた四人が集まると、早速社交界の噂話に花が咲く。

「今度、ラルフ様とお出かけすることになりましたの」

ポピーの報告にローザは表情を和ませる。

「まあ、ポピー様、よかったですね。おめでとうございます」

ラルフはポピーがずっと思いを寄せていた貴族青年で、ローザは素直に祝福した。

「いえ、まだ婚約というお話は出ていないのですが」

ポピーは顔を赤くする。

「そうそう、タイラー子爵家のイライザ様は、ご婚約が決まったと聞いたわ」

情報通のエマが言う。

そこから先、噂話は尽きることなく次から次へと、ポンポン出てくる。ローザが社交界にいない間の情報はすぐに集まった。

誰と誰が婚約し、友人に恋人ができ、今のところ社交界に取り立てて大きなスキャンダルはなし。

結局、ローザが確認したかったアレックスとエレンが付き合っているという噂は、まだないようだ。

そのようなことがあれば真っ先に皆がローザに伝えに来るだろう。何せ彼女たちはローザの取り巻きなのだから。

しかし、漫画ではもうとっくにヒロインのエレンと、ヒーローのアレックスの運命の出会いはすんでおり、ひっそりと付き合い始めていたはず。

そして、ローザが物思いにふける間にも、仲間内の話題は二か月後にある王宮の夜会にうつり、皆流行りのドレスやエスコートしてくれる殿方の話で、盛り上がっていた。

ローザはふと、その夜会でアレックスとエレンがバラ園で密会するエピソードを思い出す。

馬に蹴《け》られた傷を盾に、ひそかに付き合っている二人を引き離し、婚約者におさまってしまうのが、当て馬ローザの悪役としての役目だ。

漫画では、エレンとアレックスの密会がローザの知るところとなりひと騒動起こる。

気の置けない友人たちを招いた茶会がローザへの刺激になり、大切な前世の記憶が掘り起こされてほっと胸をなでおろす。

ただ一つ気がかりなのは、どのタイミングでローザとアレックスが婚約するのか思い出せないことだ。恋人同士のすれ違いの話だから、描かれていないわけがない。

茶会はローザの体を気遣っていつもより短い時間で終わる。ローザは友人たちの見送りに立ち、バスボムと紅茶をセットにして手土産として渡す。

皆物珍しげに眺めていた。

「ローザ様、これはどうやって使うのですか?」

好奇心旺盛なライラが早速聞いてくる。

「湯あみの時に、お湯を張ったバスタブに落とすの。そうすると泡が出てきて、その泡がとっても気持ちいいのよ」

ローザが目を輝かせて説明すれば、エマもポピーも興味津々の様子。これは期待が持てるかもとローザは思った。


茶会の数日後、ローザの元にお礼の手紙が届く。

それによると友人たちの間では、バスボムはなかなか好評なようだった。

「う〜ん、彼女たちは子供の頃から、私のこと褒めまくってくれるからなあ」

問題は、家族や友人、それに使用人にしか試してもらっていないということだった。

(ヘレナは正直者だけれど、最近はちょっと身内びいきな気がするし……。いや、それはないか)

今世でも風呂好きなローザはどうしてもバスボムを布教したかった。なんなら、この漫画の世界に転生した自分の使命のようにすら感じる。

「外出が自由になったら、ばっちり茶会を開くわよ」

ローザはやる気満々だった。

◇

「よかった。ローザ嬢、だいぶ元気になったようだね」

そう言って、アレックスがほっとしたような笑みを浮かべる。

ここはローザの自室ではなく、クロイツァー家の豪華なサロンだ。

天井からつり下がるシャンデリアのクリスタルが、昼下がりの光を浴びてきらきらと輝く。向かい側にある絹張りのソファには、アレックスが腰かけていた。

アレックスはローザが茶会を開いた数日後、突然見舞いと称して訪ねてきたのだ。

王族の訪問にはそれなりに準備が必要なので、はた迷惑な話である。

「ええ、もうだいぶよくなりましたので、わざわざ足をお運びにならなくても結構ですよ。家の中でしたら、自由に過ごしていいと閣下から許可をいただきましたので」

ローザはにっこりと微笑み、きっぱりと見舞いを断った。

彼が来るたびにいちいち着替えて、髪を結わえ、化粧をしなければならないのだ。面倒くさいことこのうえない。使用人たちはもっと忙しいことだろう。

「それはよかった。だが、まだ傷はのこっているだろう。僕は、君の怪我には責任を感じている」

アレックスが、水色の瞳を揺らす。

しかし、この時点でアレックスはすでにエレンにひかれていることをローザは知っている。

前世を思い出していなければ、この言葉を真に受け、しがみついただろう。

「責任なんて殿下にはありませんよ。たまたま馬の機嫌が悪かっただけではないですか。誰も悪くありません。強いて言うならば、私の運が悪かっただけです」

ローザは微笑みながらよどみなく答えた。

もう表情を変えても傷が痛むこともない。傷痕も化粧をしてしまえば、たいして目立つものでもなかった。しかし、アレックスがローザの額をじっと見ているので、さりげなく前髪でかくす。

「それにしても閣下は腕のよい治癒師ですね。傷はすっかり消えてなくなるそうですよ」

ローザは紅茶に口をつける。

噂通りイーサンは腕のよい治癒師だった。あれほど大きな傷をほんのひっかき傷程度にまで小さくしてしまうのだから。

だが、ローザにとって傷はどうでもいいことだった。ローザの周りには悲しいかな、財産目当ての貴族しか寄ってこない。

そして、今目の前にいるアレックスはエレンと結ばれる予定。本音を言えば、あまりアレックスの顔はみたくない。

それよりも父から外出許可をもらって、早く買い物がしたかった。もちろん家のお金で。それを考えると、今から楽しみでたまらない。ドレスや宝飾品など自分の望むものをすべて手に入れられるのだ。どの店から回ろう。

「そういえば、先日茶会を開いたんだってね」

アレックスが突然切り出した話題にローザは目を瞬いた。すっかり、買い物の計画にとらわれ、彼の存在を失念するところだった。

それにしてもお茶会は非公式なもので、幼馴染だけを招待したのにずいぶん情報が早いと思う。

「え、どなたから聞いたのですか？」

ローザは首を傾げた。だが、アレックスはローザの問いに答えることはなく、ただ微笑んだだけ。

「僕も招待してほしかったな」

冗談とも本気ともつかない調子で言う。彼の真意をはかりかねた。

「いつもの友人同士の内輪の集まりですわ。まだ体調がすぐれなかったので」

「そう。モロー嬢は招待してあげたの？」

「エレン様をですか？」

なぜ、ここでエレンの名前が出てくるのか、ローザにはわからない。

「いや、モロー嬢も君の見舞いに来たのだろう。君の親しい友人なのではないか？」

エレンとはちっとも親しい間柄ではないので、戸惑いを覚えた。

だいたいローザがエレンと親しいなどと、どこの誰が言い出したのだろう。

もしかしたらイーサンがアレックスに伝えたのではないかと思った。なぜなら、イーサンが治療に来る頃にエレンは見舞いに来ていたからだ。

（もしかして、そのタイミングを狙《ねら》っていた？　いや、まさかね）

ローザは一瞬湧いた疑念を即座に否定する。

「いいえ、エレン様とはごあいさつ程度のお付き合いですわ。だから、招待したのは幼い頃からお付き合いのあるご令嬢たちだけです。つまり私の幼馴染ですわ」

「そう、それはさぞかしモロー嬢もさみしかっただろうね」

「はい？」

ローザは今度こそ首をひねった。エレンに懐かれた覚えはないし、彼女が見舞いに来たこと自体が想定外だった。

アレックスは最初からエレンが招待されていないのを知っていたのではないかと思う。

（まさか、それを非難しに来たの？）

そもそもエレンはその生い立ちが特殊なので、彼女はどこの派閥にも属していないのだ。というか入れないでいる状態だ。非常に愛らしい顔立ちのせいか、年の近い令嬢たちに避けられている。決してローザのせいではないのだ。

「そんなことをおっしゃるなんて、殿下はエレン様と親しいのですか？」

ローザは鎌をかけてみることにした。

「いや、まさか。叔父から聞いただけだよ」

やはり情報源はイーサンだったようだ。油断も隙も無いと、ローザは気を引き締める。

アレックスがイーサンを通してクロイツァー家の動きを探っているのではと、ちょっとした疑惑が生まれてきた。

なにせ漫画のエンディングで、クロイツァー家は没落させられるのだから、今の時点で何らかの仕込みがあってもおかしくないのだ。

（まさか、王家に陥《おとしい》れられるとか？　お父様はいつも強気だから、周りに気を付けるように言うべきかしらね）

ローザはアレックスが眼前にいるのも忘れ、物思いにふける。

もう美形の王子様への興味は、完全に失せていた。

「それで、どうなんですの？」

ローザは真剣な表情でイーサンの顔を見る。彼女はすっかり元気になり、傷の治療はベッドの上ではなく、椅子《いす》に座って受けている。もちろん寝巻きでもない。きちんとデイドレスを身に着けている。

ローザは外出したくてたまらない。今日はイーサンに外出許可を求めているところだ。

「あまり、長い時間の外出は感心しないが……、そうだね。二時間程度なら。長くても半日で家に戻るならばかまわない。頭を打った後遺症というのは怖いものだよ。君の場合、性格がまったく変わってしまうほど、強打したようだし」

イーサンは、相変わらずうっとりと見惚《みほ》れそうな麗しい顔に淡い笑みを浮かべているが、いつも一言多い気がする。

「性格が変わってしまう、後遺症ですか？　閣下は面白《おもしろ》いことをおっしゃいますのね。ほほほ」

ローザも負けず劣らず微笑みかける。

「ああ、実に君の症例は珍しい。じっくりと診察させてもらうよ」

恐ろしいことに彼の瞳《ひとみ》の奥に好奇心がちらちらと見える。どうやらローザは、彼の研究対象としてロックオンされてしまったようだ。

（あれ？　この人、漫画の中とはちょっとキャラが違う？）

ローザは思わず身震いしてしまった。

（やっぱり、超絶イケメンってだけではダメね。お金があるだけでもダメ。違うのよ。そうではないの、私が求めている男性は！）

前世の『推し』だけあって顔はとてもタイプだが、どうしても本能的に『推せない』何かが彼にはあった。それに彼はアレックスの最大の味方でもある。


その後、過保護な父母からの外出許可も下りたローザは晴れてヘレナと共に外出することになった。

久しぶりの買い物。前世の記憶を思い出してから初めての買い物に、ローザの心は弾む。

「今日はセレブ買いをするわよ！」

前世のローザは、海外セレブの豪快な買い物の仕方に憧《あこが》れていた。久しぶりにとっておきの訪問着を着つけてもらい、薄く化粧をすると気分が上がった。

ポーチで嬉々として馬車に乗り込むローザを見て、なぜかヘレナが驚きを隠せない表情をする。

「ヘレナ、どうかして？」

ローザが振り向いて首を傾げる。

「お嬢様は馬が怖くないのですか？」

「は？」

ヘレナは何を言い出すのだろう。ローザはぽかんとした。

「あの、お嬢様は馬に蹴《け》られたのですよ？」

彼女が珍しく戸惑ったような顔をする。

「ああ、あれね。あまり記憶にないから、どうでもいいわ。それより、あなたも早く馬車にお乗りなさいな」

うきうきした調子で言うローザに、ヘレナもようやく微笑んだ。基本は無表情のヘレナも、ふとしたはずみに感情をのぞかせる。

「お嬢様のお心が健やかで嬉《うれ》しゅうございます」

「当たり前でしょ？　あんなこと二度も三度もあってたまるものですか」

そもそもローザは自分がどうやって死ぬのかを知っている。毒殺だ。

だから馬など恐れるに足りないのだ。

「まずは、マダム・モンテローサの店に行きたいわ」

ローザは早速王都一のデザイナーの店に向かうように指示を出す。

晴天の街並みを馬車は軽快に進んでいく。ローザは車窓から青々とした街路樹や瀟洒《しょうしゃ》な街並みを眺めるだけで、ワクワクする。

ふと馬車につながれた馬を見て思う。

（前世の私は馬車馬のように働いたわ。だから、あなたたちには妙なシンパシーを感じるの。私を蹴った馬も処分されていないとよいのだけれど……）

いまさらだが、ローザはそれが気がかりだ。

いよいよメインストリートの中央に位置している、マダム・モンテローサの店に到着した。石造りの豪奢な店の前でローザは馬車を降りる。

磨かれたガラスの向こう側には、色とりどりのドレスが飾られていて、ローザの気持ちはいよいよ高まっていく。

店内に入るとすぐに売り子が飛んできた。

ローザはこの店の常連なのだ。

「ご機嫌麗しゅうございます。ローザお嬢様、お怪我《けが》はもうよろしいのですか？」

マダム・モンテローサも挨拶《あいさつ》に現れる。

マダムは上客の前にしか姿を現さない。つまりこの店でマダムのお出迎えを受けるということは一種のステータスになっているのだ。マダムは早速ビップルームにローザを連れて行こうとしたが、彼女はそれを断った。

いつもならそこで優雅に茶を飲み上品な焼き菓子をつまみながら、あつらえるドレスの相談をするところだが、今日はどうしてもやりたいことがあるのだ。

「久しぶりにマダムの店でお買い物をするんですもの。のんびりお茶を飲むより、今すぐ選ばせてください」

ローザはにっこりと微笑む。

「王宮で開かれる夜会へ着ていかれるお召し物をこちらの既製品からお選びですか？」

いつもは相談しながらドレスを作ってもらっているので、マダムは驚いた顔をする。

「それは後ほどあつらえてもらうとして、今は綺麗《きれい》なドレスがたくさんほしいの。そうそう、ここから、あそこまでのドレスをすべてちょうだい」

ローザは人差し指を店の左側から、右側に移動させる。

前世で一度やってみたかったのだ。記憶が戻る前のローザもこのような買い方はしていない。以前のローザは自分のためだけにあつらえられたものしか身につけなかった。

しかし、馬に蹴られて覚醒《かくせい》したローザは違うのだ。

前世では、量販店で服を買うにも本当に必要か悩みに悩みぬいた末に選んでいた。だが、今世はそんなことで悩まなくていいのだ。色違いが欲しいけれど、お金がないとか、贅沢とか、そんな些末《さまつ》な問題に頭を悩ませなくてもいい。

(なんてラグジュアリー!)

とはいえ、この店には一点ものしか置いていないので、色違いなどありえないが。

「本当にここのドレスはすばらしいわねえ」

ローザはうっとりとドレスに見入る。

店で派手に買い物をして、いろいろなタイプのドレスを着こなしてみたい。

今世のローザは、顔立ちは少々きつくて笑顔に妙な迫力があるものの、完全無欠の金髪美女なのだ。

前世、スクリーンで見て憧れたブロンドそのもの。そのうえ、何の努力もしなくてもウエストは引き締まっており、出るところもしっかりと出ていて、申し分ないスタイルに白く美しい肌。これはもう生まれながらの勝ち組。

(こんなビューティフルな私。絶対に毒殺なんてさせないわ。でもなんでか、実家のお金目当ての男しか寄ってこなくて全くモテないけれど！　おしゃれは殿方のためではなく、自分のためにするものだから気にしないわ)

ローザは勝ち誇った微笑みの下に、あらたな決意を固めるのだった。

もう、今世では認められない社畜の苦汁をなめる必要もなく、何より我慢しなくていいのだ。

（なんて解放感なのかしら。これこそがセレブリティー！）

自分がただの成金買いをしていることに、前世庶民のローザは気づいていなかった。

「ローザ様、しばらくお会いしないうちにさらにお美しくなりましたね。『解き放たれた美』そのものです。わたくし創作意欲が大いに刺激されましたわ」

マダムが目を輝かせてローザを見る。

その後、マダムは夜会のために最高の逸品を作ると約束してくれた。

ドレスはすべて後日、ローザのサイズにお直しして、邸に届けてくれるとのことで、ローザは再びヘレナと馬車に乗り込んだ。

「次は宝飾店にでも向かいますか？」

ほくほく顔でローザが車窓に流れる景色を眺めていると、ヘレナが尋ねてくる。

「それもいいかなと思ったのだけれど、うちは宝飾品であふれ返っているから今日はいいわ。時間も限られているし。バスボムの材料を買いに行きましょう」

ローザはドレスを買っただけで今日は満足してしまった。なによりバスボムの材料が欲しい。家にある材料で間に合わせるのではなく、思いっきり贅沢な材料を使って作る予定だ。

「材料ならば、お邸にあるもので間に合うのではないのですか？」

ヘレナが怪訝そうな顔をする。

「私はかわいい形をしたバスボムが作りたいの。だから、型を探すわ。それにアロマオイルにドライフラワー、試したいものはたくさんあるのよ」

前世ではバスボムの型欲しさに子供にまじってひたすらガチャを回した。だが、この世界には残念ながらプラスチックは存在しないのだ。

「まあ、それは楽しそうですね」

最近ヘレナと一緒にバスボムを作ることもあり、彼女もいろいろと興味を持ってくれているようだ。

バスボムに入れる材料を集めるため、ヘレナと一緒にいろいろな店を回った。

アロマオイル、ドライフラワーなどを扱う雑貨屋や問屋。だが、型はなかなか見つからなくて、結局ローザがデザインして特注することになった。

「なかなか思い通りの材料を集めるのも難しいものね」

「それはそうですよ。バスボムを発明したのはお嬢様なのですから」

ローザはドキリとする。

「そう……なるのかしら？」

前世知識をパクったものだが、バスボムが存在しなかったこの世界ではそういうことになる。ローザの目がきらりと光った。

「今日行った雑貨屋、素敵だったわね。私もいつか自分の店を持ちたいわ」

「旦那様にお願いしてみてはいかがでしょうか？」

ローザは目を見開いて、ヘレナを見た。

（その手があったわね！　小さなお店を持つのって、前世から憧れだったのよね。お父様に頼めばすぐに叶《かな》うじゃない！）

ローザの胸にじんわりとした幸福感が広がる。

本日の外出の締めに、ローザはスイーツの店に寄り、生クリームとフルーツがふんだんにのったケーキを食べ、おいしい紅茶に舌鼓を打つ。

『私はメイドですから』としり込みするヘレナを問答無用で付き合わせて、一緒にスイーツを楽しんだ。

家族やいつも厨房を貸してくれる料理人、使用人たちのために、土産の焼き菓子も頼む。

ローザは今までアレックスのためにダイエットに励んできた。

「もう、我慢しなくていいのね」

前世の記憶が脳裏によみがえり、ふっと涙が浮かぶ。

「まさか、また殿下に？」

ヘレナが驚愕《きょうがく》したように言う。どうやら彼女に誤解されたようだ。

「そんなわけないでしょ。それ絶対にないから」

ローザがきっぱり言うのを聞いて、ヘレナが安心したように胸をなでおろす。

確かに周りの者が心配するほど、以前のローザはアレックスに入れあげていた。

（ああ、前世を思い出してよかった。幸せを存分に享受していたのに、それに気づいていなかったなんて、もったいなさ過ぎるわ。どうして、エレンを虐めたのかしら。こんな贅沢で幸せな生活を送っているのに！　お金があるから経済的に豊かな殿方もいらないし。もしも結婚するとしたら、お金がなくても、とりあえず財産欲しさに私を殺さないイケメンがいいわ）

ローザは前世を思い出したお陰で、生き生きと瞳を輝かせた。

満足しきって店をでると、ローザはヘレナに急き立てられるようにして帰路につく。

まだ、あまり長い時間の外出は控えるように言われているのだ。つくづく過保護な親である。ついでにメイドまで過保護だ。

好きなものを好きなだけ買って、帰りの馬車でローザはご満悦だった。

ポーチで馬車を降りると、エントランスで執事がローザの帰りを待っていた。

サロンにアレックスが来ていると告げられ、がっかりする。

ゆっくりとお茶でも飲みたかったが、ロベルトがすぐ来るようにと言っているそうなので仕方なく、来客用の大きなサロンへと向かう。

ローザがサロンに入ると、アレックスがロベルトと談笑していた。

「ローザ嬢、すっかり元気そうだね。今日は買い物に行っていたんだって？」

挨拶が済みローザがソファに座ると、向かい側にいるアレックスが品のよい笑みを浮かべる。

「ええ、お手紙にも心配ないと書きましたが、本日はどのようなご用向きでいらしたのでしょうか？」

ついつい不躾《ぶしつけ》な物言いになってしまう。

もちろん、ローザも笑顔ではあるが、残念なことに彼女の笑顔はデフォルトで怖い。

「ローザ、そのような言い方をするものではない。殿下は大切な話があっていらしたんだ」

嫌な予感がしつつもローザは、自分の前に置かれた熱い紅茶に口をつける。

実はアレックスからは、週に一度は手紙が来るようになっていた。

もちろんそれは怪我の見舞いと謝罪ではあるが、問題なのはその次に続く文章で、怪我が治ったら観劇や舞踏会に行こうというものだった。

ようはお詫びにデートをしましょうということである。

「ローザ、傷の具合もだいぶ良くなったようだし、今度僕とでかけないか？　それから、僕たちの婚約も前向きに考えてほしい」

（え、婚約？）

「はい？　なぜですか？」

アレックスに不意打ちのように言われて、ローザは眉根《まゆね》をよせた。

するとさすがにアレックスも、戸惑ったような視線をローザに向けてくる。

「いや、その、君に思い人がいなければの話ではあるが……」

これは困った展開になってしまった。このまま思い人がいないと答えれば、ローザは窮地に陥《おちい》ることになる。

「いえ、あのちょっと気になる方はいます」

「え？」

「ローザ、何を言い出すんだ？」

アレックスもロベルトも驚いたような顔をしてローザを見る。

（そうなるわよね。さんざんアレックス殿下を追いかけていたのだから）

「殿下、何度も申し上げておりますが、責任を取っていただくような傷ではありませんのよ？」

ローザは何回目かの断り文句を口にした。

漫画ではローザが無理やり婚約を決める流れだったが、現実世界は少し違うようだ。

王族にも世間体や、クロイツァー家の手前もあるのだろう。

アレックスと出かけたことが原因で、顔に残る怪我を負った侯爵令嬢を彼は立場上放ってはおけないのだ。

ローザはときおり見舞いに来るアレックスに、愛想笑いを浮かべつつも、デートの誘いも舞踏会のエスコートもすべてその場で断ってきた。

ローザの反応にロベルトは驚きを隠せない様子で、アレックスは困惑した笑みを浮かべている。

その後、微妙な空気の中で、家族そろってアレックスを見送った。

◇

クロイツァー家の晩餐の席には燭台に火がともり、真っ白なクロスが敷かれたテーブルに色鮮やかな前菜が並ぶ。今日は父も商談がないらしく、家族全員がそろっている。この家は仕事がない日は一家団欒で食事をする。

「ローザ、なぜ、殿下からの申し出を断ったんだい？」

ロベルトはそれが気になっていたようだ。

「お父様、殿下は責任を取って私と結婚しようとしているのです。そんなの嫌です」

ローザの言葉に、タニアが驚いたような顔をする。

「どうして？　あなたは殿下をお慕いしていたのではないの？」

以前も両親にアレックスには興味がなくなったと告げていたが、彼らはまだ信じられない様子だ。

「前にも言いましたが、馬に蹴られたせいか忘れてしまいましたよ」

ローザがあっさりとした口調で言うと、フィルバートが愉快そうに笑いだした。

「そうだな。もともと殿下はお前を気に入っていなかったようだしな」

はっきりと事実を告げる。

「おい、フィルバート、なんてことを言うんだ」

ロベルトがフィルバートを窘《たしな》めた。

「いいんですよ、本当のことですから。お父様、私もそれとなく気づいていました。いやいや結婚していただくのは私も本意ではありませんし、それでは殿下も、私も幸せになれないと思うのです」

すると母が突然目頭を押さえた。

「お母様、いったいどうなさったの？」

ローザがびっくりして尋ねる。

「ローザ、あなたも大人になったわね。ついこの間までわがままばかり言っていた子供だったのに。いつの間にか、いろいろと周りが見えてきて、思いやりが育ってきたのね。いい娘になってよかったわ」

しみじみとかみしめるように言う。

そんな母を見て、ローザは恥ずかしくなってきた。

今日は調子に乗って、家のお金でさんざん豪遊してしまったから、なんとなく決まりが悪い。

改めて、家族が没落の憂き目にあわないよう、アレックスとは婚約しないと、ローザは固く心に決めた。

✦ローザ、王宮の夜会で密会現場を目撃する

いよいよ、夜会当日となった。

怪我《けが》以来、公式な社交の場に出るのは初めてだ。

今ではイーサンの診察も週に一度になっている。最近のイーサンは治療の他に嬉々として、ローザに怪しい性格診断のようなものをさせるから、怖い。

変な形の絵を見せて、何に見えるとか、木を描かせるとかわけが分からないことをやらされる。彼は麗しい顔に柔和な笑みを浮かべてはいるが、ローザは彼の患者というより、研究対象と思われている気がしてならなかった。

(モルモットになった気分？　それとも珍獣観察かしら)

イーサンは相変わらず感情が読み取りにくく、美しいのになぜか不気味に感じるときがある。

(私と同じで脇役《わきやく》だから、キャラぶれが激しいのかしら？　それとも、ちょっと変な人なの？)

そこでローザははたと気づく、イーサンは一章から最終章までアレックスの味方として登場する。時にはヒロインのエレンに有益なアドバイスをしたりする脇役キャラクターだ。

「そうか！　漫画には描かれていない彼の一面ってことね！」

ということで、ローザは納得した。

そして漫画の中ではこの夜会でアレックスとエレンはローザの目を盗み、バラ園でひっそりと逢瀬

を楽しむ。

あれほどはっきりと断ったのに、アレックスはローザに手紙でデートに誘ってきたり、それとなく求婚をにおわせたりしてくるのは変わらなかった。

フィルバートは「殿下はお前の気が突然変わるのが心配なのだろう」と言う。

確かに以前のローザならそれもあるかもしれないが、今は違うと断言できる。

なんにせよ、今日のローザは二人の逢瀬をしっかりと確認するつもりだ。ローザにとっては、ここでエレンとアレックスが結ばれてくれないと困る。

だが、それとは別にエレンと付き合っているのにもかかわらず、しつこくローザに求婚してくるのなら、アレックスを許せないという気持ちもある。それではローザに対して失礼だし、一途にアレックスを慕うエレンに対しても不誠実だと思う。


当日はフィルバートがエスコートしてくれた。フィルバートは王子に突然執着しなくなったローザを愉快に思いつつも不思議に感じているようだ。

「しかし、どうしてお前は急にアレックス殿下に執着しなくなったんだ？　それに最近では性格も穏やかというか、使用人に無茶を言わなくなった。死にかけて何か心境の変化でもあったのか？　突然改心したからびっくりした」

ローザはフィルバートの失礼な物言いに、ぷりぷりと怒りつつも、当たらずとも遠からずだと思った。だがローザは改心したわけではなく、ただ前世の記憶を思い出して行動を慎んでいるだけだ。

「改心とは失礼な。お兄様は閣下と同じようなことを言うのですね。まあ、確かに今までの私はわがまま放題でしたからね。今は心境の変化どころか、生まれ変わった気分ですわ」

馬に蹴《け》られて死にかけるというか、実際一遍死んだのかはわからないが、前世の貧乏社畜女子と今世のわがまま悪役令嬢のミックスが新たに誕生したのだ。

「もっとも、以前のお前も今のお前もパワフルなところは変わらない」

「そんなことはないと思います」

ローザはびっくりするほどのお金持ちな今世に浮かれているだけで、そのうち前世のように社畜的な人間に戻るだろう。

今だけ、お金持ち生活に浮かれさせてほしい。いや、できれば一生浮かれていたいのだ。

（なんとしても私の毒殺とクロイツァー家の没落を阻止しなくちゃね！）

「もしもアレックス殿下に恋人ができても、気は変わらないか？」

フィルバートが少し心配そうに聞いてくる。

確かに今までのローザなら気が変わったと言い出し、何かしら嫌がらせをしそうだ。

なぜなら、ローザには人の物が欲しくなる悪癖があったから、アレックスもそれを危惧しているのだろう。ちょっとアレックスが気の毒になる。

実は、前世の記憶が戻る前も、ローザなりに周りの殿方が自分ではなく、家の権力と財産にしか興味がないと気づいていた。

いまなら、ちょっぴり切ない彼女の気持ちがわかる。愛を相手からの貢ぎ物で換算しようとするなんて、哀れだ。

（そりゃあ、言い寄ってくるのが格下貴族のゴマすりばかりでは、いくらおバカさんでも気づくわよ

ね。ただ必死に、見ないふり気づかないふりをしていただけで）

現にローザは格上の貴族、特に殿方たちによく思われていなかった。さぞや浪費家のわがまま娘に映っていることだろう。まあ、おおかた間違ってはいないけれど。

「絶対にありませんのでご安心ください。それに恐らく殿下には思い人がいます」

扇子をぴしゃりと閉じ、きっぱりとローザが言い放つとフィルバートが眉《まゆ》を顰《ひそ》める。

「そんな噂、聞いたこともないぞ？」

「まもなくはっきりしますわ。それより、お兄様にはお兄様のお付き合いがおありでしょ？」

先ほどから、令嬢たちがまだ婚約者の決まらない兄に秋波を送ってきている。思うにローザが恐ろしくて近寄れないのだろう。

「ああ、あれか。面倒な。ローザ、今晩は僕と一緒に過ごさないか？」

跡取りらしからぬことを言いだす。優秀な兄だが、こういうところはなかなかの駄々っ子だ。

「何を言っているんです？　おモテになってうらやましい限りです。それにお兄様は跡取りではないですか。しっかりした方と結婚なさってください。ああ、それからついでに私を邪険に扱わない人でお願いしますね。では、私は軽食をいただいてきますわ」

ローザは気に入ったイケメンがいなければ、領地の別荘で未婚のまま暮らすつもりだ。フィルバートに代替わりしたとたんに生家から追い出されては困る。

「おいおい。まさか壁の花になる気か？」

「派手に振る舞って、注目の的になるのは嫌なんですよ。なにせ、殿下を無理やりデートに誘いだした挙げ句、馬に蹴られた間抜けな侯爵令嬢ですからね。陰で何を言われていることやら」

このローザの言葉にフィルバートが驚愕の表情を浮かべる。

「どうしたんだ。お前？　周りが見えているのか？」

「さっきから失礼ですよ？　今まで見ないふりをしていただけですわ」

実際のところは、何やかやと世話を焼いてくる過保護なフィルバートと離れて社交界の動向を探り、じっくりアレックスとエレンの動きを見たいだけだ。二人の密会の現場を絶対に確認せねばなるまい。


ローザが夜会会場で兄と別れると、その直後を狙《ねら》いすましたようにライバルでお金持ちのイプス伯爵家の令嬢ジュリエットが自身の取り巻きを連れてしゃなりしゃなりとやってきた。

まるで獲物を見つけた肉食獣のような目をしている。久しぶりの夜会で、初っ端に会ったのが彼女でローザは少々うんざりした。彼女もまた美しく優秀な第三王子であるアレックスを狙っていた。ローザに妙なライバル意識を抱いているのだ。

しかし、実際のライバルはローザではなく伯爵令嬢のエレンなので、ローザはやれやれとため息をつく。

(猿山のお猿さんよろしくマウンティング開始ね)

ローザは扇子を開き、優雅に微笑んだ。

「まあ、驚きましたわ。おひとりで夜会にいらしたの？」

ジュリエットは不敵な笑みを浮かべ開口一番そう言った。

兄と入場したのを見ていないわけがないのに。

ジュリエットのいつもの挑発手段だ。

ローザがアレックスにエスコートしてもらえないことをからかっているのだろう。

（たまにはパターンを変えようと思わないのかしらね？　毎回同じだわ）

以前のローザなら乗せられてしまうところだが、これからのローザは違う。

「いいえ、兄と来ましたわ。お気づきになりませんでしたの？　今日のドレスはマダム・モンテローサの店で仕立ててもらったものですけれど、少々地味でしたかしら？」

余裕の笑みを浮かべて答える。

決して地味な装いではないが、赤が好きなローザにしては珍しく、濃紺を基調としたドレスを着ている。

だが、そのドレスには銀糸の複雑な刺繍が施され、きらきらと宝石がちりばめられている。さながら夜空のようなドレスだ。

「まあ、お兄様と？　私はてっきりアレックス殿下といらっしゃるとばかり。だってローザ様は殿下を庇って馬に蹴られたのでしょう？　傷も残っているでしょうし、まさかそこまでしてもご婚約できなかったの？」

ジュリエットがわざとらしく驚いたように目を見張り、いけしゃあしゃあと言い放つ。

すっかり忘れていたが、ローザはあの時とっさにアレックスを庇ったのだ。やはり恋心はあったらしい。だが、前世を思い出した今は無残に枯れている。

（それほどまで殿下を思っても、すでにエレンと良い仲になっているのだもの。そのうえ毒殺されるし、家は没落するし、誰《だれ》かに恋をしている場合ではないわね）

漫画を読んでいるときは、脇役の当て馬のことなど考えたことはなかったが、作中の『ローザ』が気の毒になる。『ローザ』は自分が後ろ盾になり、アレックスを支えるつもりでいたのだ。

しばし、過去の自分に同情し感傷に浸っていると、ジュリエットが探るように見てくる。

この王宮の社交の場で、どうにかローザを挑発して醜態を晒《さら》させようとしているのだ。

いつの間にか周りの注目が集まり、まるで加勢するようにローザの取り巻きも集まってきていた。

(あらあら、いい見世物になってしまったわね)

ローザはパチンと扇子を閉じ、艶《つや》やかに笑む。

ここで怒って怒鳴り散らせば、いままでのローザと同じだ。だが、今は前世の社畜生活で鍛えあげられた根性と忍耐がある。

ジュリエットの計略には簡単にかからない。

「ほほほ、なんて面白《おもしろ》いことをおっしゃるのでしょう？　もちろん殿下から『責任を取りたいから』とご婚約のお話はございましたわ。しかし、私の方から辞退いたしました。グリフィス閣下に治療していただいたので、傷なんてほとんど残っておりませんのよ？　殿下に責任を取っていただくようなことはございませんわ」

グリフィス閣下のところに力を入れて言うと、ジュリエットが少し怯《ひる》んだ。

腕のよい治癒師で、ほぼ王族の専属と言っていい彼に傷を診てもらうことは名誉なことなのだ。

「そうはおっしゃられても、お顔に傷がついたのですよね？　それなのに婚約なさらないのは不自然ではないでしょうか？　それとも殿下に婚約を申し込まれる夢でもご覧になったのかしら」

そう言ってジュリエットが顔を引きつらせながらも、小ばかにしたような笑みを浮かべる。

ローザは格下の貴族にずいぶん馬鹿《ばか》にされていたようだ。

まあ、格下とはいってもイプス家も名門で富豪、発言権の強い有力貴族ではある。

「それはどういった意図でのご発言ですの？　私が体の傷を盾に婚約をせまる卑怯者《ひきょうもの》とでもおっしゃりたいの？　もしくはどなたかに責任を取ってもらわなければ、私は結婚もできないと言いたいのでしょうか？」

ジュリエットは、ローザの落ち着き払った態度に驚きわなないている。

「えっと、それは……」

初めてジュリエットがローザを前に言いよどむ。

ここぞとばかりにローザはたたみかける。

「まさかとは思いますがイプス家のご令嬢が公衆の面前で私を侮辱しているのかしら？　罵倒するつもりでおっしゃっているわけではございませんよね？」

ローザはにっこりと微笑み堂々と胸を張って言い返す。

ジュリエットは、いつもと違いむきになって怒鳴り散らさないローザに焦《あせ》りをにじませ、取り巻きたちも及び腰になる。

「いえ、そんなことは言っておりませんわ。それは曲解というものです。それにローザ様はいつも殿下の後をついておいでては？　だからてっきり私はローザ様が殿下をお慕いしているのではないかと……」

勝負は決まっているようなものなのに、それでも悔し紛れにかみついてくる。

恋は人を愚かにする。さぞかしローザも周りの目には愚かかつ性悪女に映っていたことだろう。

「だから、私が傷を逆手にとって婚約を迫ったと？　まあ、とんでもない誤解ですわ。それとも傷のある私の今の顔は醜いとでもおっしゃっているのかしら？」

ローザがかすかに笑みを浮かべ、ジュリエットにずいっと一歩近づく。ローザは自分の笑顔の迫力を自覚していた。皆が彼女の笑顔の前には怯むのだ。

「いえ、そんな醜いだなんて……」

ジュリエットの言葉はしりすぼみになる。

「もう一度お尋ねしますわ。クロイツァー侯爵家の娘である私が、どなたかに責任を取っていただかなくては結婚もできないとでも？　答えいかんによっては我が家門に対する侮辱と受け取らせていただきますわ」

ローザの言葉にジュリエットは顔色を失った。

「あら、でも待って。よくよく考えてみれば、王族であるアレックス殿下のことも侮辱していらっしゃるのかしら？」

落ち着いた声で、ぴしりと言い放ち、さらに一歩ジュリエットに迫る。

するとジュリエットの取り巻きたちが、さっと蜘蛛の子を散らすように離れていった。ローザの悪役面がやっと役に立ったようだ。

「いえ、めっそうもございません！」

周りに注目される中で、孤立し焦ったジュリエットが、いつもと違うローザを前にそそくさと去ろうとする。

「ちょっとお待ちなさい！　何かお忘れでは？　このような失礼なことを公衆の面前で言っておいて謝罪もなさらないの？　私、今あなたに罵倒されたような気がするのですが気のせいかしら？」

いつものように激昂せず威厳をもって言う。ローザはジュリエットに謝罪させるまで引かないいつもりだ。どちらが上かわからせなければならない。

（お猿さんのマウントみたい。でも、しっかりやっておかないとだめよね？）

いつも癇癪《かんしゃく》を起こしていたから、ジュリエットにはすっかりなめられていたようだが、今後はそうはいかないのだ。

ジュリエットは唇を噛《か》み一瞬悔しそうな顔をしたが、貴族の世界を知っているだけあって深く膝《ひざ》を折り謝罪し、逃げるように会場を後にした。どうやら今日はもうお帰りになるようだ。

「まあ、ローザ様、すっきりしました」

「本当にお見事です」

取り巻きたちが驚きを滲ませ、ローザを称賛しつつも、ほっと胸をなでおろしている。彼女たちは彼女たちで、ローザがいつ癇癪を起こし、醜態をさらすかと不安だったのだろう。

なにせ口の達者なジュリエットにはいつもしてやられていたのだから。今回は彼女たちの名誉も守れたわけだ。

（権力とそれに付随する義務ね。セレブリティーって、結構背負うものがあるわねえ）

給仕から受け取った果実水を優雅にかたむけながら、ローザはそんなことを改めて考える。

それからしばらく、ローザは取り巻きたちと談笑していた。

話題は自然とバスボムに移っていく。

「そういえば、ローザ様、お茶会のお土産にいただいたバスボムですが、とても使い心地がよくて最高でしたわ」

　エマが喜んでくれている。

「ええ、最初はしゅわしゅわ泡が出てきて驚きましたが、香りもよく、色も綺麗《きれい》でとても楽しめましたわ」

「なんだか癖《くせ》になりそうです！」

　ライラもポピーも幼馴染の令嬢たちは律儀に使ってくれたようだ。

「私もぜひとも体験してみたいですわ」

「色も美しいのでしょう？」

「なんでも、とても良い香りがするとか？」

　驚いたことにその話を聞きつけて、ローザの取り巻き以外の令嬢とその母親まで集まって来た。

　今日の夜会では、ローザはいつになく人気でバスボムが思った以上に評判になっていることに驚いていた。

　茶会に来てくれた幼馴染の彼女たちが噂を広めてくれたようだ。意外に彼女たちは友情に厚く、ローザはじんときた。

　もちろん周りは女性ばかりで殿方は一人もいないが、それでもローザは満足だった。

　いつものように友人たちと騒ぎ、十分に存在感を示した後、ローザはエレンとアレックスが動きやすいように会場からひっそりとフェードアウトすることにした。

　ローザが移動し始めると、目の前に突然何者かが立ちふさがる。

「ローザ嬢、君はどんなドレスでも着こなしてしまうんだね」

顔を上げるとモブのティム・パーマーが立っていた。彼はローザに果実水のグラスを渡す。

なんというバッドタイミング。

「あら、ありがとうございます」

しょうがないので、ローザは微笑んでグラスを受け取り一気に飲み干すことにした。

「あの、ローザ嬢、バルコニーで少々お話をしませんか？　もしくは庭園で？」

早速のお誘いであるが、ティムの家は資金繰りが芳しくないとフィルバートから聞いているし、彼の表情には焦りが浮かんでいた。財産目当てなのが、まるわかりだ。

「まあ、せっかくのお誘いですが申し訳ございません。私、これから化粧直しに行きますので、失礼いたします」

「毎回毎回つれないことをおっしゃらないでください」

いきなり腕を摑《つか》まれて、ローザはびっくりした。

「はい？」

微笑もうとして、ティムの強引《ごういん》さにこめかみに青筋が立ちそうになる。文句を言おうとした瞬間。

「妹は、ひどい怪我が治ったばかりなんだ。あまり強引な真似はしないでくれないか？」

今まで友人と談笑していたはずのフィルバートが、突然割って入ったので気勢をそがれた。

「すみません。少しお話がしたかっただけで……」

言い訳めいたことを口にすると、ティムは慌てて去っていく。

「あの方どうしたんでしょう？」

日頃のティムらしくない強引さに、ローザは目をぱちくりと瞬いた。

「ローザ、あいつにまで愛想をよくする必要はない。今まで通り相手にするな。ああいうタイプの男は甘い顔を見せると図に乗るぞ。塩対応で十分だ。まったく僕と同じ香水までつけていったいどういうつもりなんだ」

「そういえば、そうですね。なんだか、お兄様のストーカーみたいです」

「気持ちの悪いことを言わないでくれよ、ローザ」

フィルバートがぶるりと震えた。

「これからは腕を掴まれたら、遠慮せず振り払うことにしますわ」

フィルバートが頷《うなず》く。

「そんなことより、腹が減ったのだろう？　休憩室で何か食べておいで」

「お兄様、せっかく見直しかけたのに一言余計です」

「え？　違った？」

なにやら、おろおろしだしたフィルバートを置いて、ローザは休憩室へ向かった。

(当たっているから腹が立ったのよ！)

悔しいが兄の言う通りで、これから腹ごしらえだ。それがすんだら、庭園でアレックスとエレンが密会する現場を確認しなくてはならない。張り込み中に空腹でおなかがなったら大変だ。

ローザは軽くサンドイッチを食べ果実水を飲む。それから漫画にあった王宮のバラ園に向かった。

漫画の中では今日のローザをエスコートするのはフィルバートではなく、アレックスだったが、現実では違う。

ならば、アレックスとエレンの逢瀬はどうなるのだろうか。気になるところだ。

ローザは二人の逢瀬の現場である、バラ園の噴水近くの四阿《あずまや》へ急いだ。

濃紺のドレスはローザの読み通り、夜闇《やあん》にまぎれてくれる。きらきらとした刺繍やビーズも光のない茂みではほとんど反射しない。湿った土や草、強くバラの香りが漂う庭園の中を、ローザは転ばないように気を付けながら、足場の悪い茂みを進んでいった。エレンとアレックスを探してひっそりと移動する。ほどなくして二人を発見した。

「いたわ。ここは漫画のとおりなのね」

ローザは茂みの陰から小声で呟く。ぽつりぽつりと明かりのある噴水近くの四阿で、アレックスとエレンの姿がぼうっと浮かび上がっている。二人はまるで恋人同士のように寄り添っていた。とても絵になっている。やはりエレンとアレックスは漫画にあった通り付き合っていたのだ。

だが、ローザは心中穏やかではない。

(なんで、エレン様と付き合っているのに、私に求婚できるかな?)

思わず閉じた扇子をぎりぎりと握りしめる。腹は立つが、ここは冷静に二人の様子を観察することにした。

ローザは盗み聞きをするため、こっそり二人の近くに移動する。

盗み聞きなんてはしたないこととは思うものの、この際手段は選んでいられないのだ。己《おのれ》の毒殺がかかっているのだから。ドレスの裾《すそ》は汚れ、歩きにくく、大変だった。

やっとベストポジションを見つけて、ローザは暗い茂みの中から顔を出し聞き耳を立てる。

「ローザ様が、ご自分の取り巻きを使って意地悪をするのです。それで、お茶会も私だけ呼ばれなくて……仲間外れにされているんです」

そんなエレンの話し声が聞こえ、ローザは驚愕《きょうがく》した。

（は？　どういうこと？　このヒロイン、被害妄想が激しいのかしら）

そもそもローザはエレンとは親しくないし、ローザがエレンをいじめ始めるのはエレンがアレックスと恋仲だと知ってからだ。

「可哀そうにエレン。クロイツァー嬢は自分より、愛らしく綺麗な娘が嫌いなんだよ」

思わずアレックスに「ちょっと待て！」と突っ込みを入れそうになって踏みとどまった。恐るべきアレックスの二枚舌。

以前のローザも今もそんなことはない。

だいたい以前のローザは自分がこの国一番の美人だと思い込むお花畑のような思考の持ち主だったから、自分より綺麗な娘などいるわけがないと思い込んでいた。でも、確かに可愛《かわい》い娘は気に入らなかったかも……。

そして前世を思い出した今は、さすがにこの国一番とは思っていないが、この金髪碧眼の美貌が最高に気に入っている。

（確か前世はめっちゃ地味子だったわよね？）

当然、庶民出身のエレンは全くのノーマークだった。だが、作中ではローザはエレンを虐めていたことになっているのだ。

（どうなっているの？）

ローザはふと『打った方は忘れても、打たれた方は忘れない』という言葉を思い出し、嫌な予感がした。

（あら、私、なんかやらかしていたかしら？）

「私が虐められるのはいいのです。でも一番の問題は……クロイツァー家がモロー家に嫌がらせをしてくるのです。それで我が家は生活が苦しくて」

（なんですって？）

ローザは初耳だった。

今すぐどういうことなのかと、エレンに問《と》い質《ただ》したい気持ちを、社畜時代に培った忍耐力で抑え込む。

「それから、ローザ様が馬に蹴られた件なのですが、ローザ様の自作自演との噂が広まっています」

「まさか？　死にかけたんだぞ。いくら彼女でもそこまでは」

（おいおい、『いくら彼女でも』とはなんだ、コラ？　それに自作自演って、何？）

思わず心の中で前世の言葉遣いが出てしまうほど、ローザの心は荒ぶった。

「でも、皆さん、そうおっしゃっています！」

「確かに、クロイツァー嬢ならあり得るかもしれないが……」

（絶対にあり得ないって！　私、死にかけたのよ？　いったい誰が、そんな噂を流しているの？）

再び衝撃を受け、ローザはよろめいた。ここは足場が悪過ぎる。

音を立てたらまずいと思った瞬間、後ろからふわりと誰かに支えられた。驚いて振り返るとイーサンがいた。声を上げそうになり、ローザは慌てて己の口をふさぐ。

（嘘《うそ》でしょ。この人も立ち聞きしていたの？）

イーサンは珍しく少し厳しい表情をしている。

その後、ローザはイーサンに引きずられるようにして、二人の密会の場から、少し離れた茂みに連れ出された。

「あの、グリフィス閣下、なぜあのような場所で盗み聞きを？」

前世の『推し』が盗み聞きをするなど衝撃以外の何物でもない。

「それはこちらのセリフだ、と言いたいところだが、後日改めて君とは話をした方がよさそうだ」

「言っておきますが、私は二人の邪魔をする気はありませんよ」

イーサンが片眉を上げる。

「まあ、君は癇癪を起こしてあの場に飛び出して行かなかったわけだから、そうなのだろう。ただ、なぜ君があの場所にいたのかは不思議なのだが？」

ローザはイーサンの言葉を軽く流し、再度疑問を口にする。

「もう一度お尋ねしますが、なぜ閣下はあの場所に？」

前世の記憶があるローザだから、あの密会現場を知っていた。そこになぜ、イーサンがいたのかが不思議だ。二人の視線がしばしぶつかった。

「たまたまだ。少し夜会の会場内が息苦しくてね。庭園を散歩していたんだ」

「あら、偶然って重なるものですね」

「ああ、本当に偶然とは恐ろしいね」

そう言って微笑む彼の感情はさっぱりわからない。

「それより、こんな庭園の暗がりの中で、君と二人でいるこの状況はよろしくない。誤解を生みかねないからね。君は未婚のご令嬢だろ。おかしな噂がたったら困るのではないか？　この件は、後日改めて連絡する」

いつもは微笑みを浮かべているイーサンが、僅かに憂鬱《ゆううつ》そうな表情を浮かべて去っていった。ローザに彼を深追いする気はない。

麗しきイーサンよりも、ずっと気がかりなことがある。

「うちがモロー家に嫌がらせをしているって、どういうこと？　それもエレン様の被害妄想？　でもお父様はお金が大好きだし、きっといろんなところから恨みを買っているわよね？」

ローザはひとり庭園で満月を見上げながら、どうしたものかと思案する。家が没落しては困るのだ。

前世的な言い方をすれば、ローザは今、太い実家に頼って生きている状態である。

その時、ローザは前世で起業したいという淡い夢を持っていたことを思いだす。

あの頃は、資金力も時間もなくて、生きることに精いっぱいだった。

だが、今のローザは違う。

（実家にお金があるうちに、自分の資産でも作っておこうかしら？）

すでに悪役令嬢の務めを果たした後でした

ローザは夜会の翌日、早速ロベルトの執務室に乗り込み、真偽を確かめることにした。

「ローザ、どうした。お前がここに来るのは珍しいね。なにか買ってもらいたいものでもあるのかい？　それとも縁づきたい男性でも現れたのか？」

ロベルトのこんな言葉を聞いていると、前世の記憶が戻る前のローザは狡猾な悪役というより、頭の中がお花畑なわがまま娘としか思えない。絶対おバカさんに決まっている。

ローザは一つ咳払《せきばら》いをすると話を切り出した。

「お父様、うちはいろいろと商売をしておりますよね？」

「確かに大きな商会を持っているが、それがどうかしたのか。お前がそのようなことに興味を持つとは珍しいな」

ロベルトは少し驚いたように、それでも嬉《うれ》しそうに目を輝かせる。

「いいえ、そういうことではなく、商売敵に嫌がらせとかしていません？」

「ははは、何を言い出すかと思えば。夜会で何か言われたのかい？　うちは違法なことは何一つしていないよ」

笑いながらも、ロベルトの瞳《ひとみ》の奥がきらりと光る。

（やっぱり何かしら、やっているのね？）

父が言わずともローザには伝わった。そこらへんは親子の絆《きずな》を強く感じる。

（嫌だわ。私、顔もお父様似だといわれるのよね）

「では、ロベルトは顔立ちは整っているものの、いかにもがめつそうなのだ。

「では、モロー家とのかかわりは？　何かモロー家に嫌がらせをしていませんか？」

すると、ロベルトが驚いた顔をする。

「いや、していないよ。そういえば、モロー嬢がお前の見舞いに来ていたね。泣きつかれたのかい？」

「泣きつかれる？　どういうことですか？」

ローザはロベルトの言葉にひっかかりを覚えた。

「モロー家は今、傾きかけていてね。うちに借金があるんだよ」

「はい？」

意外なつながりに、ローザはびっくりした。

「まあ、あの家が借金をしているのは、うちだけではないが。それに、こちらも踏み倒されるわけにはいかないから、それなりにペナルティーを与えた。とにかく落ち着いて座りなさい」

そう言うと父は、執事に茶の準備を言いつける。

ローザはソファに腰かけ、父の話を聞くことになった。

「モロー家は小さな鉱山を持っていてね。そこへ行くにはうちの領地を横切るのが一番近いんだ。輸送費も馬鹿《ばか》にならないから、今まではただで使ってもらっていた。だがあまりにも借金を返さないから、うちとしても黙って使わせるわけにはいかなくなった。だから通行料を徴収することにしたんだ」

まあ、それくらいのことはするだろうとローザは思った。

「その金額が法外なものとか？」

いちおう確認をとっておく。

「おいおい、相手がいくら出せるかは把握しているつもりだ。没落されて借金を回収できなくなったら、嫌だからね。まあ、別に回収できなかったとしても、うちとしては痛くもかゆくもない。だが、理由もなく債権放棄などできないよ」

ロベルトがローザに嘘《うそ》をいう必要はなかった。それにモロー家とはそれほど強いつながりはないのだろう。

「なぜ、モロー家は借金をするようになったのですか？」

「ああ、鉱山の管理がずさんだったんだ。領地経営も失敗しているし。モロー伯爵家は代替わりしたはいいが、先代と違って怠惰でね」

漫画では夫人が亡くなった寂《さび》しさから伯爵は酒浸りになるが、現実世界では少し違うようだ。

（それとも漫画は側面を切り取っただけ？　いえ、違うわ。ヒロイン視点で描かれていたのよ）

「ちなみに、うちは高利貸しでもしているのですか？」

ローザの言葉に父が、珍しく苦笑する。

「おいおい、高利貸しは儲かるが、恨まれるから手を出していないよ。たいていのまっとうな貴族はやらない。うちの商会がおさめた商品の代金が、未払いのままなんだ」

「え？　そんなことが」

ローザは意外な事実に驚いた。

「それなのに娘は、図々しくお前の見舞いに来るし、夜会にも参加しているのだろう？　まったく、親子そろって面の皮が厚いというか。だいたい借金があるのはうちだけではないんだよ。貴族は誰《だれ》もあの家には金を貸さないんじゃないかな。相当ひどい取り立ても受けているという噂だ」

ローザは熱い紅茶を飲み、こんがりと焼けたバターの香りがするフィナンシェを手に取る。

モロー家の、特にエレンからすれば嫌がらせに思えるが、クロイツァー家からすれば借金を返さない相手が悪いというところだろう。ローザがどうこうできるような問題ではないし、ロベルトが間違っているとも思えなかった。

納得したローザはロベルトの執務室を去ることにした。

「そうだったのですね。ありがとうございました。それではお父様、これで失礼します」

「なんだ、もう行ってしまうのか。またいつでもおいで」

そう言ってロベルトはローザに手を振った。


（モロー家の事情は分かったけれど、私がエレン様を虐めていたってどういうことかしら？　大して興味もなかったから嫌がらせだってしていないはずだけれど……）

ローザが首をひねりながら、自室に向かって廊下を歩いていると、突如過去の記憶がよみがえる。

漫画の序盤でエレンが夜会に着てきたドレスを、悪役令嬢ローザに馬鹿にされるという場面があった。その場面が、過去のローザの姿とオーバーラップし始める。

そういえば……あの時。

『あら、そのドレスは流行おくれね。私のドレスをさしあげましょうか？』

そんなことを王宮の夜会で、公衆の面前で言い放った覚えがある。

単純にローザのクローゼットには、袖《そで》を通していないドレスが余っていたから、思ったことを口に出しただけだ。

だが完全に上から目線で、感じが悪い。

（ナチュラルにマウンティングしているボス猿だわ！）

言われた方からしてみれば、たまったものではないだろう。

貧乏なヒロインが、精いっぱいのおしゃれをして夜会に臨んだのに。

その後、ヒロインは深く傷つき一人でひっそりと涙する。そしてそれを見かねたアレックスがエレンに最新流行のドレスを贈るという展開だったはずだ。

「うわあああ！　どうしよう！」

思い出したはいいが、後の祭りだ。ローザは廊下の真ん中で叫ぶ。

頭を掻《か》きむしりたい衝動にかられた。まるで呼吸をするように、周りの若い令嬢たちにマウンティングをしてきた過去が次々によみがえる。

もうすでに自分は脇役《わきやく》悪役令嬢としての務めをきっちり果たしていた。

（これって、もう取り返しがつかないのでは？）

なるほど、ローザがエレンを虐めているという話も、あながち彼女の被害妄想というわけではないようだ。

そのように取られて当然の行動をローザはすでに取っている。もはや手遅れ。

ヒロインから見れば、ローザもクロイツァー家も悪役だ。

弱小貴族のエレンにしてみれば、ローザ、ひいてはクロイツァー一門に嫌われたら社交界に居場所がなくなると感じているのだろう。いや、実際その通りだ。

「私ったら、天性の悪役じゃない」

ローザは過去の悪行を思い出したせいで、がっくりと膝《ひざ》から崩れ落ちた。

（もう好感度を上げるとか、無理ゲー。むしろ取り巻きに見捨てられていないだけ幸せ）

廊下で呆然《ぼうぜん》と立ち止まるローザを、それまで空気のようにそばで控えていたヘレナが部屋まで引きずっていく。

「お嬢様、廊下の真ん中で叫ぶのは、少々お行儀が悪いかと」

「ヘレナ、どうしよう。私、超悪役でモブなのよ？」

ローザがヘレナに縋りつくと、彼女は呆《あき》れたような顔をする。

「なんですか、それ？　貴族の間ではやっているゲームかなにかですか？」

当然のことながら、ヘレナには全く通じない。

「ゲームじゃないから、困っているんじゃない。私、悪女なの。それなのに、どうしようもなく、わが身がかわいいのよ！」

「ならば、善行を積んでみるというのはいかがでしょう。神様もきっとお目こぼししてくださいますよ」

ローザはヘレナの瞳に憐れみの色を見た。

今日もローザとヘレナの間でかみ合わない会話が続く。

だが、それが意外に楽しかったりもする。

◇

傷の経過を診たいと称してイーサンがクロイツァー家にやって来た。

ちなみに一生残るといわれたローザの傷はほとんど残っていない。

診療も二週間に一度という形に落ち着いた。

「傷をすべて消すとなると、もう少し時間がかかる」

「もう、いいですよ。別に化粧をしていなくても、それほど目立ちませんから」

イーサンは確かに『推し』ではあったが、アレックス関連の人たちと付き合いを持つのは怖かった。

それに彼がなぜ立ち聞きをしていたのかが、ものすごく気になる。

「クロイツァー卿からは、傷ひとつなくと注文を受けているのだが？」

親馬鹿《おやばか》のロベルトがまた余計なことを言ってくれる。

「はあ、ここで治療をやめたとしても、父は気づかないと思いますよ」

イーサンが軽くため息をつき、黒いシミのような絵を診療バッグにしまう。今日もローザは変なテストを受けさせられたのだ。

イーサンはローザの反応に興味津々でちょっと怖かった。前回は『頭を打つ前のサンプルがあればよかったのに』と少し悔しそうに呟いていたのが印象深い。

「そうか、それは残念だ」

（え？　何が？　心理テストが出来なくて残念なの？）

ローザが胡乱《うろん》な目をイーサンに向けたその時、彼からメモを渡された。

メモには『君に予定がなければ、三日後の午後のお茶の時間にグリフィス家のタウンハウスに』と用件だけが書かれていた。

まるで呼び出し状のようだ。

(普通に手紙でよくない?)

その後、いつものように診察を終えて帰るイーサンを見送った。

「お嬢様、いったい何の取引ですか?」

「うわっ、びっくりした!」

今まで空気と同化していたヘレナが突然口を開いたので、ローザは飛び上がった。

「お嬢様、品がないですよ」

「あなたが急に話しかけるからでしょう?」

「それより、何の取引です?」

ローザの言葉をさらりとながして、ヘレナは再度聞いてくる。

「ああ、閣下と会う約束をしたのよ」

そう言った瞬間ヘレナが驚愕《きょうがく》に目を見開いた。

「はあ?　なぜ、そのようなことに?」

ヘレナは今までの様子から、イーサンとローザがそういう関係ではないことを知っている。

「ああ、ちょっとした情報交換かしら?　たいしたものではないわ」

「では私もついていきます」

きっぱりと言うヘレナ。

「閣下は父の耳にいれたくないようなのよね。でもヘレナの雇い主はお父様だし」

ローザが逡巡する。

「お嬢様、それは勘違いというものです。実は私は武術の心得もございまして、お嬢様をお守りするように仰せつかっております。別にお嬢様が何をしたかという情報を、逐一旦那様にお知らせする目的で雇われたわけではございません」

「驚いたわ。あなたってそんなに長く話せたのね」

ローザは大きく目を見開いた。

「驚いたのは、そこなんですか?」

「逆にどこに驚いてほしかったの?」

ヘレナが何を不満に思ったのか、疑問である。

「武術の心得があるというところです」

なるほどと頷《うなず》いた後、ローザは再び口を開く。

「まあ、一人で出かけるわけにもいかないし、当日はよろしくね」

どのみち、ローザにとってはどちらでもいいことだった。

父にこの会合がばれたら、面倒なことになるのはローザよりイーサンの方だ。彼がどうにかしてくれるだろう。


ローザは約束の日時に、グリフィス公爵家のタウンハウスへ、家紋の入っていない馬車で向かう。

いちおうイーサンに気を遣ってあげたのだ。

ポーチに乗り付けると、案内の執事が立っていた。

両開きの大きな玄関扉から入ると、エントランスホールは吹き抜けで、床は大理石。正面には中央階段がある。靴音が反響するほど広い空間にローザはあっけに取られた。クロイツァー家とはまた違った豪華さがある。

（ええっと、空間の使い方が贅沢って感じ？）

ローザは執事にサロンに案内された。

扉を執事が開けると見事な刺繍が施されているソファに椅子《いす》、猫脚のティーテーブルが中央に置かれていた。

その先には大きな掃き出し窓があり、高い天井《てんじょう》からはクリスタルのシャンデリアが午後の日差しをきらきらと反射している。

イーサンはローザの姿を見ると、椅子から立ち上がり挨拶《あいさつ》した。ローザも挨拶を返す。秘密の会合にしては穏やかで、普通のやり取りだ。

「扉は開けておくが、クロイツァー嬢と二人で話したい。お前たちは席を外してくれないか？」

イーサンが使用人たちに言うと、ヘレナは心配そうにローザを見る。

「大丈夫よ。ヘレナ」

「承知いたしました、お嬢様。私は扉のそばに控えております。なにかございましたら、すぐにお声がけください」

ローザの言葉に頷くとヘレナは部屋から出ていった。扉のそばと言ってもこのサロン自体が大きいので会話が漏《も》れ聞こえることはないだろう。

ローザがすすめられるまま席に着くと、早速イーサンが口を開いた。

「君のところのメイドは、ずいぶんと忠誠心が強いんだね。それとも私が君に害をおよぼすとでも思っているのかな？」

サラサラの長い銀髪を後ろで結んだ麗しき公爵がにっこりと微笑む。が、瞳が全く笑っていない。少し気分を害したのだろうか。相変わらず感情が読めない相手だ。

「うちのメイドは真面目で職務に忠実な働き者なのです。ご容赦くださいませ」

ヘレナは大事なメイドなので、ローザは即座にフォローを入れた。

「いい使用人をもったね」

あっさりとした口調でイーサンが言う。その言葉に、含みがあるのかないのか判断がつかないので、ローザはさっくりと話を先に進めることにした。

「それで何のお話でしょうか？」

「もちろん、先日の夜会の件だ。君はあの状況をどう思う？」

「ああ、立ち聞きの件ですね。家の名誉のために先に言っておきますが、クロイツァー家はモロー家に嫌がらせはしておりません！」

ローザがきっぱりと言うと、イーサンは頷いた。

「そうだろうね。クロイツァー卿はそのような無駄な真似はしないだろう」

「え？」

「なぜ、驚いている？」

イーサンが訝しげに首を傾げる。

「いえ、閣下はてっきりうちの家門を疑っているのかと」

イーサンはアレックスの味方だ。クロイツァー家をよく思っていないはず、とローザは推測していたのだ。

「クロイツァー卿は合理的なお方だ。私は別にクロイツァー家に恨みなどないし、元々関《かか》わりもない」

ローザは首を傾げる。

(殿下の味方だから、嫌われているのかと思っていたわ。もしかして、私が殿下と婚約しなかったから？　まだセーフなの？)

ローザは現実のこの世界で、イーサンについてよく知らないことに気づいた。漫画ではローザよりずっと登場回数の多い脇役だったが、キャラ的にそこまで掘り下げられていなかったようにも思うし、逆にそこがミステリアスで魅力的だった。

ローザが漫画を読んでいた時は、どっぷりヒロインになり切っていたから、顔が好みのイーサンが『推し』になったのだ。

ヒロインから見れば、頼もしい味方である。

(そもそもアレックスが、ローザとの婚約を嫌がったのは、ローザの性格もあるけれど、王位は狙《ねら》っていないという意思表明のためだったからじゃないかしら？　クロイツァー家が強力な後ろ盾になってしまうものね。作中の彼は王位を望んでいなかった……)

ローザはいろいろと穴の多い前世の記憶をたどりつつ口を開く。

「では、閣下は普通に、私に手紙を書けばよかったのではないですか？　呼び出し状のようなメモを手渡しなどせずに」

てっきりイーサンは、腹に一物あるのではないかと疑ってしまった。

するとは彼が珍しく困ったような顔をする。

「最近、クロイツァー卿は、君の『少し気になる人』をやっきになって探しているらしい」

「は？」

「卿に、私ではないかと聞かれた。それに私以外の独身の高位貴族たちにもそのような質問をされている」

思い当たる節がある。

アレックスの求婚から逃げるために、ローザはそんなことを口走った。

「なるほど。それは失礼いたしました！」

安易に答えてしまったローザも悪いが、恥ずかし過ぎて顔から火を噴きそうだ。

ローザが悶々としていると、イーサンが口を開いた。

「単刀直入に聞くが、アレックスはまだ君に求婚し続けているのだろうか？」

イーサンはアレックスの最大の理解者で相談相手だった。そのはずなのに、現実のイーサンはアレックスの行動を把握しきれていないようで、なぜかローザに尋ねてくる。

「はい、ときおり家を訪れては求婚をしていきます」

なんだか面倒になり、言葉遣いがぞんざいになっていく。

「それで、君の気になる人とは、アレックスの求婚から逃れるための方便なのか？」

ずばりと言い当てられ、ローザはびっくりした。

「な、なんでわかったのですか？」

「君の場合、好きな男性がいれば積極的にアプローチするだろう」

家族ではなく、イーサンがそのことに気づくとは思わなかった。ローザは言葉に詰まる。

「それで君は夜会の晩、なぜあの場にいたんだ？　アレックスの後をつけたのか？」

どうやら、彼はそのことが気になっていたらしい。

「いえ、もう後をつけたりしていませんよ。閣下こそどうしてあの場所に？」

ローザが鋭く切り返す。

「言っただろう。会場内が少々面倒で、外に出たと」

イーサンは落ち着いた様子だった。

「ああ、おモテになりますものね」

「君だって、人気だったではないか」

「皆私に関心などありませんよ。私の後ろにあるクロイツァー家を見ているんです」

ローザが投げやりに答える。

「それは私も一緒だとは思わないのか」

「え？」

意外なことを言われ、ローザは驚いた。

「いえ、まあ、閣下は別にいろいろ持っていなくても、モテるのではないですかね？」

「何を根拠に？」

（いやいや、あなたなら、村人Aでもモテるでしょ？）

しかし、ローザはそれを口にするのを憚った。

「ご尊顔も美しいですし、腕のよい治癒師ではないですか」

ローザの言葉にイーサンが苦笑する。

「それはどうも。あの日も肥沃なグリフィス領が目当ての女性ばかりが、集まってきてね。息苦しくなり庭園に出たんだ。そこでたまたまアレックスとモロー嬢の逢瀬の場面に出くわした」

「まあ、奇遇ですわね。私もです」

「言っておくが、私は君より先にあの場にいた。君の足取りは自信に満ちていて、まるであの場でアレックスとモロー嬢が密会していることを知っているかのようだった」

どうやらそのことで、いらぬ疑いを与えてしまったようだ。

だが、ここで『前世で読んだ漫画世界だから、展開を知っていました』と言うわけにはいかないので、ローザは頭を悩ませる。

「そうおっしゃられても……。ただ一つ、私はあの場にいてよかったと思っております。ほかに思う女性がいるのに、私に求婚するなど、そんな不誠実な男性はいりませんから」

最初は言いよどんだものの、ローザはきっぱりと言った。

イーサンが信じようが信じまいが、これは紛れもない事実だ。

そしてできることなら、イーサンを敵に回したくはなかった。ローザにとって治癒師である彼は脅威だ。今後うっかりローザが毒に倒れるようなことがあったら、出来れば全力で助けてほしい。

「君の説明すべてに納得がいったというわけではないが、アレックスに関しては思うところがある。傷が残ることはないと言っているのに、責任を取るために君に何度も結婚を申し込むなど……。そのうえ、未婚の女性と二人きりで庭園に出るとは感心しない」

イーサンが珍しく、苦虫をかみつぶしたような顔をする。ローザは漫画のシーンを覚えている。

「もしかして、閣下は抱擁している二人を目撃しましたか?」

驚いたようにイーサンが顔を上げる。

「君はいったい……」

「先に言っておきますが、ストーカーをしたり、人を使って調べさせたりしているわけではありません。でもあの様子を見れば、二人が恋仲だということは一目瞭然です」

ローザは漫画で読んだだけだが、胸を張って断言した。

「なるほど」

半信半疑な様子でローザを見ながら、イーサンが頷く。

「で、私が殿下をストーカーしていないかの確認と、恋仲の女性がいながら殿下が自分に求婚してきたと私が周りに言いふらすのを警戒して、今日ここへ呼び出したのですか? 閣下は殿下のことで私に釘を刺すおつもりなのですよね?」

結局イーサンは、アレックスがかわいいのだ。

だが、彼はローザの言葉に首を振る。

「そんなつもりはない。夜会から何日過ぎているると思っているんだ。君の拡散力なら、一晩もあれば噂は王都中に広まる。君にそんな気はなかったのだろう?」

ローザはびっくりした。今日は説教されたり、警告を受けたりするのかと身構えてきたからだ。

「私を信じてくださるのですか?」

「そうではない。私は事実だけを見ている。で、君はこの先どうするつもりだ?」

イーサンとはなかなか信頼関係が築けなそうだ。何度も暗殺されそうになっているだけあって、彼は疑《うたぐ》り深いのだろう。

「さきほど、殿下の行いを感心しないとおっしゃっていましたよね？　殿下に、私に求婚しないようにおっしゃってもらえませんかね？」

「再三再四言っている」

端的な言葉が返って来た。

イーサンの表情には憂いがみえる。甥を信じたい気持ちと、真実の間で揺れているのだろうか。

「……なるほど」

（めっちゃ、実りのない面会だわ。アレックスは漫画と違って閣下の言うことをまったく聞かないってことね。この先の展開も変わってくれるといいのだけれど。漫画の展開をなぞる強制力とかあるのかしら？）

ローザはこの会合に飽きてきて、そんなことを考えていた。

「モロー嬢の実家の状況も気になるし、アレックスと彼女の関係も心配だ。だから、一時的に協力しないか？」

「はい？」

唐突過ぎるイーサンの申し出に、ローザは驚いた。

「君は侯爵令嬢であるし、これまで社交界にも積極的に参加してきた。我々で情報を共有しよう」

「それはつまり、閣下は殿下とエレン様の関係を知りたいということですか？　二人が付き合っているという噂が社交界に出回っているとか……、その手の情報が欲しいということでしょうか？」

「そういうことだ。女性の方が噂話は広まりやすいだろう？」

なるほど、イーサンの言葉にも頷ける。

「では閣下は、私にどんな情報を共有してくださるのですか？　ちなみに金銭で払うというのはなしですよ。私、お金持ちなので」

ローザがにっこり笑って交換条件を持ちかけると、イーサンは苦笑した。

「では、君に一つ借りということではどうだろう。王族には数々の秘密があるが、それを明かすわけにはいかない。そんなことをしたら、私が毒杯を飲むはめになるからね。だが、私は君とは違うルートで情報を収集することができるし、君が好きそうな珍しい宝石なども入手することができる」

（閣下に貸し？　悪い取引ではないかも？　それとも彼と関わるのをやめた方がいいかしら）

漫画の中のイーサンは、徹頭徹尾アレックスの味方で腹黒設定なのだ。

（さて、どうしたものかしら？）

しかし、ローザの決断は早かった。

「わかりました。私もたいした情報は共有できないと思いますから。今言えることは、エレン様はあまり若い令嬢からの評判が良くないんです。そして派閥に属していません。年配の淑女や殿方には彼女をかわいがる方々もいますが。それとモロー家の財政状況は最悪だそうです」

ローザの話を聞いたイーサンが軽く眉根《まゆね》を寄せる。ローザは構わず話を続けた。

「まあ、こんな感じで私の情報は偏っています。なんなら、エレン様を擁護する紳士・淑女のお名前をお教えしましょうか？」

「いや、結構。今の話で十分収穫はあったよ」

ローザはきょとんとした。

「今の情報のどこに収穫が？」

納得はいかないものの、ローザは先ほどからよい香りの漂う紅茶に口をつける。窓の外に目を向けた。色とりどりの花々が咲いていて、ここは素晴らしい邸宅だ。なるほどイーサンを目の色変えて追い回す令嬢たちの気持ちもわかる。

「モロー嬢は天使のような女性で、皆から好かれると聞いていた」

ぽつりと呟いたイーサンに、ローザは口に含んだ紅茶を噴き出しそうになった。

「それはまた、うらやましい噂ですね。言っておきますが、そちらの噂が正しくて、私が聞いた噂が間違っているのかもしれませんよ？　私は若くてかわいらしい女性にあたりが強いらしいですから」

イーサンが首を横にふる。

「天使は庭園の暗がりで人の悪口を言ったりはしない。そして君は、彼女の言った君の悪口について、何一つ弁解しない」

それは単にイーサンの好感度を上げようという気がないからだ。

相手の顔色ばかり見て、振り回されるのも嫌だ。それは前世で経験済みである。

そのうえ、以前のローザは呼吸するように周りの令嬢にマウンティングをしていた。

（そんな黒歴史持ちの私がどう弁明しろと？）

「なるほど……。ところで閣下、用事が済んだのならば、私はそろそろお暇したいのですが、よろしいでしょうか？」

念のため家紋の入っていない馬車で来ているが、壁に耳あり障子に目ありである。この世界に障子がないことは置いておいて、下手に長居して今度はイーサンに色目を使っているなどとおかしな噂を立てられたら、はた迷惑である。

イーサンは本日何度目かの苦笑を浮かべつつも、ローザの言葉に頷いた。

紳士らしく、きちんと馬車まで見送ってくれた。

◇

「お嬢様、閣下といったいどんなお話をされていたのですか？」

ヘレナが、帰りの馬車で身を乗り出して聞いてくる。

「ああ、殿下のことよ」

「何か言われたのですか？　お嬢様はもう殿下にご興味をお持ちではないのに」

ヘレナが心配そうに眉根を寄せる。

「大丈夫。今日は閣下に『貸し』もつくれたし、ふふふ」

「『貸し』ですか？　何か危険な取引でも？」

「まさか。社交界での噂を教えてあげただけよ。そんなことより、これから市場に向かうわよ」

ローザが張り切った調子で言う。

「え？　今からですか？」

「バスボムの評判が思ったより良くてね。もっと大量生産しようかと思っているの」

ローザはバスボム作りが楽しくてたまらないのだ。

「それはようございました。ですが、どうやって大量生産するんです？　私が手伝うとしても二人では無理がありますよ」

ヘレナが首を傾げる。

「もちろん、人を雇うのよ」

「はい？　なんでまたそんな大規模にするのですか？」

いったい何を言い出すのだろうという顔で、ヘレナはローザを見る。

「私、商売を始めたいのよね」

「え？　それは初耳です。まさか、バスボムを売り出すのですか？」

「そうよ。でも、今すぐにというわけではないわ。まずはできるだけ多くの人に配って、バスボムの良さをわかってもらう。そこから始めようと思うの」

布教活動は大切だとローザは思う。

「配るって、すべて無償でですか？」

そのことにヘレナは驚いたようだ。

「興味を持ってくださった方々にね。そこから口コミで広めてもらうつもり」

ローザは『損して得取れ』という前世の言葉を思い出していた。

まずは無料サンプルで試してもらい反応を見て、売り物になりそうならば、店舗を構えればいいと考えている。

もし店舗を構えることができたら、バスボム以外にも、ハーブや香油などを取り扱うのもいいかもしれない。

ローザの中で夢は広がっていく。

「私、自分のお店を持ってみたかったのよねえ」

「それよりお嬢様は、先にご婚約者を決めたほうがよろしいのではないでしょうか？」

直球でヘレナが言う。

「ふふふ、ヘレナ、甘いわね。私の悪評は広まっているのよ。その証拠に、この間の王宮の夜会ではお兄様以外とはダンスを踊っていないの。それに私が馬に蹴《け》られた後、見舞いに来た殿方は殿下以外にいなかったでしょう？」

「確かに。それは由々しき事態です。お嬢様、胸を張っておっしゃることではありません」

ローザとヘレナの間ではティムが来たことはなかったことになっている。財産目当ての紳士はものの数にはいらない。これは共通認識だ。

「そうかもしれないけれど。私にとって実家って結構居心地がいいのよね」

しみじみとローザが語る。

「そういう問題ではございません！」

鼻息を荒くするヘレナをローザは軽く受け流す。

「まあまあ、婚約の話はとりあえず置いておいて、市場へ向かいましょう。バスボムの材料を大量に仕入れたいの。そろそろ足りなくなってきたでしょ？　ということだからヘレナ、これからもよろしくね！」

ローザはいつまでも、漫画の展開に振り回されるつもりはない。

ましてや前世のように人に使われ、お金に振り回され、寿命を削るつもりもない。

だって、今世のローザは大金持ちなのだから。

いわゆる大富豪の娘である。

労働で過労死なんてしたくないし、かといって毒殺もされたくない。

「お嬢様、ヘレナは不安です」

言葉通り彼女は頭を抱えている。

「大丈夫よ。あなたの面倒も見るから。持ちつ持たれつで行きましょう！」

ローザは明るい声で言い放つ。馬車は一路、市場へ向かった。

✦商人への道？

市場は王都の中心地でにぎわっていた。

ローザの気持ちも活気のある雰囲気に浮き立つ。

彼女はそこで、重曹やクエン酸を大量に買い込む。明日、クロイツァー家に届けてもらう予定だ。

「ヘレナ、次は、ドライハーブと香油を買いに行くわよ！」

意気揚々とローザが言う。

「お嬢様、そろそろ日も暮れます。今日は帰りましょう」

そう言われてローザは初めて気づいた。あたりはすっかり夕暮れだ。

「では、残念だけれど、明日にでもしましょうか」

あまり遅くまで外出していると、過保護な家族が心配する。

「買い物に行くのではなく、クロイツァー家の出入りの商人に頼んではいかがでしょう？」

その発想はなかった。

「なるほど」

「幸い旦那様の元には商人の出入りがたくさんございますので」

「ヘレナ、素晴らしい考えだわ！　お父様のコネをつかいまくればいいわけね」

ローザは買い物から帰り、家のポーチで馬車から降りると、ロベルトの執務室に突撃した。

「お父様！　お話があります！」

バタンとドアを開けると勢いよく執務室に入っていった。

「なんだい。ローザ、今日は家紋の入っていない馬車に乗ってどこへ行っていたんだい？」

書類から顔を上げたロベルトはニコニコしているが、目がまったく笑っていない。

「ええっと、それはまあ、お散歩兼お買い物ですわ？」

「まさか、どこぞの男性の元にでも」

ロベルトの目がきらりと光る。

「違いますわ。そんなことより、お父様。私、バスボムのお店を出したいと思っておりますの」

「え？」

唐突なローザの話に、さすがの父も鳩が豆鉄砲を食ったような顔をしている。

「それで、ドライハーブや、香油を取り扱う商人を紹介してほしいのです」

歌うようにローザが楽しげに言うと、ロベルトは突然笑い出した。

「ははは、お前が商売をしたいだと？」

「そこまですごいものではないですわ。自分好みの小さなかわいい店が欲しいのです」

ローザは自分のささやかな夢を語る。

「ローザ！　商売というのはそのように甘いものではないぞ」

突然、ロベルトに一刀両断されて驚いた。

「え？　商売？　だからお父様、私はそのような大げさなものではなく……」

ローザは前世でぼんやりとお気に入りの雑貨を置いた店をやってみたいと思っていた。だから、今世は親の財力を利用してその夢を叶《かな》えようとしただけだ。

幸いクロイツァー家にはたくさんお金がある。小さな店舗を手に入れるなど、ローザの持っている宝飾品より、ずっと安いだろう。それを自分好みに改装したいのだ。

しかし、目の前のロベルトは、おかしなスイッチが入ったのか商人の顔になってしまった。いや実際は、彼は貴族なのだが。

「商売を立ち上げたいのならば、事業計画書を持ってきなさい！」

「はい？」

ローザはロベルトに出入りの商人を紹介してもらいたいだけだし、それほど大きな事業を起こそうと思っているわけではない。ただ街角にある、かわいい小さな自分のお店が欲しいだけだ。

「この父がお前に商売のイロハをおしえてやろう」

（だから、違うって！　……いや、前世でもパワポでプレゼン資料をまとめていたから、結構どうにかなりそう？）

だが、事業計画書を出せと言うことは、採算が取れなければだめだということだ。なかなか難しいかもしれない。

「はあ、わかりましたわ。お父様、ひと月ほどお待ちいただけます？　そうしましたら、事業計画書を提出いたしましょう」

まずは市場調査が重要だとローザは考えた。ローザはバスボムの可能性を信じている。父がそんなローザを見て、満足そうな笑みを浮かべる。

「さすがは我が娘。では書き方は私が自ら教えよう」

だが、ローザはロベルトの言葉をさらっと流す。

「ああ、結構です。間に合っておりますから。それより、五日後にうちの庭園で茶会をしたいのですが。規模はざっと五十人程度で」

ロベルトはキョトンとした顔をする。

「いや、その程度なら、造作もないが、商売の話はどうなった？」

「もちろん事業計画書を作るためですわ。お客様はお父様が集めてくださる？　年齢層は社交界デビューしたての方から、年配の方々まで、すべて女性でお願いいたしますわ。貴族か平民かは問いません。まずはブルジョワ層をターゲットにしたいと思っております」

ローザの言葉にロベルトが目を見開いた。

「何だって？　私が、招待客を決めるのか？　というか若い紳士はいらんのか？」

「はい！　一人もいりません！　男子禁制のお茶会です。お父様と商売でつながりのある方でもない方でもご自由に。それから、クロイツァー家に好意的な方々でお願いしますわ。では、私は準備がありますので」

ロベルトが困惑顔でローザを見る。

「一人もいらないって……。ローザ、それに準備とはなんだ。執事やメイドに任せればいいだろう」

「もちろん会場の準備はお任せしますわ。私は大切なお客様にお持ちいただくお土産を作ります」

「土産？　お前の手作り……？　お前がか？」

ロベルトが信じられないと言わんばかりの表情を浮かべる。

「もちろんですわ！」

ローザは得意げに言うと、唖然とするロベルトを置いて執務室を後にした。

明日からはバスボム作りで忙しくなる。香油も自分で仕入れなくてはならない。

ローザはやる気満々だった。

「あの、お嬢様、本気ですか？　招待客五十人分のバスボムをお一人で作られるおつもりですか？」

廊下を歩きながら、ヘレナが淡々と問う。

「もちろん！　あなたと私で頑張りましょう！」

ローザはいい笑顔をヘレナに向けた。

「お嬢様、お忘れのご様子ですが、私はメイドとして雇われております」

「まあまあ、いいじゃない。どうせあなたは私のそばにいて面倒をみなければならないのだし、ぼうっと立っているより、一緒にバスボムを作ったほうが楽しいでしょう？」

そう言われて、ヘレナは考え込む。

「確かに、最近のお嬢様はとても面白《おもしろ》いので、楽しいかもしれません」

「面白いって何？」

「見ていて飽きないということです」

「そういうことを聞いたわけじゃないわよ。まあ、いいわ。二人で最高のバスボムを作って、市場調査……じゃない布教活動しましょう」

そんなこんなでローザの忙しい日々が始まった。

◇

今日は茶会の当日、ローザとヘレナは昨日までバスボム作りに専念していた。

それこそ、ローザに至ってはほぼ徹夜だった。

「お嬢様、目の下のクマをお化粧でかくしませんと」

「ええ、お願い！　あなたの腕を信じているわ」

「お嬢様、最近は人をつかうのがお上手になりましたね。それにしても、お嬢様が、バスボム作りにあそこまで妥協を許さないとは思いませんでした」

話しながらも手早く、ヘレナが化粧を施してくれる。

「それはそうよ。一個でも不備があったら大変だもの。皆様に満足していただきたいわ」

「肌のためにバスボムにはちみつを入れるなんて、すごいアイデアです」

ヘレナが感心したように言う。

「ほほほ、いろいろとイメージがわいてきて、止まらないのよ」

実際はただの前世チートだ。

本当ならば、ヘレナと二人で作業するつもりだったが、興味を持った使用人たちがわらわらと集まってくる。最近のローザは、すっかり使用人たちに慕われるようになっていた。

結果、ローザは彼らを労働力として使うことになった。

バスボム作りを手伝ってくれたら、特別手当を出すと宣言したことも相まって、ローザの元に上級使用人から下男下女まで結構な人数の使用人たちが集結した。

そのお陰で、新たな追加分を作ることができたのだ。そう、ここまで忙しくなったのは、タニアのせいでもある。

『ねえ、ローザ、あなたが茶会でバスボムを配るって聞いたら、私のお友達が興味を持ってぜひ茶会に参加したいと言うのよ』

母はローザのバスボム作りを応援してくれているようで、ローザは上機嫌で頷《うなず》いた。

『ええ、喜んで』

せいぜい五、六人だろうと思い、ローザは安請け合いをしたのだ。

『ざっと二十人ほどなのだけれど大丈夫？』

『ええ！　二十人ですか！』

ぎょっとして聞き返す。

『そうよ。では、よろしくね。楽しみにしているわ！』

そう言って、生粋のお嬢様育ちで労働など知らぬタニアは上機嫌で去っていった。さすがは名門貴族出身の侯爵夫人、短時間でこんなに人を集めるとは恐ろしいまでの顔の広さだ。


そんな経緯から、茶会は結局大人数で開催されることとなった。

ローザは次々に到着する招待客ににっこり微笑んで、挨拶《あいさつ》をしていく。

もちろん、そこにはタニアの姿もある。ロベルトも出たいと駄々をこねたのだが、『男子禁制なので、お父様がいらっしゃったらルール違反ですし、おかしいです！』とローザがきっぱりと突っぱねたのだ。

「地道に布教しようと思っていたけれど、これで一気に話は広まりそうね。どきどきするわ」

ローザはそばに控えているヘレナに告げる。

「ええ、最高の使い心地ですので、今日招待されているブルジョア層のご婦人たちには受けがいいと思います」

ヘレナもすっかりバスボムが気に入っているので、やる気満々である。

ローザは、タニアのサポートを受けつつ、順調にご婦人達の間に顔を広げていった。

茶会のお開きの時間が近くなると、ローザは一人一人にバスボムの使い方を説明しながら配っていく。

「使い心地などご感想をいただけるとありがたいですわ。今後改良していきたいのでぜひともよろしくお願いいたします」

客の反応は千差万別だった。

「バスボムと言いますの？　初めて見ましたわ」

「ローザ様が作ったんですの？　まあ、綺麗ですわね」

婦人たちが見た目を褒めてくれるが、世辞か本音かわからない。

「これをお風呂《ふろ》に入れると溶けて泡になるのですか？」

次に好奇心の強そうな令嬢が尋ねてきた。

「ええ、しゅわしゅわと泡が出て、とても気持ちがよいのです。肌もすべすべになりますよ」

ローザは得意になって説明する。

「このお菓子のようなもので？　あら、ハート形や星形のものもありますわね」

どうやら見た目の美しさに興味を持ってくれたようだ。そこでローザは、あと一押しとばかりにタニアを引き合いに出した。

「皆様、母をご覧ください。バスボムを使ってお肌がつやつやに。バスボムにははちみつが入っているのです」

「あらあら、まあまあ」

意外にも令嬢より、婦人たちが食いついて来て、タニアの周りに集まってくる。タニアはとても美しく、婦人たちの間ではファッションリーダー的存在なのだ。

「とても肌がしっとりしますのよ」

タニアがおっとりと上品に微笑みながら、バスボムを宣伝してくれたお陰で、皆が使ってみてくれそうだ。

（感触は悪くないわね）

ローザはひとまずほっとした。

◇

茶会終了後、夕食もそこそこにローザは疲れて眠りに落ちた。

翌日目覚めたのは、昼だ。ヘレナが気を利《き》かせて、部屋に紅茶と軽食を運んできてくれた。

「あなた、体は大丈夫なの？」

いつも通り血色の良いヘレナを見てローザは驚く。

「私はお嬢様のようにバスボム作りから、茶会終了までなだれ込んだわけではなく、適宜休みは取っていました。その意味では、ここはとても労働環境がいいです」

「あら、そうなの？」

ヘレナは、いつも働いているイメージだったので驚いた。

「ええ、かなりいい環境です」

確かに、彼女の姿を見たのは茶会の始まりだけだった。

クロイツァー家では、メイドも給仕も時間が来ると休憩に入るため、交代するのだ。

「ああ、あなた確か二か所、首になっていたんだっけ。どちらも労働環境が悪かったのね」

「他家との比較だけではなく、ほかにメイド仲間にも噂話を聞いておりますから。クロイツァー侯爵家は職場として現在たいへん人気になっています」

「え、そうなの？」

（うちって、ホワイトだったのね！）

ローザはほっと胸をなでおろした。バスボム作りでかなり忙しかったので、気になっていたのだ。

「はい、労働時間はきちんと決まっていますし。バスボム作りの時、お嬢様は使用人に強制することなく、特別手当という形で使用人を募っていたではないですか。あの噂が広まりまして、今このお邸は大人気の職場となっております」

「まあ、そうだったの？」

ローザはサービス残業の辛《つら》さを知っている。同調圧力やら連帯責任やらで、やらざるを得ない辛さったらなかった。

今世では無意識で、自分の家の使用人たちにそれを強いたくはなかったのだろう。

だが、パワハラについては甚だ疑問だ。ローザの性格なら、どこかで誰《だれ》かの負担になっているかもしれない。ローザは気を付けようと決意した。

「やっぱり、マンパワーは大事よね」

ローザはふんふんと頷いた。


それからは、ローザはバスボムを作ったり、適度に休みを入れたりしてのんびり過ごし、怠惰でラグジュアリーな富豪令嬢らしい生活を楽しんだ。

肌も磨いてもらい、爪《つめ》の手入れも万全である。

三日ほど過ぎると、徐々にお礼状と共にバスボムの使い心地アンケートが届き始めた。さすがに使用人が手紙を届けてくるので、無記名というわけにはいかなかったが、感触はいいようだ。

もちろん問題はある。

「うーん、やっぱりどこまでがお世辞かどうか、わからないのよね。まさか人様からもらった物にケチをつけるわけにはいかないし。皆さまはお行儀のよい方ばかりだし。そのうえ、うちの威光もある」

ローザが考えあぐねていると、ヘレナがやってきた。

「お嬢様、ご主人様がお呼びでございます」

「何かしら？　最近叱られるようなこともしていないし」

ローザは首を傾げる。

「旦那様は上機嫌でいらっしゃるようです」

ヘレナは言いながらも、ローザを鏡台の前に座らせて髪を梳《す》きはじめた。

ローザは鏡に映る自分をまじまじと見ながら思う。

（寝ぐせのついている悪役令嬢ってさまにならないわね）

◇

「お父様、お呼びでしょうか？」

ローザが執務室に入ると、ニコニコと上機嫌のロベルトとフィルバートが待っていた。

「ローザ、よく来たな」

「まあ、ローザ、そこに座りなよ」

そう言ってフィルバートがローザに座り心地のよいソファを勧める。

執事がタイミングよく、ローザの前にお茶を注《そそ》ぐ。そして並べられているおいしそうな焼き菓子。

まるで流れるような連係プレー。そんな彼らの行動を、ローザは怪しんだ。

「あの。どういった魂胆で、私は呼ばれたのでしょう？」

ローザが疑《うたぐ》り深く聞く。

「おいおい、ローザ。人聞きが悪いな」

フィルバートが苦笑する一方で、ロベルトは嬉《うれ》しそうな表情を見せる。

「さすがは商人の娘だ。よくわかっているじゃないか」

(いや、私、貴族の娘だし)

ロベルトは商会をいくつも経営しているので、すっかり心は商人だ。

「それで、ご用件は何でしょう」

「うむ、さすがはローザ、話が早い」

満足そうにロベルトは頷くと、フィルバートに視線を送る。今度はフィルバートが口を開いた。

「実はバスボムが紳士の間でも話題になってね。ぜひ、試してみたいという話がでているんだ」

「はい?」

ローザは思ってもいない方向に話が転がり、後ろに控えていたヘレナと目を合わせた。

(え? バスボム、どうなっちゃうの? とりあえず私はかわいいバス用品を扱う、前世でいう雑貨屋みたいなお店が欲しかっただけなのに)

「殿方がバスボムをお使いになるのですか?」

ローザは困惑した。

入浴剤が好きな男性というのは前世でもたくさんいたが、バスボムとなると聞いたことがなかった。もしかしたら、前世のローザが知らなかっただけで、密かに愛好家がいたかもしれないが。

確かに、あのしゅわしゅわとした感触は癖《くせ》になる。美肌効果ありで、そのうえ好みの香りづけをすれば最高だ。

父は身を乗り出して熱心に言う。

「どうだろう。ローザ、ここは一つ頼めないかな」

しかし、なぜだろう。紳士と聞いた途端、ローザのテンションはだだ下がりである。

「三十個分くらいならご用意できますが」

気のない様子でローザが答えると、ロベルトが驚いたように目を見張る。

「何？　前回は最終的に七十名以上参加したではないか？　一人につき三種類ほど準備しただろう？」

ローザはロベルトの言葉を聞いて、ため息をつく。

「まず、男性物の開発はしていないので。それに女性向けには香りや美肌効果などをうたって配っていましたが、それって男性はどうなのでしょう。美肌効果は嬉しいでしょうけれど。香りはフローラル系の甘いもので、色づけも暖色系にしていました。それから、バラ形のバスボムを作ったりもして、いろいろと楽しかったのですが……」

この世界の男性は前世に比べて洒落者が多いが、それでもローザは一気にやる気がそがれた。

いくら男性が襟《えり》や袖《そで》にフリルやレースをつけている世界でも、装いは明らかに女性とは違うし、まとう香りも違う。

「いや、それで構わんよ。ご婦人たちに評判がいいので、ぜひ試してみたいと言う紳士も多いのだ」

ローザは父の言葉に、さらに困惑する。

（そんなものかしら？）

だが、ここで点数を稼いでおけば、ローザが店を持つ近道になるかもしれない。

ローザは気持ちを切り替えた。

「お父様。私がバスボムを作るとして、期間はどれくらいですか？　前回は徹夜続きになってしまったので、今回それは避けたいのです」

「そうだな。開催は三週間後くらいでどうだろう？」

「わかりました。それで、お兄様。男性の好まれる香りというのが私にはよくわからないので、お兄様がサンプルを収集してください」

口を挟まずニコニコと笑いながら聞いていたフィルバートは、突然話を振られびっくりする。

「え？　僕が？」

ローザは紅茶を一口飲んだ。

「お兄様はおモテになるでしょう？　それにお兄様のご友人も。そういう方々から香りのサンプルをいただきたいです」

いまひとつやる気は出ないが、いい加減なものは作りたくないので兄に依頼することにした。

兄とその友人たちは、若い貴族の中では影響力がある。前世でいうインフルエンサー的な存在だ。

そして、ローザにははっきりさせたいことがあった。

「それで、お父様。私はまだ事業計画書を提出していないのですが、これはお父様が私に仕事を発注したということでよろしいのでしょうか？」

すると父が瞠目する。

「ちょっと待て、ローザ。なぜそんな話になる？」

「相手に労働を強いるのですから、ビジネスのお話ではないのですか？」

ローザが詰め寄る。

「来てくださったお客様にクロイツァー家の娘として、バスボムをわたして欲しいと思っただけなのだが……。よし、わかった。ビジネスとしてお前に頼もう。そして評判が良ければバスボムへの出資を考えよう」

それを聞いて、ローザも少しはやる気が出てきた気がする。

「それで、いらっしゃる殿方の年齢層は広いのですか？」

「え？」

「は？」

ロベルトとフィルバートの声が重なった。二人とも不思議そうな顔をしてローザを見る。

（何かしら、先ほどからお父様とお兄様の態度に不自然なものを感じるのだけれど？　それに妙に愛想がいいのよね）

ローザとしては、ある程度サンプルを集めなくてはと思ったから聞いただけだ。前回も幅広い年齢層のご婦人方に参加していただいた。

場合によっては父にも協力をあおぐことになるだろう。それなのに、場にしばし奇妙な沈黙が落ちる。

「いや、将来有望な青年貴族ばかりだ」

父がいつになく歯切れの悪い口調で言うのを聞いて、ローザは訝しげに首を傾げた。

「それは……お兄様のご友人とか？」

「違うぞ、ローザ。私は若者を育てたいと、かねがね思っていたのだ」

そんな話は初耳だ。

ローザは今まで、父が育てたいのは家の資産かと思っていた。

「なるほど、わかりました。試作品を作ってみますから、お父様もお兄様も試してみてくださいね。では私はこれで失礼します」

いつもと違い反応が鈍い父と兄の様子に、ローザは首を傾げつつも了承し、部屋を後にした。

執務室から、少し離れた廊下を自室に向かって歩いていると、ヘレナが小声でローザに話しかける。

「お嬢様、これは……あれですよ」

意味ありげな視線をヘレナが送ってくる。

「あれって何？」

クロイツァー家の長く広い廊下には二人の靴音がコツコツと響く。

ローザにはヘレナが言わんとしていることがわからない。

「おそらく、将来有望な青年貴族というのは、お嬢様の婚約者候補なのではないでしょうか？　私の勝手な憶測ですが……」

「ええ！　なんですって？」

ローザはびっくりして叫んだ。

「だって、おかしいじゃないですか？　将来有望な青年貴族ばかりを集めて、お嬢様にバスボムを配らせるなんて」

そう言われてみれば……。ヘレナの話でロベルトとフィルバートの態度が腑《ふ》に落ちた。

「そうよね？　お父様が、若手を育てたいなんて初めて聞いたし。『商売は生き馬の目を抜く世界だ』と常日頃から豪語している方なのに、おかしいわよ！　あなたの言う通りだわ」

そう言ったとたんローザは踵を返す。

「お嬢様？　どちらへ？」

驚いたようにヘレナが声をかけ、ローザの後を追ってくる。

「私、婚約なんてしたくないのよ。とりあえず自分のお店を持ちたいの。儲けを外貨か金《きん》に換えて、外国に資産を築いておきたいのよ。殿方なんて二の次だわ」

バスボム作りについ夢中になってしまったが、自分が第一章で退場する舞台装置の悪役令嬢だということを忘れたわけではない。

いや正直にいえば、ローザはここしばらく楽しくて充実した生活を送っていたせいか、綺麗さっぱり忘れていた。

（お父様のことだから、アレックス殿下をお呼びするかもしれない）

ローザの事情など知らないヘレナは目をむいている。

「は？　全く意味が分かりませんが？　なぜ、お嬢様はそのようなことをなさろうとお考えになったのです？」

「わかるわ。ヘレナ、不思議よね？　でも大丈夫、心配しないで。私はこれまでにないくらい冴《さ》えているから。ちょっとお父様とお話しして、今回の件はお断りしてくるわ」

「ええ？　お断りするのですか？」

ヘレナが少し残念そうな顔をする。

「あら、あなた、残念に思っているの？」

「あ、いえ、その、この間のバスボム作りが楽しかったので」

そう言ってちょっと頰《ほお》を染める。いつもは無表情なヘレナも、時々かわいらしい一面をみせる。

「あなたも言っていたでしょ？　『お嬢様は、妥協しない』って」

「え？」

「あと三週間で、お兄様に香りのサンプルを集めてもらってバスボムを作るというのは、なんだかやっつけ仕事みたいじゃない？」

「確かに、前回の女性の時とは、お嬢様の熱量が全然違いますね」

ヘレナと話しながら、ローザは自分の考えをまとめていく。

「でしょ？　いちおう自分の店を持つのが夢だから。じっくりとやっていきたいのよ。いい加減なものを配って、評判を落としたくないの」

「なるほど」

ヘレナが納得したとき、再び執務室の前にローザは立っていた。

四回ほどせわしなくノックをする。

返事が聞こえるや否やローザはドアを大きく開ける。

「お父様！　ならびにお兄様！　魂胆は見え見えです！　お見合いでしたら、お断りですわ！」

そう言いながら、ローザが執務室に踏み込むと、のんびり茶を飲んでいた二人は同時にむせて、おたおたとしだした。

（ヘレナの推測通りね。さすがヘレナ、できる女だわ）

ローザは、慌てて言い訳を始めるロベルトとフィルバートを見ながら、ほんの少しだけ申し訳ない気分になった。

二人はただローザの将来を心配しているだけなのだ。

だが、ローザにとっては将来毒殺予定の自分と、没落予定のクロイツァー家が心配だ。ローザは彼らに有益な忠告をすることにした。

「そうそう、お父様、外国に資産をお作りになってはいかがです？　隣国ではなく、国の手の及ばない遠方に」

「あ？」

脈絡のない話を始めるローザにロベルトはあっけに取られている。

「何を言い出すんだ、お前は？」

フィルバートはドン引きしていた。

（やっぱり、そうなるわよねえ？　これで前世がどうのと言い出したら、また治癒師閣下が呼ばれてしまうわ）

ローザは自分の言葉にどう説得力を持たせたらいいのか困惑した。

そこでロベルトがコホンと咳《せき》ばらいをする。

「ローザ、ここは落ち着いて考えてみろ。お前は事業をやりたいと言っていたではないか？　これはチャンスだぞ？　幸い招待するのは私の取引先の者ばかりで、この間集めた者たちとは違う。その分お前のバスボムが広まりやすいではないか」

父の言うことにも一理ある。ここは交渉のしどころだ。

「そうはおっしゃられてもお見合いは嫌です。でも、お茶会の最後にバスボムを配るだけならばいいかもしれません。そうだわ！　紳士は淑女同伴でお願いいたします。そうすれば、私がターゲットとしている女性たちにも広まります」

いいことを思いついたと言うように瞳《ひとみ》を輝かせるローザを前に、ロベルトは眉間にしわを寄せて難しい顔をする。

「ううむ。それでは見合いにならん……」

「父上、ここは諦《あきら》めましょう」

フィルバートが肩をすくめる。

「そうですよ。お父様、ここは私にチャンスをくださるということで！」

ローザがロベルトの背中を押すように言う。幸いロベルトは商人を名乗るだけあって、柔軟性に富み決して頑固ではない。

「仕方がない。お前の条件を飲もう」

ロベルトが少し残念そうに肩を落とす。

「では、善は急げですわ。先ほどは三週間後と言いましたが、二週間後にお願いいたします」

「別に構わないが、なぜ早める？」

「ああ、女性用のノウハウはありますから。女性には三個で男性用には無香料をおまけで一個付けますわ」

「男女で温度差がすごいな。お前はなんで男性にそれほど塩対応なんだ？」

フィルバートが呆《あき》れたような顔をする。

「ターゲットが女性だからです」

ローザはにべもない。ロベルトとフィルバートは処置なしというように顔を見合わせた。

再びローザはバスボム作りのため、使用人たちから有志を募った。思った以上に今回も集まり、余裕を持って作業ができた。色付けも香り付けも前回のノウハウが生きた結果だ。

そして茶会の当日、ローザは終わりごろに顔を出して、愛想笑いを浮かべて招待客にバスボムを配ったのだった。

◇

それから一週間後、ローザは再び父に執務室に呼び出された。

「はあ、どうしても結婚させたいみたいね。また見合いかしら？」

「お嬢様、それはあきらめてください」

ヘレナに言われ、ため息をつきながら、執務室に入ると開口一番にロベルトから言われた。

「ローザ、バスボムの評判が非常にいいようだ。ご婦人だけではなく、紳士からも。だから、店をもたせてやろう」

てっきり見合いの話かと思っていたローザはびっくりした。

「え？　でも事業計画書を提出していないですよ？」

「状況が変わった。お前のアイデアなのに、ほかのやつらに先を越されたら業腹だろう。どうやら、バスボムの噂を聞きつけた奴《やつ》らが、うちのバスボムの類似品を作ろうとしている」

ロベルトがいまいましそうに答える。

「お父様、私のバスボムですわ！」

ローザがすかさず訂正すると、ロベルトは頷いた。

「わかった。ローザのバスボムだ。だが、あれは作り方も材料もシンプルなものだと聞いている。使用人たちから作り方が漏れる心配《も》もある。そのことも踏まえて、うちで独占したいんだ。クロイツァー家の名前で売れば誰も手が出せまい」

そう言って、ロベルトが悪い笑みを浮かべる。ロベルトがここまでいうとは、本当にバスボムが好評なようで、ローザは嬉しくなってきた。

「ふふふ、当然です。発案者は私なのですから。誰にも真似させませんわ！　まあ、もし類似品を出して来る店があったとしても、私はバスボムに独自性を出せる自信はありますけれどね」

前世の知識のパクリだが、ローザは胸を張って宣言する。

「ということで、ローザ。バスボムの店を持たせてやろう」

ローザは心の中でガッツポーズを決める。

「お父様、ありがとうございます！　クロイツァーの名にかけて店は絶対にはやらせますわ！」

前世から、ぼんやりと温めていた夢が今世で叶う。

ローザは天にも昇る気分だった。


――翌朝。

空は抜けるように青く、雲一つない。

ローザはまだ朝の香りが残る空気を深く吸い込むと声を上げた。

「さあ、店探しに出発よ！」

邸のポーチから、さっさと馬車に乗り込むローザの後をヘレナが追う。

「お嬢様、そんなにお急ぎにならなくても店は逃げませんよ」

「違うわ。ヘレナ、チャンスは逃げるものなのよ。店を出すのによさそうな場所を探すから、目抜き通りに向けて馬車を流してくれる？」

ローザは張りのある声で御者に指示を出す。

「もう店の場所を決めているのですか？　旦那様からお話があったのは昨日ですよ」

そう、ローザは昨晩父から店を持っていいと言われたその場で金庫からお金を出してもらい、資金を調達したのだ。

「店の位置はだいたい決めていたの。王都の目抜き通りなら貴族も庶民も身分差なく人が買い物に来るでしょう？　それになんと言っても中心には広場があって人が集まるし」

「そういうところにある店は皆流行っているのではないのですか？　新しく店を建てる余地があるようには思えませんが」

ヘレナの疑問はもっともだ。

「流行ったり、つぶれたり、それぞれよ。目抜き通りから少し路地に入れば、店舗の値段も下がるだろうし。居ぬきで買い取りたいから、飲食店は避けたいのよね。食べ物は匂《にお》いが残るものだし」

「お嬢様、もうそこまでお考えでしたか。ところで話は変わりますが、旦那様がお嬢様のために雇われた護衛騎士が、後ろから馬車を必死で追いかけてきていますが、いかがなさいます？」

石畳の街路を軽快に走る馬車を、ローザは慌てて止めさせた。

ロベルトが、活発に動き回るローザのために、新しく護衛を雇ったことをすっかり忘れていた。

「ごめんなさい、トム。すっかりあなたのことを忘れていたわ」

「いえ、私の名前はヒュー・アトキンです」

全力疾走で馬車を追ってきた割に息を乱していない。

父がローザの護衛に付けるということはかなりの腕なのだろう。

だが、護衛騎士がついたところで、ローザの毒殺の未来は止められない。

「そう、ヒューね。覚えておくわ。ごめんなさい」

「いえ、私のことはお嬢様のお好きなようにお呼びください」

なかなか謙虚で礼儀正しい青年のようだ。

「わかったわ。そうそう、あなたその剣を佩《は》いたまま街を歩くつもり？」

護衛騎士は、無表情だが黒髪にアンバーの瞳を持ち整った顔立ちをしている。

だが、広い肩幅に高い身長、護衛騎士だけあって馬車の中でも場所を取るし、見下ろされたら威圧感がある。

「はい、腰に剣を佩いているだけでも抑止力になりますから、無駄な争いは避けられます」

「それはそうなのだけれど、あなたは護衛だから私の近くにいなければならないのよね」

「はい」

武骨で不愛想。

「今日は店を買い取りに行く予定だから。あなたが私のそばについているだけで、まるで脅しのようになってしまうのよねえ。私は庶民が経営している店舗を土地ごと買い取る予定だから」

するとヒューはわずかに眉根《まゆね》を寄せる。きっと困惑しているのだろう。ローザにぴたりとくっついているようにと、父から言い渡されているのだ。

そんなやり取りの間にも馬車は広場に入り、中央に噴水のあるロータリーを時計回りに走る。

ローザの前世より視力のいい目は、中央広場や目抜き通りから外れた左側の路地に、庶民専用の店舗が立ち並んでいるのを見つけた。

ローザは御者に路地に入ってもらう。すると目当ての店はすぐに見つかった。

「ヒュー、ちょっとマントを着て、腰に佩いた剣を隠してくれない？」

ローザはヒューに言うと、ヘレナにお金を渡しマントを買ってくるように指示をだした。

するとヘレナはすぐにヒューのサイズにぴったりのマントを調達してきた。しかも廉価で。

（やはり、ヘレナ、できる女だわ。私のメイドにしておくのは惜しいかも）

すぐにヒューにマントを着せて、馬車を降りる。

ヒューが後ろに立っただけで、ローザは日光から遮《さえぎ》られた。

「困ったわね。あなた、すごく目立つわよ。少し離れた場所を歩くことはできる？」

アンバーの瞳はこの国では珍しい。おそらく彼には異国の血が混じっているのだろう。

「お嬢様から、離れれば離れるほど、リスクは高くなります」

生真面目《きまじめ》な様子でヒューが答える。

「それがそうでもないのよねえ？　私、毒殺の予定だから」

「は？」

ヒューがキョトンとした顔をする。意外に幼い表情を見て、彼はまだ若いのかもしれないとローザは思った。

馬車は路地にかなり入ってきていたので、ローザは中央広場の方向に歩く。

「お嬢様、目抜き通りではなくこの路地に店を持つつもりですか？」

意外そうにヘレナが聞いてくる。

「ええ、扱うものがバスボムだから、宝飾店やドレスデザイナーの店が並ぶところにあっても浮くだけだと思うのよ。目立つ場所にあればいいってものでもないだろうし。ちょこっと寄り道できる場所にあればいいのよ」

「そこまでお考えだったのですね」

ヘレナが感心したように呟いた。

しばらく歩くと目抜き通りのある中央広場が見えてきた。

「ここら辺がいいわね。目抜き通りからすぐで、しかも広場から見えるところにある店舗」

ちょうど生地屋が目に入った。

「ああ、あそこがいいわ。店主に聞いてみましょう。いくらで売ってくれるかしら。店だけではなく土地の権利も店主が持っていると、買い取りが楽でいいのだけれど」

そう言ってローザはサクサクと店の方向に進んでいく。

「お嬢様、あの店舗では少し小さくはないですか？」

「でも間口はそれほど狭くないわ。それに都合よくお隣の店はつぶれているようだし」

「都合よくですか？　……なるほど、二店舗分の土地に店を建て直すのですね」

「違うわ。居ぬきで買うって言ったでしょう？　それに木組みの店なんて風情があるじゃない？　花の鉢植えで飾ったらきっとかわいいわよ。つぶす必要なんてないわ。詳細は店の買い取りに成功してから、あなたに説明する」

ヘレナが驚いたような顔をする。

「興味はありますが、私は一介のメイドなので別にご説明いただかなくても、お嬢様のご命令に従うまでです」

「何言っているのよ。あなたは私の右腕になる予定なのよ?」

「はい?」

ローザはヘレナの驚きをよそに、店にずんずんと入っていった。

すると当然のように後ろから護衛騎士がついて来ようとする。

「ヒュー、ステイ!」

ローザが声をかけると護衛騎士はぴたりと動きを止める。

「ねえ、ヒュー。店員を見て?」

店先に出てきた老婦人はヒューの姿を見て怯《おび》えていた。

「立ち退きでしょうか?　それともみかじめ料でしょうか?」

震える声で、ローザに問うてくる。

それを聞いたヒューはすぐに店先から離れ街路の向こう側に待機した。

(多分、ヒューだけのせいではないわね。私は悪人面だし、ヘレナは基本無表情で冷たそうだし、怖いわよねえ、この集団)

ローザはできる限り柔らかく見える笑顔を向けた。

しかし、失敗したようで、店主の老人が慌てて店の奥から出てきて平身低頭で挨拶をした。

(さあ、この誤解をどう解きましょうか?)

残念美人のローザは、僅かに残る乙女心を痛めた。

ローザはとりあえず、おびえる老夫妻に友好的な笑顔を向けてみた。

「お嬢様、笑顔がとても怖いです。お気を付けくださいませ」

ヘレナがぼそりと耳打ちする。

『何よ、失礼ね』と言い返したいところだが、店主が妻を庇うように震えながら抱きしめている姿を見て、ローザは真実から目を背《そむ》けることをやめ、まずは用件を切り出すことにした。

「私は、ローザ・クロイツァーと申します。この店が欲しいのですけれど」

ローザがさらに笑みを深めて提案すると、老夫妻は顔色をなくし頭を下げた。

「そんな！　私ら夫婦は生きていけなくなります、どうかお許しを……」

どうやらローザの渾身の笑みは、威圧と取られてしまったようだ。

「違うわよ。お金は払うわよ」

さすがのローザもちょっぴり不機嫌になる。

するとヘレナがずいっとローザの前に出た。

「ローザ様はクロイツァー侯爵家の高貴なお嬢様です。いつまで、立ち話をさせるおつもりですか！」

確かにヘレナの言う通りではあるが……。

「ちょっとヘレナ。そんなこと言ったら、よけい怯えちゃうじゃない。そうだ。あなたがたの店の生地を売ってちょうだい。そこからそこまでおいくらかしら？」

ローザは店先に並んでいる生地を右から左まで指さし、適正価格で買い取った。

すると夫妻も態度をやわらげ、ローザを店の奥に招き入れてくれた。

街路樹の陰から見張っていた護衛のヒューが当然のようについてきたが、彼がそばにいると老夫妻がさらに怯えるので、店番を命じてローザは奥へと入っていった。

奥と言っても部屋は一間で居住空間は狭く、ほとんどが生地を保管する倉庫となっている。おそらくこの倉庫部分がなくなれば、かなり広いのだろう。

ローザが勧められるまま席に着くと、薄く香りのない茶と素朴な焼き菓子を出された。

きっとこれが彼らにできる最高のもてなしなのだろう。

「ずいぶん売り物が余っているのね」

保管されている生地を見てローザが言った。

「いいえ、余っているわけではありません。大量に安く仕入れて、保管してあるのです。そのお陰で私たちの商売は成り立っているのです」

上手《うま》い商売の仕方だと思った。

「なるほどね。で、先ほど言っていた、みかじめ料というのは何ですの？」

ローザが不思議そうに首を傾げる。

「ときおり、来るんです。街のごろつきどもが、ここで商売をするのなら、金を払えと脅してくるんです」

店主の言葉に、ローザのこめかみに青筋がたつ。正義感からではなく、乙女心が荒ぶった。

「ほほほ、それは面白いお話ですこと！　まさかこのローザ・クロイツァーが、そのごろつきに見えたと？　ほーほほほっ、それは異なこと！」

ローザが手にもった扇子をバチンと鳴らすと、老夫妻が飛び上がった。

「お嬢様、落ち着いてくださいませ。まずはご夫妻に事情を伺ってみませんか？」

ヘレナになだめられ、深呼吸をするとローザは言った。

「そのごろつきを役人に取り締まらせたら、いかがですか？　ここは目抜き通りのすぐそばですし、それほど治安が悪いとは思えませんが」

ローザの言葉に、夫妻は困ったように顔を見合わせ、首を横にふる。

「それが誰も手を出せないのです。おそらくですが、中心になっているのはどこかのご貴族様のご令息かと」

「何ですって！　つまりさっき私を見て怯えたのは、私が高貴な貴族令嬢だと気づいたからってことなのね！」

ローザは歓喜のあまり食い気味に言う。

「ひいっ！」

しかし、ローザの勢いに夫婦はのけぞる。

「お嬢様、とりあえず面目は保たれたので、お話を先に進めてはいかがでしょうか」

ヘレナの冷静な突っ込みにローザははっとした後、咳ばらいをして仕切り直した。

「それで、あなた方は自警団を組織しようとは思わなかったのですか？」

王都では役人だけでは手が足りず、街や村では自警団を組織するのは普通のことだ。

「ここは年寄りばかりなので難しいのです。目抜き通りが、ここまで栄えるようになる前から私らは店を構えていました。しかし、ごろつきどもが現れてからは、店を売って故郷に帰ってしまったり、店が立ち行かなくなって夜逃げしたりする商店も増えてきました」

「まあ、それは大変なことになっていますわね」

ローザは店主の話に眉根を寄せる。これは由々しき事態だ。

「はい、私らもそろそろ引退して故郷に戻りたいのですが、こんな状況ですから店を二束三文で売るしかありません。ですが、それでは老後の生活が立ち行かないので、ここに居残り怯えながらも商いを続けております」

老夫妻はなかなか深刻な事情を抱えているようだ。

「つまりこの店を買い取ったとしても、ごろつきの問題が残るわけね。それで、そのごろつきは何人くらいいるのですか？」

「十人以上はいると思いますが、そのうち二人の貴族子弟が中心になっているようです。そんな事情もありまして店には買い手がつきません」

老夫妻は憂鬱《ゆううつ》そうに語る。前世でいうところの地上げ屋なのかもしれない。このままでは商売を邪魔され、いずれはそのごろつきに安く買いたたかれる運命にあるということだ。

「目抜き通りのそばとはいえ、貴族と取引のない店ばかりだし、役人も貴族が交ざっているごろつきにはおいそれと手を出せないってわけね」

ローザが言い終わると同時に、外から言い争う声や、叫び声が聞こえてきた。

「奴らがまた来たのか」

老夫妻ががげんなりしたように肩を落とす。ローザが席を立とうとすると、ヘレナが止めた。

「ここは私が見てまいります。お嬢様はどうかこちらに！」

決然と言って、ヘレナは部屋から出ていった。

「ヘレナったら、できる上に肝《きも》も据わっているわねえ」

ローザは彼女の行動に感動しつつ、老夫妻にさらりと言った。

「多分、私のお父様が雇った護衛がどうにかしてくれると思うので、大丈夫ですよ」

「ですが、護衛の方はお一人では？」

店主が不安をにじませる。

「まさか！　私、侯爵令嬢ですのよ。ほほほ」

ローザは鷹揚に笑い、薄いお茶に口をつける。

（なんだか前世を思い出す、ほっとする味ね！）


店先で起きていた騒ぎは、ローザがのんびりとお茶を飲んでいる間に収まった。

ローザは扇子をぱっと開き、あおぎながら店先に出る。

するとヒューが一人で立っていた。

周りには十数人のごろつきたちが死屍累々と積み上げられている。

「ねえ、殺していないわよね？」

さすがにローザが顔を青くして問うと、ヒューが振り返る。

「当然です。お嬢様が買い取る予定の店ですから、こいつらの血で汚すわけには参りません」

父は、なかなか物騒な護衛騎士を雇ったようだ。

ローザには前世の記憶がある。社畜ではあったが、平和な国に育ち、人死には身近ではなかったので、平然としているヒューが普通に怖い。ついでに今世でも悪役とはいえ、ローザは超箱入り娘だ。

だが、彼がローザを守ってくれたのは確かなことで。

「ご苦労様です。ずいぶん強いのね。一人で倒したの？」

ローザの問いに頷くと、ヒューは通りに向かって軽く手を上げた。

すると四人ほど、変装して物陰から見守っていたクロイツァー家の護衛がわらわらと現れ、ごろつきどもをあっという間に引っ立てていった。すごい連携ぶりだ。というか娘に五人も護衛をつけるなんてロベルトは過保護過ぎだと思う。それにヒューは新顔のはずなのに、なぜか古参の護衛たちが従っている。彼は何者なのかちょっと気になる。

その時、店の老夫妻がひょっこりと顔を出す。

「あの……、店の方は無事でしょうか？」

ローザはこわごわと店先をのぞきこむ老夫妻を店に押し込め、早速商談に移ることにした。

「このお店、おいくらでお買いになりました？」

「ええっと、当時は十ゴールドぐらいでしたね。だからそれ以下の値段で売ることはご勘弁いただきたいのですが」

主人は冷や汗を流しながら訴える。十ゴールドあれば、庶民なら王都で三年ほど働かずに暮らせる。田舎に引っ込めば、もっと楽な生活が長く送れるだろう。

「千ゴールドでどうかしら？」

「は？」

「今後は護衛をしっかり雇って、財産を守りながら、裕福に暮らしたらどうでしょう？」

老夫妻はびっくりして、固まった。

（私も二十代後半に差し掛かって、彼氏なしの社畜で、老後を考えると不安だったわね）

そんな回想にひたりつつローザがパチンと手を打つと、ヘレナが金貨のたっぷりと入った重い袋を持ってきた。

ローザがそれをどんと机の上に置く。古い机はかしいだ。その瞬間執務用の机は丈夫なオーク材にかえようとローザは決める。

「あ、あのお嬢様、これは？」

いつの間にか店主夫妻から『お嬢様』と呼ばれている。悪い気はしなかった。

「本物です。確かめてください。これは商売ですから。で、この店は売ってくれるのですか？　くれないのですか？　駄目なら、別の店舗を探さなければなりませんので」

店主夫妻は顔を見合わせると、喜色満面に声をそろえて言った。

「お買い上げありがとうございます！」

「やったわ！　あなた、悠々自適な老後が送れるわ！」

二人は子供のようにはしゃいで歓声を上げる。

「お二人とも驚き過ぎです。適正価格です。強盗にあわないように、しっかり護衛を雇ってくださいね」

こうしてローザは、その日のうちに居ぬきの店を確保したのだった。

それから、ローザは大金を持った老夫妻に、しばらく数人の護衛を貸し出した。

老夫妻は倉庫にある生地をすべてローザに譲り、何の感傷もなくさっさと店を後にする。喜び勇んで馬車を呼び、街一番のホテルに向かっていった。

商人だからか、そこら辺はドライである。もし感傷に浸りたいのなら、明け渡しに十日ほどの猶予をもたせようかと考えていたが、いらない気遣いだったようだ。

ヘレナと共に彼らの豹変《ひょうへん》ぶりに唖然とし、生温かい眼差《まなざ》しで老夫妻を見送った。


その後、役所に立ち寄り諸々の手続きを終え、帰途につく。

隣の空き店舗の持ち主も見つかり、なんとか買い取れるめどがついた。

帰りの馬車は夕暮れの街をぽくぽくと走る。車内に再びヒューが乗り込んだこともあり、妙な圧迫感がある。

だが、かなり腕が立つ護衛騎士とわかったので、連れて歩かないわけにはいかない。

「それで、お嬢様はあの店にある生地をどうするおつもりですか?」

いつもの無表情で淡々とした口調でヘレナが尋ねる。

「そうねえ。まずはうちのメイドたちに下げ渡して、余ったものは孤児院に寄付するつもり」

するとヘレナは驚いたように目を見開いた。

なぜか向かいに座るヒューも珍しいものを見る目でローザを見る。

つくづく失礼な使用人たちだと思う。というか今までのローザがアレだったので驚くのも無理はないかもしれないが、いちいち乙女心が傷ついてしまうのだ。

「お嬢様は、生地を売って商売の足しにはしないのですか?」

ヘレナが本気で心配そうな顔をする。

「私は生地ではなく、バスボムを売るの。それにこれから忙しくなるから、ヘレナもお仕着せだけではなく、訪問着を準備しないと。店にあった一番いい布であつらえるから、選んでおいてちょうだい」

ローザの言葉にヘレナが珍しく怯んだ。

「え？　私がですか？　一介のメイドですよ？」

「何を言っているのよ。店を手伝うのだから、いつもお仕着せというわけにはいかないでしょ？」

「いえ、しかし、私はお嬢様専属のメイドで……」

彼女が柄にもなく、もごもごとした口調で言う。心なし、頬を染めているように見えるが、きっと気のせいだ。

ヘレナもいろいろとあった一日で、疲れているのだろうとローザは思った。

「いいから、作るって言ったら作るのよ。今日は疲れたわね。帰ったらゆっくり休みなさい。それから、ヒュー、あなたも素晴らしい働きでした」

「お嬢様、貴族のご子息もいたようでしたが、つい一緒に倒してしまいました」

ヒューが整った眉《まゆ》を軽く寄せ、平板な口調で言う。

相手が悪いとはいえ、貴族を倒したのだから多少なりとも弱気にならないだろうか？

ロベルトはこの剛の者をいったいどこで見つけて来たのかと、ローザは不思議に思う。

「知っているわ、スローン男爵家のバカ兄弟でしょ？　夜会で何度か見かけたことがある。若い令嬢にしつこく言い寄っていたから、いい気味。しばらく牢屋にでも入って頭を冷やせばいいのよ」

ローザはこともなげに言うと、小さなあくびをして馬車の中でうとうとと眠り始めた。

そのせいでローザは、彼女を尊敬のまなざしで見るヘレナとヒューの姿を見逃してしまった。

✦ローザのお店と珍客たち

「さあ、今日から店内改装よ！　ワクワクするわね！」

ローザは老夫妻から買い取った店内で、一人浮かれていた。ヘレナは平常運転だし、護衛で雇ったはずのヒューは店内にあるいらない木箱などを外に運び出している。

間口は広く十分なので、ローザはほぼそのまま使うことにする。

だが、陳列棚は新しく作らなければならない。

「お嬢様、この陳列棚を壊してしまうのですか？　あめ色に磨き込まれていて綺麗《きれい》だし、もったいなくないですか？」

確かにヘレナの言う通りである。

「もちろん、これは隣の作業場の方で使うわ。再利用よ。バスボムの作業場は落ち着いた雰囲気にして、店はきらっきらにしたいのよ！」

ローザが目を輝かせる。

「ああ、なるほど、お嬢様みたいにですね」

ヘレナが納得したように頷《うなず》く。

（これはたぶんヘレナ流の誉め言葉よね？　ゴージャスとか？）

「まあ、内面からにじみ出てしまうのかしら？　ほほほ」

ローザはおしゃれな店内にすることを目指していた。

バスボムはどれも綺麗に着色してある。ならば、それが『映える』ようにガラスを基調とした店内にしたい。綺麗な照明も欲しい。しかし、この世界、その手の類いは大変高価である。

「あらら、すごいわね。店を買い取った価格の二倍は改装費にかかるわ」

ローザは他人事のようにころころと笑う。出資するのはロベルトなので本当に他人事だ。

「お嬢様！　そんなにこだわらなくても、小さなことからこつこつとでよろしいのでは？」

金額を見たヘレナは、ドン引きしている。

「ヘレナ、私はスタイルから入っていくタイプなのよ」

「それはもちろん存じておりますが……。このところ堅実にバスボムを作られていませんでしたか？ご友人にそれを配ったりご紹介したりと」

確かにヘレナの言う通り、ローザは草の根活動をして、バスボムの評判と認知度を高めていった。もちろん、今後も茶会などを利用して地道な普及活動は行っていくつもりだ。

「私はね。ここを店というよりも、展示場と考えているのよ」

「展示場ですか？」

「そうよ！　とにかく種類を増やして見栄えをよくして、人を呼び込むのよ。場合によっては個人の好みを聞いてオーダーメイドも受けつけるの」

「今よりも品数を増やすということですか？」

「題してバトルロイヤル制よ」

ローザが胸を張って言うと、ヘレナの目が点になった。

「はい？　おっしゃっている意味が、さっぱりわかりませんが？」

不思議そうに首を傾げるヘレナの元へ、ローザがゆっくりと歩を進める。

「できるだけアイデアを出してバスボム作りをするのよ。そして、売れている商品だけが棚に生き残るの！　すなわち、それがバトルロイヤル！」

ローザは高らかに宣言するが、ヘレナは冷静だ。

「要するに売れない商品は生産しないってことですね」

ヘレナはローザの相手を適当にしながらも、掃き掃除に余念がない。

「名前をつけるとテンション上がるとかないの？　確かにあなたの言う通りだけれど。とりあえず、乙女の夢が詰まった見栄えのよい店を作るわよ！」

一人で盛り上がっているローザをよそに、ヘレナは掃除、ヒューは荷物運びと黙々と働いている。

仕方がないので、ローザもそそくさと掃除を始めた。

「そういえば、バスボムの材料って、掃除に便利よねえ？」

などと独り言ちながら。

「そういえば、なぜ、お嬢様は箒の持ち方をご存じなのですか？　しかも掃き掃除に慣れていませんか？」

（そりゃあ、前世で学校の掃除当番でモップ掛けもしていたし。雑巾《ぞうきん》掛けもトイレ掃除もしていたし）

しかし、今世ではびっくりするくらい不自然である。

「え？　ああ、もちろん、私くらいになると、あなたたちのやることを見ているだけで覚えてしまうのよ。ほほほ」

ヘレナやヒューに箒の使い方を褒められ、ローザは張り切って掃除に専念した。

（前世の記憶があるって最高だわ！）


そこからは、目まぐるしく忙しい日々が始まった。

改装は業者に頼むとして、従業員を雇わなくてはならない。バスボム生産のための従業員をまずは五人ほど雇い入れる予定だ。ヘレナからは少ないと言われたが、従業員を雇うということは責任を伴うことで、いきなりそんなに多くは雇えない。とはいえ実のところ、店の改装というか魔改造に凝り過ぎて予算がかかり過ぎてしまっただけである。

（まあ、それに客もどれだけ来るかわからないし。まさか満員御礼なんてないわよね？　最初は、クロイツァー家の顔を立てる程度に貴族が来てくれるくらいじゃないかしら）

それでも何人かリピートしてくれれば、ローザとしてはとても嬉《うれ》しい。


改装途中の店の奥で、ローザは木製の粗末な椅子《いす》に座って面接する。来るのはもちろん近くに住む庶民ばかりだが、相場より少し給金を高くしたせいか、応募者が殺到し、整理券を配る事態となってしまった。

「これはもう、早い者勝ちにしようかしら？」

ローザは面接に疲れてしまった。

「お嬢様、きっちり人選しないと後で大変な目にあいますよ」

ヘレナがきりりと顔を引き締める。

とはいえ、この世界にＳＮＳはないので、おかしな情報が拡散することはないだろう。

「私は体力のある人なら誰《だれ》でも……」

「店の備品が盗まれたら、どうするつもりです？」

ヘレナの言葉にドキリとする。

ローザこだわりの備品には、無茶苦茶お金がかかっていた。ローザの父から受け継がれし商人魂が覚醒《かくせい》する。

「それは困るわ！　従業員は真剣に選ばなければいけないわよね！」

この世界でのローザは、いわゆる特権階級の箱入り娘なので、治安といってもどの程度悪いのかいまひとつわからない。ローザはシャキッと背筋を伸ばすと、気を引き締めた。

「絶対に真面目《まじめ》な人がいいわ！　人材は大事よね！」

バスボムの開発製造も進み、出来上がった店内にバスボムを並べる。特注した棚はガラス製で段違いになっていた。支柱は金色で、そのフォルムは見惚《みほ》れるほど美しい。

色とりどりのバスボムを置くと、まるで水槽の中を泳ぐ熱帯魚のように見える。

ローザがうっとりと店の内装に見惚れていると、フィルバートが様子を見にやって来た。

「ローザ、そんなに根をつめて大丈夫かい？　少し痩せたんじゃないか？」

気の利《き》くフィルバートが従業員の分まで焼き菓子を手土産に持ってきてくれた。

「ありがとう、お兄様！　この焼き菓子、早速皆さんといただきますね。で、お兄様、この店はどうですか？　とっても綺麗でしょ？」

ローザの前世からの夢とこだわりが詰まった自慢の店だ。

いや、前世では北欧風の温かみのある店に憧《あこが》れていた気がする。きっと前世のローザは疲れて癒《い》やしを求めていたのだろう。だが、今世の彼女はすこぶる元気だ。

だから、店もきらっきら。

「そうだね、まさかガラス張りにするとは思わなかったよ。棚までガラスで、支柱も縁取りも金か。いやあ、ずいぶんときらきらしているね」

フィルバートが眩しそうに目を細める。

「え？　それだけですか？」

するとフィルバートは困ったように笑う。

「うーん、バスボムをこうして飾るとお菓子みたいでおいしそうかな？　ちょっと宝飾店にインテリアが似ている気がする。でももう少し庶民的で、入りやすい感じかな？　もちろん女性客にかぎってのことだけれど」

「さすがお兄様！　的確な表現です。ターゲットは女性たちですから」

ローザは満更でもなさそうに頷いた。

「ああ、女性はいくつになっても宝石のような光り物が好きだからな」

「お兄様は、女性を馬鹿《ばか》にしていますの？」

ローザが片眉《まゆ》をくいっと上げてフィルバートを見ると、彼は慌てて首を横に振った。

「いやだな。ローザ、僕が女性を馬鹿にするわけないじゃないか。ははは、誤解だよ。光り物が好きだなんて、母上もローザもわかりやすくていいじゃないか」

「は？　わかりやすい？」

母娘限定で馬鹿にされているようだった。

「……ああ、ローザ、開店祝いに何がほしい？」

フィルバートはやっと墓穴を掘ったことに気づいたらしく、ローザを物で釣ろうとする。こういうところはロベルトとそっくりだ。

「もちろん、光り物ですわ」

「だろう。で？　ネックレス？　それともイヤリング？」

にやにやと笑いながらフィルバートは言う。しかし、ローザは首を横に振った。

「お兄様、金の延べ棒が欲しいです」

「は？　延べ棒って……。そんなものをプレゼントで頼まれたのは初めてなんだが？」

困惑したようにフィルバートが言う。

「とりあえず今はいろいろ入り用なんですよ。なので換金しやすい光り物、十本で」

「ローザ、頼むよ。僕が悪かったよ。金の延べ棒十本は勘弁してくれないかな？」

フィルバートがローザに縋りついている間に、ヘレナの声が店の奥から響く。

「お嬢様、お坊ちゃま、お茶の準備が整いましたよ！」

そこからは、しばしの楽しいブレイクタイムだ。

近日プレオープン！

◇

いよいよ店のプレオープンの日がやって来た。

前世の記憶があるローザは、いきなり開店などということはしない。

まずは親しい友人たちや、タニアとお付き合いのあるご婦人方をお店に招待した。

「ヘレナ、いよいよね」

「お嬢様、笑顔です。なんといってもお嬢様はこの店の顔なのですから」

真顔のヘレナが言った。だがよくよく見ると彼女の口角がほんのりと上がっている。

ヘレナの少し残念な営業スマイルを微笑ましい気持ちで、ローザは眺めた。


ちなみに店の名前は『ローゼリアン』。

ローザは、『ローザの店』を提案したのだが、食堂で晩餐を食べながらの家族会議で却下された。

「どうして、お店に自分の名前を付けてはいけないのですか?」

ローザは大いに不満である。前世では名前がそのままブランド名になる物も多かった。それに今世でもドレスデザイナーの店は店主の名前だ。

「それでは客が皆『ローザの店』ではなく、『ローザ様の店』と呼ぶだろう?」

なるほど、ロベルトの言うことにも一理あるとローザは納得してしまった。なにせ、ローザは大富豪の侯爵令嬢だ。呼び捨てにする命知らずはいないだろう。

「ならば、『ミス・ローザの店』はどうですか?」

するとタニアが微妙な表情をする。

「あなた、いつまでミスでいるつもり？」

フィルバートは会話に入るでもなく、そして興味を示すでもなく、舌平目に舌鼓をうっていた。

「わかりました。では自分の名前をもじったものにします」

そして考え抜いた末、決まったのが、『ローゼリアン』だ。

店の名前イコールブランド名だと思うとローザの胸は高鳴った。

◇

「ローザ様！　プレオープンおめでとうございます！」

ローザが店内で感慨にふけっていると、開け放たれた扉から友人たちが続々と入って来た。

「まあ！　ポピー様、エマ様、それにライラ様も！　いらっしゃいませ」

彼女たちは幼馴染兼取り巻きだ。そしてクロイツァー家が没落したら、一緒に潰《つぶ》れてしまう運命共同体でもある。

「素敵なお店ですわね」

「本当に！　外から見てうっとりしてしまいました」

ポピーもエマも感嘆の声を上げる。

「まあ、嬉しいですわ。ありがとうございます」

「ローザ様、このガラス製の飾り棚素敵ですわ。どこでお買い求めになったのですか？」

好奇心旺盛なライラが早速質問してくれる。

「それは私がデザインして、特注で作りましたの。よろしかったら、工房を紹介いたしましょうか？」

「ええ、ぜひ！」

ライラが目を輝かせる。

「まあ、このバスボム、不思議な模様がありますわ。まるで虹みたいですね」

友人たちと話している間にも、タニアを筆頭にマダムたちも続々と『ローゼリアン』にやって来た。

皆、義理堅いのか、それともバスボムに興味があるのか……。

ローザは挨拶《あいさつ》と接客に回った。

売り子はヘレナをはじめとした、クロイツァー家のメイドたちが引き受けてくれていた。

そして、お披露目のつもりで店を開いたのに、母が連れてきたマダムのひとりから注文が入った。

「あちらの紫色のバスボム、ラベンダーの香りでしょう？　同じ色でバラの香りのものがほしいのだけれど。三ダースほど注文できるかしら？」

嬉しくてローザは張り切った。

「はい！　オーダーメイドも承っておりますので、何なりとおっしゃってください」

マダムを皮切りに、プレオープンにもかかわらず注文が殺到した。


今日は店を見てもらって帰りに試供品としてバスボムを配る予定だったのに、気づいたら注文がたくさん入っていた。そして棚にディスプレイのつもりで綺麗に飾り付けたバスボムは品切れ。

しまいには、外で護衛をしていたヒューを呼び、彼にも注文を取るのを手伝ってもらう。

ヒューは威圧感があるから店には向かないかなと思ったが、無骨ではあるものの精悍でイケメンな護衛はマダムたちに大人気となる。

プレオープンは開始から、六時間ほどで閉店となった。


そして、正式なオープンは三日後だ。

店はプレオープンですっかり空っぽになり、在庫も底をついていた。

それを知った父に「生産が追い付かず商機を逃すとは、未熟者だな」と言われたが、前世にそういう商法もあった気がする。

（プレミアがつくだったかしら？　期間限定とか季節限定のバスボムとかもいいかも）

ローザの中でアイデアが次々にわいてくる。そして、オープンまでの三日間。ローザは再び地獄のような忙しい日々を送り、社畜根性が覚醒した。

「絶対にオープンに間に合わせるわよ！」

「お嬢様、バトルロイヤル制などとおっしゃっていたのに、すべて売り切れではないですか？　そのうえ、新規注文まで入っています。従業員が足りません」

ヘレナの言う通りだ。

「そうなのよねえ、そのうち、臨時で募集をかけようと思うのだけれど。この騒ぎもひと月もしたら落ち着くような気がするわ」

木製の作業机の上で、せっせと作業を続けながらローザは話す。

「いいえ、私はもっとお客様が増えると思います」

ヘレナが霧吹きを使いながら自信満々に答える。

「そうかしら？　ヒューはどう思う？」

ヒューは先ほどから、ローザの横で黙々とバスボム作りを続けていた。がたいは大きいが何をやらせても器用な男だった。

「さあ、私は商売のことはわかりません。それで、お嬢様。私はいつ護衛の仕事に戻れるのでしょう？」

わずかに困惑したような表情を浮かべている。

「そうそう、あなたをうちの店員にしたいと思っていたのよ。マダムたちに人気のようだし、どうかしら？」

武骨でイケメンの護衛はバスボムを作る手を止めることなく答える。

「お嬢様、私は護衛騎士です。仕事はお嬢様をお守《まも》りすることです」

あっさり、却下されてしまった。

しかし、精悍なイケメンのヒューからそう言われると悪い気はしないし、前世で『お守《まも》り』なんてされたことがないローザは、無駄にどきどきしてしまう。

だが、貴重な労働力を得られなかったことは確かで。

「あなたを見ていて思ったのだけれど、結構力仕事があるから、男性の従業員も必要かしら？」

「男性従業員は女性ばかりの店にとってリスクになりかねません。どうか、慎重にご判断ください」

「確かにあなたの言うとおりね」

ロベルトの差配によって、店の外はクロイツァー家の護衛によって密かに守られている。

しかし、彼らが守っているのはあくまでもローザであって、従業員ではない。ローザがうちに帰れば、護衛も一緒にローゼリアンから引き揚げてしまうのだ。

それに女性というだけで、なめてくる者も今後いるだろう。この先、商売が順調なら、そこらへんも考えていかねばならない。

「それから店の構造もかなり単純な作りになっておりますので、目端の利く者ならば、バックヤードから、作業場に繋《つな》がっている通路、さらには金庫の場所など察しがつくかと思います」

ローザはヒューの助言に納得し、頷いた。

「わかったわ。対策を考えましょう。それまで帳簿や売り上げは店に置かず、持ち帰ったほうがよさそうね」

ゆくゆくはバックヤードを改装するつもりでいたが、ひとまず手軽にできる防犯対策を取ることにした。


その後黙々と作業に打ち込むが、仕事は終わりなく続く。ローザはバスボムを作る手を止め、作業場を振り返る。

「ねえ。残業代、二割増しにするけれど、残ってくださる方はいるかしら？」

「もちろんです！　ご主人様！」

作業場にいる従業員全員の声が元気にハモった。中にはガッツポーズを決める者までいる。残業代は彼女たちにとって、いい収入源になっているようだ。それにローザが雇った従業員のほとんどが元洗濯婦で、皆体力だけはやたらとあるし、労働意欲が群を抜いている。

なにより、彼女たちは前世のローザと同じ匂《にお》いがする。社畜魂を宿しているのだろう。

「ふっ、私の人選に間違いなしね」

給金が二割増しになるということで、彼女たちの意欲がさらに高まる。

「さすがです。お嬢様」

ヘレナに褒められながら、ローザのバスボム作りは順調に進んでいった。もはや職人の域である。

◇

クロイツァー家で茶会をやったり、他家の茶会に顔を出したりしてはバスボムをプレゼントし、感想を聞き改良していくなど人間関係を良好にした結果、プレオープンでいきなりの大盛況。

ローザは喜んだ。

だが、一週間が過ぎると、来るのは同じ顔ぶればかりになっていった。とはいえ、客足が鈍ることはなく経営は順調だ。

そして、今ローザは店のバックヤードでヘレナを相手に紅茶を飲んでいる。最初はローザとの同席を拒んだヘレナだが、立ち仕事は疲れるからとローザに強制的に座らせられていた。

「やっぱり、オープン時は盛り上がっても、後の客足はそうそう伸びないわねえ」

従業員を大量に増やさなかったのは正解だったと思う。

その一方で、注文は順調で売り上げはよいので、再び面接をして売り子と作業場の人間を増やした。

まずは大成功と言っていいだろう。これならば、家が没落したとしても自分ひとり逃げられるくらいの分は、すぐにお金がたまりそうだ。問題は家族である。

つまり自分を含めた家族四人分の逃走資金と当座のお金をためなければならないのだ。

「先は長いわね。もっとピッチをあげなきゃ」

クロイツァー家の没落に伴い、いきなり職場を奪われる使用人や従業員にもまとまったお金を渡したい。情けは人のためならずと言うではないか。きっとどこかで彼らがローザを助けてくれるはず。

そんな期待を胸にローザは今日も頑張ることにした。

しかし、一番良いのはロベルトが外国、いや海の向こうに隠し財産を作ることだ。

(でも、いったいどの国にどうやって資産をつくれば、この国に没収されないで済むのかしら。当然、同盟国はだめよね)

などとローザが逃走計画と資金調達や貯蓄についてつらつらと考えていると、ヘレナが口をひらいた。

「お嬢様、でも変化がございますよ。殿方がいらっしゃるようになりました」

「ああ、確かに、ご婦人のエスコートで殿方もみえるようになったわね」

ローザの返答に、ヘレナの目がきらりと光る。

「男性用のバスボムも置いてみてはいかがでしょう?」

「いいアイデアね。無香料のもので試してみましょうか?」

「以前、旦那様が開いたお茶会で配ったものですか?」

「ええ、うちの商品は皆女性が好みそうな甘い香りがついているでしょう?　香りづけは後々考えるとして、今回は色づけだけにするわ。お試しのような感じね」

「さすがはお嬢様!　では早速、作業場に試作品を作るように指示を出してきます」

ガタリとヘレナが立ち上がる。

「え？　ヘレナ、もうちょっと休憩しましょうよ。ほらほら、お父様とお母様が差し入れてくださった焼き菓子もあるし」

忙しいロベルトやタニア、フィルバートまで、差し入れをくれるお陰で従業員の血色がいい。

この店では差し入れは、皆で分け合って食べるのだ。そして食べきれなかった分は従業員に均等に分けている。

「お嬢様、善は急げでございます」

そう言って、ヘレナは隣の作業場にぱたぱたと行ってしまった。彼女はローザのような社畜ではなく、完全なワーカホリックだ。そのうえ、疲れ知らずときている。

「尊敬するわ。ヘレナ」

去っていくヘレナの背中にローザは呟いた。

話し相手もいなくなったことで、ローザは店の帳簿を開く。部下にだけ働かせておくわけにはいかない。いつの間にローザのなかでヘレナはメイドというより、秘書のような立ち位置にいた。ヘレナ本人にその自覚はないようだ。

「今度、ヘレナの給金を上げてあげないと」


しばらく帳簿に集中していると、ドンッとものすごい勢いでバックヤードの扉が開き、店の売り子が血相を変えて飛び込んできた。最近雇ったアンという娘だ。

しかし、彼女の教育は行き届いているので、ノックもなしに入ってくるのは初めてだ。

「ご主人様っ！　た、大変でございます！」

アンの顔は蒼白で、声が震えている。

「なに？　どうしたの。またおかしな輩でも来たの？」

ローザはぱたりと帳簿を閉じて立ち上がる。どうやら店主の出番のようだ。

「と、とにかく店に来てください」

彼女の慌てぶりに、ローザは何事かと店に出る。

大きな音や怒声が聞こえてきているわけではないので、誰かが怒鳴りこんできたわけでもないだろう。それならばヒューが対応しているはずだ。

しかし、店に出たローザは啞然として、固まった。

ガラス張りの店の前には王家の紋章のついた六頭立ての馬車がとまっている。

そして、今しも店の扉を開けて入ろうとしているのは、この国の第三王子アレックス、その人だった。

緩くカールした金髪に水色の瞳《ひとみ》、銀の刺繡の入った白い外套を着こなす麗しい立ち姿にぼうっとなる……わけはなく。

（え？　何しに来たの？　店の前に王家の紋章入りの六頭立ての馬車って、軽く営業妨害なんだけれど？）

「ようこそお越しくださいました」

反射的に口角を上げ、頭を下げつつも、ローザの頰《ほお》は引きつり、こめかみには青筋が立っていた。

（そのどでかい馬車を、私の店の前からさっさとどけなさい！）

ローザは心の中でうなった。

アレックスと通り一遍の挨拶をした後、ローザは思ったことを口にする。

「殿下、お越しくださるのは嬉しいのですが、馬車がそこにありますと、ほかのお客様が店に出入りできません」

世の中には、言われなければわからない人間がいる。

「え？」

腑《ふ》に落ちない表情でアレックスが後ろを振り返る。ガラス越しに店の外を見ると、物見高い人たちが王家の大きな馬車の周りに集まってきていて、それを王家の護衛が蹴《け》散らしていた。

立派な営業妨害である。

しかし、アレックスに悪びれたふうはなく、金髪を揺らす。

「ああ、店の宣伝になるかと思ってね」

「宣伝ですか？」

（六頭立ての馬車を店先に置くことが？）

ローザは思わず目をむいてしまった。

「そう、王家御用達だと思われて、店に箔がつくではないか？」

アレックスが眩いばかりの王子様スマイルを見せる。

「はあ、そういうものでしょうか」

ローザはいまひとつ納得がいかない。

だいたい王家御用達の店にするつもりならば、目抜き通りに建てている。この店はあくまでもローザの前世からの夢だ。

「王都で評判のバスボムを母に贈ろうかと思って、来たんだ」

母ということは側室だ。と、見せかけてエレンのために買っていくのかもしれない。

いずれにしてもローザには関係のない話だ。客は客であると割り切った。

「なるほど。そういうことでしたら、こちらの商品がお勧めでございます」

ローザは迷わず店で一番高価な金箔入りのバスボムを売りつけた。

「ありがとう、ローザ。これならば母も喜びそうだ」

その後もアレックスはまだ何か話したそうな様子だったが、ローザは馬車の移動を主張した。

「こちら、目抜き通りから外れておりますので、大きな馬車が止まっておりますと、往来が途絶えてしまうのです」

つまり他の店の迷惑になるのだ。

「また今度、店が落ち着いたときにでも、ゆっくり来るよ」

「お買い上げありがとうございました」

そう言って頭を下げるローザの姿を見て、さすがのアレックスも長居はできないことを察したのか帰っていった。

「お嬢様、大丈夫ですか？」

アレックスが店を出て行くと同時に、店の奥からヘレナとアンがひょっこりと顔を出す。

「ええ、早々にお引き取りいただいたわ」

「さすがお嬢様です」

その後はいつも通り、客足も戻って来た。さすがに王家の馬車には周りの住民たちも驚いたようだ。

売り子たちやヘレナからそんな話を伝え聞く。

「それで王家の馬車がきたお陰で、うちの評判は、少しは上がったのかしら?」

「一部では、王族も買いに来るバスボムを扱っているすごい店だと言われているようです」

ヘレナが無表情で告げる。

「で、他ではなんと言われているの?」

「往来の邪魔だからもう来ないでほしいと言われております」

「そうよね」

当然である。ローザは少々うんざりした。


その日もローザは意気揚々と店に出勤していた。

昼頃を過ぎると店が一時的にすいてくるので、ローザは店に出てバスボムを飾る。

色とりどりのバスボムは、ガラス板に金色の支柱を使った棚によく映えた。歌いだしたいくらい楽しい気分でバスボムの配置を考える。

売れ筋商品は手に取りやすい高さの棚に、新商品は目立つ棚にと配置していった。

「ローザ嬢、店は繁盛しているかい?」

突然うしろから声をかけられ、ローザは危うく商品を落とすところだった。

振り返るとそこには……。

「えっと、パーマー様ですわね。いらっしゃいませ」

最近は男性客が来るようになったとはいえ、男性一人で来る客というのは珍しい。

確か、フィルバートがあまりかまうなと言っていた伯爵令息だ。

「そうだ。今日はあなたに差し入れを持ってきたんです」

「いえいえそんな、差し入れなんていただけませんわ」

ローザは首を横に振って断った。

「では開店祝いと思って受け取ってください」

開店から、ずいぶんと過ぎている。

「わかりました。開店祝いとしていただきますね」

ローザは営業スマイルで受け取った。どこかの店で買った焼き菓子のようだ。

しかし、彼から食べ物を受け取って大丈夫なのだろうか。将来毒殺される身としては少し不安だ。

「商品を見ていきませんか。あちらの無香料のものを男性客は買われていきますの。試しにおひとついかがです?」

なんだったら、一ダース買ってくれてもいいと思ったが、パーマー家は資金繰りが悪いと聞いている。しかし、ローザの予想に反して彼は言った。

「一ダース買っていこうかな」

あまりご無理をなさらないようにと口から出かけたが、すんでのところでやめた。ティムの矜持を傷つけることになるだろう。

「では、お会計はあちらで」

ローザはにっこり微笑むと、売り子を呼ぶ。ローザは早々にバスボムの品出しを終え、バックヤードに戻った。

いったいティムは何しに来たことやら、しばらくして店から言い争う声が聞こえてきた。

嫌な予感がして、ローザが顔を出すと、売り子が真っ青《まさお》な顔をしている。

「パーマー様、どうされました？」

ローザはただごとではないと思い、すぐに声をかける。

「いや、たいしたことはないよ。少し行き違いがあったようだ。僕はこれで失礼するよ」

頬を紅潮させた彼は、ローザの姿を見ると慌てたように店から出ていった。

ローザは店にいた売り子に事情を聞く。彼女は最近入ったばかりの新人だ。

「それが、つけはやっていないと言ったら、突然怒り出してしまって」

震える声で言う。

「大丈夫？　酷く叱られたの？」

「いいえ、そういうわけではありませんが、貴族を怒らせてしまったので私は首でしょうか？」

「まさか、そんなことはないわよ。大丈夫。あったことだけを話してほしいの」

ローザが穏やかな口調で言うと、売り子はほっとしたような顔をした。どうやら、彼女は職を失うことを恐れていただけのようだ。

お金がないのに、見栄っ張りというのも厄介なものだとローザは思う。それが貴族ならなおさらだ。

数日後、ローザが帳簿をつけていると、アンが慌ててバックヤードに飛び込んでくる。だが今度はきちんとノックをしていた。

「ご主人様、大変です！」

今日の彼女は心なし、目を輝かせ頬を上気させている。

「何？　また六頭立ての馬車でも来た？」

ローザが訝しげに聞く。

「いいえ、今度はグリフィス公爵閣下がいらっしゃいました」

「それで、店の前に大きな馬車とか止めていない？」

ローザが気になるのは、そこだ。選民意識が強い者は扱いに困る。

とはいえ、少し前のローザもそうであったので、彼らを非難できる立場ではないのかもしれない。

「なかったと思います」

売り子が興奮したように何度も頷く。

ローザは店に出ることにした。

確かに店の前に馬車は止まっていない。ローザはそのことにほっとする。

「ようこそお越しくださいました」

ローザは早速、営業スマイルを浮かべた。

「いや、今日は客としてではなく、君に聞きたいことがあって来たんだが」

（私には別に言いたいことはないいんだが？　というか客ではないなら、お引き取り願おう）

だが、店に入ってきた以上、ただで帰すわけにはいかないとローザは思いなおす。

「あら、せっかく店にきたのですから、見ていってくださいな。ちょうど、男性用に開発した商品がございますのよ」

ローザは有無を言わせぬ勢いで、無香料のバスボムを勧める。

「閣下には、ぜひともお買い求めいただきたいですわ！」

目を輝かせてイーサンに詰め寄った。

「わかった。周りの者にも配って宣伝をしておこう」

苦笑しながらもバスボムを大量に購入してくれた。さすが公爵位を持っているだけあって太っ腹である。

「ああ、それとこちらは金箔入りでして、ご婦人に贈ると喜ばれますわよ」

ローザはさりげなく店で一番高い商品を勧める。

「あいにくそういう女性はいないのでね」

一番高い金箔入りを売りつけられなくて残念だったが、無香料の商品を大量購入してくれたので、今回はそれでよしとする。

「それでお話というのは？」

「できれば、人目のないところでお願いしたい」

公爵閣下がそう言うのならば仕方がない。

「承知いたしました。それでしたら、バックヤードへどうぞ。何のおもてなしもできませんが」

バックヤードにあるローザの執務室にイーサンを案内したのだった。

イーサンを執務室に連れていくと、できるメイド兼売り子兼バスボム製造者兼秘書のヘレナがしっかり茶の準備をして待っていた。執務室は粗末なつくりだが、家族や友人たちからの豊富な差し入れがあり、十分なもてなしができるレベルだ。

これでは長居してくれと言っているようなもの。仕事の詰まっているローザとしては客ではないなら早く引き取ってもらいたいところだが、先ほど大量に買い物をしてくれたイーサンは、これから太客になる可能性を秘めている。ローザはきらりと目を輝かせた。

「それで、ご用件はなんでしょうか？」

愛想よく切り出す。

「君はすっかり忘れているようだが、私たちの間で情報交換しようという話になっていたと思うが？」

そこでローザはピンときた。

「納得です。うちに訪ねて来るのが嫌で、この店に来たのですね」

「いや、君の親御さんに妙な期待を抱かせてもと思ったんだ」

それについては、ローザは何も言えない。多分彼が治療ではなく、ローザのもとへただお茶を飲みに来たとなれば大騒ぎだろう。

なんといっても両親はローザの相手に優良な高位貴族を狙《ねら》っている。彼らの娘は欲望に忠実な悪役令嬢だというのに、親心とは切ないものだとローザはしみじみとかみしめる。

「気を遣わせてしまいましたね。両親はあくまでも私の幸せな結婚を願っているのです。結婚はクロイツァー家のためではありません。私が、金遣いが荒いせいか、相手がお金持ちでなければ幸せになれないと思い込んでいるのです」

ローザはヘレナが入れてくれたおいしい紅茶をこくりと飲んだ。

「実際はそうではないと？」

イーサンが微笑みながら、余計な突っ込みを入れる。油断してはならない。彼はアレックスの味方なのだ。多分だけれど……。

「ふふふ、閣下に言う義理はございませんので」

流せばいいのに、ローザはうっかりのってしまった。

「ははは、ちょっと不躾《ぶしつけ》な質問だったようだね。店は繁盛しているようだし、君は立派な実業家だから金なら自分で稼げるな」

そう言って鷹揚に頷く。

「まあ、閣下、お金に色はございませんのよ。どなたのお金でも、いただければ綺麗に使って差し上げますわ。ほーほほほ」

ローザの高笑いがひとしきり済んだところで、イーサンが咳《せき》ばらいをする。

「クロイツァー嬢。世間話はこれくらいにして、そろそろ本題に入りたいのだが」

イーサンの軽い挑発にのるなど、不毛過ぎて時間の無駄もいいところだった。

「で、ご用件は噂ですよね？　あいにくと私は商売を軌道に乗せるための情報収集しかしておりません。社交界の噂といっても自分の派閥の方々としか付き合わないので」

とにかく今はバスボムを布教したいのだ。

「ああ、クロイツァー家の派閥で君の評判はうなぎのぼりのようだ。男性にも人気のようだね」

褒められて悪い気はしない。

だが、その褒めてくる相手がイーサンなのが少々気になる。

それにローザは前世を思い出したお陰で自分がモテないことを自覚している。ローザの周りに集まってくる殿方は皆、彼女の後ろにあるクロイツァー家の財産と権力を見ているのだ。

「で、閣下は何か情報をお持ちなのですか？」

「この間、王宮でちょっとした舞踏会があってね」

そういえばローザの元にも招待状が来ていたが、大規模なものではなく、一部の高位貴族のみの招待だったので店を優先した。

今は販路の拡大に繋がらない催し物には出ないことにしている。バスボムの受注も途切れず、仕事が楽しくてたまらないのだ。

「公式の大々的なものに出席すれば十分かと思っておりますので、欠席いたしました」

イーサンはローザの言葉に頷くと、おもむろに口を開いた。

「時間も限られていることだし、単刀直入に言う。クロイツァー家以外の派閥では中立派の中にも君の悪評が広がっている」

「……はい？」

全く意味が分からなかった。

最近のローザは問題行動一つとっていないし、品行方正に商売をしているし、バスボムの売れ行きも良い。派手に社交もしていないのに、なぜ評判がさらに下がるのか。さっぱり見当がつかない。何より、アレックスを追い回して王宮内をうろつくこともなかった。

「私の評判って下がりようがないほど、下がっていたと思うのですが、まだ下がる要因がありました？」

訝しげに眉根《まゆね》を寄せるローザに、イーサンが思わずといった感じで噴き出す。

（この人の笑いのツボがまったくわからないわ！）

「閣下、失礼ですよ？」

ローザは眦《まなじり》を吊り上げた。

「申し訳ない。あまりにも君の言う通り過ぎて、つい」

すぐに頭を下げ謝ったので、ローザはしぶしぶ頷いた。

（結構、潔く謝るじゃない。まあ、許してあげないでもないわ。でもなんか言い方がいちいちひっかかるのよね）

「それで、今度はどんな噂です？　ドレスや宝飾品を買い占めたとか？　街で散財しまくっているとか？　バスボム製造で従業員をこき使っているとか？」

「え？　君はそんなことをしているのか？」

イーサンが驚いたようにローザに目を向ける。

「していません。確かに店の三分の二ほど、ドレスを買い占めたこともありますし、従業員に残業させたこともあります。しかし、残業代はきちんと払っていますし、うちの残業は希望制です！」

ローザが誇りを持って言い切ると、イーサンが圧倒されたように体を引く。

「……まったく、違う噂なんだが」

イーサンは圧倒されたのではなく、堂々と言い切るローザにドン引きしただけだったようだ。

しかし、ローザには他の噂はとんと思いつかない。

最近は夜会より、茶会が主でバスボムを買ってくれそうなご婦人方を招待したり、時には招待されたりしている。至って良好な人間関係を築いているのだ。

少し前までは、ともするとクロイツァー家の派閥内でも眉を顰《ひそ》められていたこともあったが、ここのところはそうでもないはず。

むしろバスボム欲しさに群がってくる者たちもいる。高位貴族の美容にかける執念には並々ならぬものがあるのだ。そのお陰で値段の張る金箔入りやはちみつ入りのバスボムの売れ行きが良く、ローザはほくほくしている。

イーサンは目の前の紅茶に口をつけると、おもむろに口を開いた。

「以前に、アレックスとモロー嬢の密会を見ただろう？　あそこでモロー嬢が言っていた噂が広がっている」

「それって、まさか馬に蹴られたのが自作自演とかっていうアレですか！」

ローザはびっくりして思わず立ち上がる。

「そのまさかだよ。私もその件について聞かれて『ありえない』と答えたんだ。だが、噂はすでにかなり広まってしまっている」

「ひどい！　ひど過ぎるわ！　私、死にかけたんですよ？　そのうえ、殿下と婚約なんかしてないじゃないですか！」

すると珍しくヘレナが慌てたように口を開く。

「お嬢様、お言葉遣いが乱れております」

ローザの耳元で早口に囁く。

「そ、それもそうね。ちょっと冷静にならないと。……にしても腹が立つ！　そういえば腹立ちついでに一つ。先日、殿下が呼びもしないのにうちの店にお越しになりました。六頭立ての王家の馬車を店の前にお止めになったので、往来が途絶えてしまいましたの！」

「何だって？」

これは初耳だったようで、イーサンが驚いた顔をする。

「お陰でうちの店は近隣店舗にご迷惑をおかけしてしまいました。あなたの大切な甥御様であるアレックス殿下はなぜそのようなことをなさるのでしょう？」

（いったい、どんな躾を受けているのかと王宮に乗り込みたいわ！）

ヘレナは怒れるローザの姿をみて、あきらめたように首を振ると、茶を淹れなおしに行った。

そして、イーサンは考え深げに顎に手を当てる。

「アレックスが王家の馬車を使って店に来たということは……。また、噂に尾ひれがつかないことを祈るよ」

「私のために祈ってくださるのですか？」

ローザはイーサンを見据える。

「もちろん。アレックスが君の店に迷惑をかけて申し訳なかったね」

イーサンがアレックスの代わりに謝る。よくできた叔父だ。やはりアレックスがかわいいのだろう。

「では和解ということで」

ローザは再び椅子に腰かける。

「え？　そんなにあっさりと？」

ローザがあっさりと怒りを静めたので、イーサンが珍しくきょとんとした表情をする。推しが初めて見せる表情にローザの心はほんの少し揺らぎそうになる。

だが、彼女の前には片付けるべき重大な問題があった。

「はい、それでなんですが。閣下、仮の話としてクロイツァー家が没落したとします。そのとき国庫に没収されないで済む財産を外国に築いておきたいんですよ。どこかお心当たりはありませんか？ ぜひ、和解のしるしと前回の『貸し』と合わせてご教示願えませんかね？」

いけしゃあしゃあとローザが言い放つ。

「君は、いったいこれから何をするつもりなんだ？」

せっかく和やかに緩んだ空気が、ローザの一言で一気に凍りついた。口元は薄く笑んでいるものの、イーサンの紫水晶の瞳がわずかにとがる。

「え？　和解のしるしに知っておきたいだけですよ？」

ローザはゆるりと首を傾げ、すっとぼけた。

「クロイツァー嬢。まず君が、なぜ私にそのようなことを聞くのか謎《なぞ》だ。それから、私にはそのような隠し財産はないよ」

そう言って彼はにっこりと貴公子の笑みを浮かべる。それにより、完全に彼の感情が隠れてしまった。

（あ、これ、絶対教える気のないやつだ）

「ほほほ、そうおっしゃるのでしたら、しかたがないですねえ。では、私の方でもおかしな噂が広まったら困りますので、鎮火に努めたいと思います。それに噂の火元についても知りたいですし。ということで本日はよろしいでしょうか？」

ローザは忙しいので、お引き取り願うことにした。

「ふふふ、それは帰れということかな？」

「まさか！　お客様にそのような失礼なことは……。そうですわ！　閣下、ぜひバスボムをお使いになった感想をお聞かせくださいませ。当店としてはリピートしていただきたいので、忌憚《きたん》のないご意見をお聞きしたいですわ。ご意見をいただけましたら、商品を改良していく所存でございます」

ローザはいい案だと思った。

彼ならば、上品な笑みを浮かべながら、歯に衣着せない感想を言ってくれるだろう。つまりイーサンは、その点に関しては信頼に値するということだ。

男性用は試作品として片手間に作っただけだが、これでまた商売の別の扉が開くかもしれない。

「では、遠慮なく感想を知らせに来るよ。これが和解のしるしということでいいだろうか？」

（やられたわ！　なんかもの凄く安く済まされた感じがする。でも負けない）

「もちろんですわ。当店の商品をリピートしてくださるなら、大歓迎ですもの。いつでもいらしてくださいね！」

「では、それは前回の『借り』の分ということだな」

イーサンがうっかり見惚れてしまうような眩いばかりの笑みを浮かべる。

（くっ！　一枚上手だわ。そのうえ口が達者ね）

ローザも負けじとにっこり微笑んだ。

「またのご来店をお待ちしております」

ヘレナと共にローザは、店先までイーサンを見送った。

「上客になるといいわね」

店先で隣に佇《たたず》むヘレナに声をかけた。

「はい、きっとなってくださると思います。ずいぶんとお嬢様が気に入っておられるようでしたから」

「はい？　あの態度のどこから、そんなことを読み取ったの？」

ローザは心底不思議そうにヘレナに聞く。

「お嬢様、閣下はお嬢様の噂を憂いて来てくださったのですよ。店の商品も気前よく買ってくださいました。そのうえ、リピートしてくださるなんて」

ローザはヘレナの言葉にはっとする。

「確かに。太客は逃がしてはダメね。何が何でも意見を聞いて男性用バスボムの開発に役立てましょう！　それに宣伝につかえるわよね。閣下がお気に入りのバスボムと宣伝して店で売るのよ。妙案じゃない！」

するとなぜかヘレナが気の毒なものを見る目でローザを見ているのに気づく。

「え？　なによ、ヘレナ？」

「お嬢様の乙女回路は、以前は暴走気味でしたが、今は朽ち果ててしまわれたのですね」

心なし、悲しそうに言う。

「いや、せめて枯れたにしてくれない？　また再生するかもしれないし」

(ここにもいたわね。忌憚のない意見を言う人が……)

だが、不思議とそういう物言いをする人間をそばに置いておくほうが、ローザの運が上向く気がする。お世辞や嘘《うそ》ばかりの貴族社会で生きるローザにとって、裏表のないヘレナは貴重な存在だった。

◇

その晩。即断即決のローザは、店から帰ると早速ロベルトのいる執務室へ向かう。

もちろん、影のようにヘレナも半歩後ろに付き添っている。

ノックをして、執務室の扉を開けると、ロベルトに加えフィルバートと、秘書に執事がいた。

この家の人間はなぜか皆働き者だ。

「まあ、申し訳ございません。お仕事中でしたのね」

さすがのローザも遠慮した。

しかし、ロベルトは鷹揚に頷き、ローザを執務室に招き入れる。

「構わないよ、ローザ。商売というものはやってみると大変だろう？　この父に何か相談事があるのかい？　商人の先輩として答えてあげよう」

正真正銘の貴族だが、心は商人なロベルトがものすごく嬉しそうに尋ねてくる。

ローザはなんとなく居心地の悪いものを感じた。

「あの、私に舞踏会や茶会の招待は届いていないのかと思いまして」

「なるほど、バスボムの販売促進をしたいんだね。それならば、またうちで茶会でも開けばいいだろう？」

フィルバートがポンと手を打ち、訳知り顔で言う。

「そうではなく、普通の茶会に潜にゅ……いえ、参加したいのです。もちろんご婦人ばかりではなく、殿方も出席しているものにです。それとクロイツァー侯爵家の派閥ばかりではない、茶会や夜会が好ましいのです。お誘いはありまして？」

ローザの噂はほかの派閥から出ている。

それに日頃から付き合いのある令嬢たちは、ローザを気遣って噂を聞いていてもわざわざ知らせに来ないかもしれない。

だから、ローザ自身で噂がどの程度広がっているのか、または火元はどこなのか探らなければならないのだ。富豪伯爵令嬢のジュリエットあたりを捕まえて聞いてみるのもいいかもしれない。

これはローザの戦いなのだ。

「ははは、そうかローザもとうとう！」

ロベルトがなぜか感極まった様子。

「父上、本当に良かったですね」

フィルバートもとても嬉しそうだ。

「旦那様、これで一安心でございますね」

執事は目頭を押さえ何度も頷いている。

「え？　何？　どういう状況？」

ローザが唖然として呟くと、優秀なメイドのヘレナが横で解説してくれた。

「旦那様方はお嬢様が、いよいよ殿方に興味を持たれたと喜んでおられるようです」

「何ですって？　違います。お父様、勘違いです！　私はすっかり社交界の噂に疎くなってしまったので、そろそろ情報収集しようかと思っただけです」

実際は、ローザは自分の悪評を流している人間をとっ捕まえたいだけなのだが……。

「わかっているよ。ローザ、この父がお前によさそうな夜会を見繕ってあげるからね。たまには仕事を休んでドレスでも作っておいで」

どうあっても父の誤解は解けない。そのうえ、面倒なことにタニアまでやってきた。

「まあまあ、皆どうしたの？　楽しそうねえ。ふふふ」

タニアは品の良い笑みを浮かべ、絹張りのソファに陣取る。

「ローザが、やっと男性に興味を持ってくれたようだ」

父の言葉がとどめとなった。

その後はてんやわんやの大騒ぎで、家族の誤解が解《と》けることはなかった。

だが、ローザはそんな家族も使用人たちも、どうしようもなく大好きだ。

✦ エレンとアレックス

アレックスが王宮の執務室で仕事をしていると従者が入って来た。

エレン・モローが来たと告げられ、アレックスはため息をつく。

彼女とは三、四年前に市井で出会った。エレンが暴漢に襲われそうになっているところをお忍びで下町に来ていたアレックスが偶然通りかかり助けたのがきっかけだ。たいそう愛らしい少女だったのでよく覚えている。

その後、王宮の舞踏会で見かけたときは驚いた。ちょうどローザにしつこく追い回されている時期で、エレンとの再会に運命すら感じた。

今はその身分差から、秘密裏に付き合っている。

それなのに最近のエレンは先ぶれもなく直接王宮の執務室を訪ねてくるのだ。

ローザの件もあって微妙な時期だから訪問を控えるように言っているのだが、実際には訪ねてくる回数がわずかに減っただけである。

エレンをかわいいと思っていた時期もあった。しかし、今はいつまでたっても貴族社会の常識を学ばない彼女に苛立ちを感じることもある。

人払いをして、入室を許可するとエレンがおずおずと申し訳なさそうに入って来た。

その愛らしい姿に庇護欲をそそられる。

「ダメではないか、こんなところに来ては。おかしな噂を立てられてしまう」

きっと噂が立つのも時間の問題だろう。そんなアレックスの思いに気づきもしないのか、エレンは潤んだ瞳《ひとみ》をアレックスに向ける。

「そんな……おかしな噂だなんて。私はいてもたってもいられなくてここへ来たのに。アレックス様はどうしてそれほど、ローザ様にこだわるのです？　わざわざ、ローザ様のお店に行ったと聞きました。なぜです？」

エレンに責める調子はなく、とても悲しげだ。だが、アレックスはエレンがそのことを知っているのに驚いた。

「仕方がないのだ。僕が王太子になるためにはクロイツァー家の後ろ盾が必要なんだよ」

「つまりうちのような貧乏伯爵家ではだめだということですね。うちにお金さえあれば」

彼女は涙ながらに訴える。

「だから、もう少し待ってくれと言っている。僕が王太子となった暁には必ず君を迎えに行く」

「そんなのクロイツァー家が黙っていません」

エレンはすっかり悲しみに沈んでしまった。

アレックスは彼女をなだめにかかる。そうしなければ、エレンは感情的になって、また不用意に王宮を訪ねてくるだろう。

「問題ない。僕はあの家の傀儡《かいらい》になる気はないのだ。それにローザは、今は大人しくしているようだが、そのうち馬脚を現すだろう。人間は突然変わったりしないさ。だから僕を信じて待っていてくれ」

とは言いつつも、アレックスも焦《あせ》りを感じている。

あれほど、熱烈にアプローチしてきたローザが、今はアレックスに何の感情も抱いていないようなのだ。

まるで人が変わったように。

そのうえ、最近では一番の味方であった叔父のイーサンが妙によそよそしい。

(もしかしたら、王位につきたいという強い思いを見透かされているのだろうか)

なんにしてもイーサンは勘が鋭いので要注意だ。

「アレックス様は、なぜ、そうまでして王太子になりたいのですか?」

「なりたいのではない。ならなくてはならないのだ。兄たちは暗愚であるし、僕を推す勢力もある。この国の王子に生まれた以上、僕はこの国のために持てる力を尽くしたいのだ」

エレンはアレックスの言葉にこくりと頷《うなず》く。

「わかりました。私はアレックス様を応援しています」

「それならば、しばらくは王宮に来るのを控えてほしい。ここで君と僕の噂が立ってしまうと後々足をすくわれることになるかもしれない。エレン、君が考えているより、王宮は恐ろしいところなのだ」

アレックスは真摯な様子でエレンに言い聞かせた。

その後アレックスは、しばらく茶を飲みながらエレンの他愛のない話に少々付き合った。

最近ではエレンに対する執着よりも、ローザに対する執着のほうが大きくなってきていることにアレックスは気づいていた。

なぜなら、ローザにはエレンにない賢さと強さがあるからだ。

一方でそんなローザを警戒してしまう。

クロイツァー侯爵家の後ろ盾がなければ側室の子である自分が王太子となることは難しいだろう。

だが、クロイツァーの人間は皆賢過ぎる。

アレックスはこの国のすべての権力を掌握することを切に願っていた。

だから、クロイツァー家が必要でもあり、同時に邪魔でもあるのだ。

権力者の親戚とはとかく面倒なもの。早急に結論を出すつもりはなかった。

今はローザとクロイツァー家の動向を見極める時期だと考えている。ローザとは良好な関係を築きたい。

だから、エレンと噂が立つことだけは避けたかった。

✦ローザ、太客ゲットへの道

ローザはクロイツァー家の派閥ばかりが集まらない夜会を選んだ。

「おい、ローザ。何を考えているのかは知らないが、どうしてあまりうちの派閥の集まらない夜会を選んだんだ？　いくらバスボムの売り上げが好調だといっても、まだこの中で売り込むのは難しいのではないか？」

エスコート兼ローザのお目付け役でついて来た、フィルバートの言うとおりである。

会場にいる者の三分の二がクロイツァー家の派閥ではなく、中立派と第一王子を擁立するアルノー公爵家の派閥なのでアウェイ感が半端《はんぱ》ではない。

ちなみに家格はクロイツァー家よりアルノー家の方が高いが、実質的にはクロイツァー家の方が古く、歴史も財力もあった。

しかし、表立ってクロイツァー派とアルノー派の摩擦は今のところはなく、おおむね平和な状態だ。

つまり、ローザが前世を思い出す前のように、アレックスを追いかけ回し婚約者になってしまうと、この均衡は崩れ表立って敵対するようになることも十分にありうるということだ。

もちろん原作にはそのような描写はない。なぜなら、ローザは第一章で退場する脇役《わきやく》モブだから。

（ほんとモブって情報が少ないわね。もしかしたら、アルノー派の誰《だれ》かに毒殺されたのかも？）

これに気づいたローザは初めて馬に蹴《け》られてよかったと思った。

なぜなら前世の記憶により、社畜根性が目覚め、煽り耐性が付き、彼女は賢くなっているからだ。

とりあえず、ローザはアルノー家の派閥の人間をざっくりと毒殺犯グループとした。

もちろんイーサンもいまだに容疑者から外せない。ローザにはいまだにイーサンが何を考えているのかわからないからだ。その半面イーサンは『ローゼリアン』の太客になる可能性もある。

クロイツァー家は味方も多いが敵もそれなりにいるのだ。

「ローザ様！」

声に振り返ると、そこにはポピー、ライラ、エマという、ローザの心強い仲間たちが――。

「いつもローゼリアンに来てくれてありがとう」

「いいえ、ローゼリアンのバスボムは最高ですから。私はライラックの香りが気に入っています」

気づいたときにはローザはいつものぬるま湯で楽しくまったりと談笑していた。

（はっ！　これでは今までの夜会と同じじゃない。今日は噂の出所を探りに来たのよ。私はこのぬるま湯から飛び出して生き残るわ！）

固い決意のもと、ローザは立ち上がり即座に行動を開始した。

「まあ、ローザ様どうなさったの？」

突然立ち上がったローザに、驚いたようにライラが声をかけてくる。

その間にローザはターゲットを確認。

「皆さま、ちょっと失礼いたしますわ。ほほほ」

ローザは微笑みながら、扇子を優雅にあおぐ。

皆、ローザが花を摘みにいくのかと思い、快く見送ってくれた。

しかし、今日のローザは一味違う。彼女は眼を鋭く光らせターゲットをロックオン。

優雅に獲物の元に向かう。

「ジュリエット様！　お久しぶりですわね？」

以前のマウンティングとは逆パターンだ。それにマウンティングの勝敗はもうついている。

「うわっ！　ロ、ローザ様、お久しぶりでございます？」

いきなりのローザの出現に、ジュリエットは泡を食って令嬢らしからぬ奇声を上げた。それも無理からぬことだろう。

なめ切っていたローザに前回手ひどくやられたのだ。

だが、ジュリエットは素早く態勢を立て直し、ローザに向き直る。

「今日は、お話があってお伺いしましたの。ちょっとあちらの軽食コーナーに二人で行きませんこと？」

ローザは会場の隅を指さす。

「まあ、それは少々強引《ごういん》ではなくて？　私はいま友人たちと……」

そこで、ジュリエットは取り巻きたちが自分から距離をとっているのに気づく。

彼女の取り巻きは実に薄情なのだ。

「え？　なんですの？　ご友人たちがどうかして？」

ローザがにっこりと微笑み首を傾げて聞き返す。

その後、ローザは取り巻きから距離を置かれたジュリエットを会場の隅に設置されているテーブルに連行する。

顔を引きつらせているジュリエットのために、とりあえず給仕から受け取った果実水を渡す。

「まあ、そんなに緊張なさらないで。旧知の仲ではないですか」

ローザは微笑みながら、果実水を口にする。

確かにジュリエットとは旧知の仲ではあるが、犬猿の仲でもあった。

「で、私に何の御用ですの？」

ローザにビビりながらも、ジュリエットは虚勢を張り、果実水に口をつける。

「実は、あなたに試してもらいたいものがあって」

「な、なんですの？」

ジュリエットは身構える。

ローザはジュリエットから情報を得るため、袖《そで》の下《した》を準備してきていたのだ。

「プレゼントです」

「は？」

ローザがテーブルの上に綺麗《きれい》にラッピングされた箱を出す。

「これは新作のバスボムです」

「な、なんで、どうして私に？」

ジュリエットの目が大きく見開かれる。ちょっと前まではライバルだったが、こうしてみると結構反応が素直だ。頰《ほお》が紅潮し、口元が緩んでいる。

隠し事が苦手なタイプだろう。

だから、ローザにも正面からぶつかって来たのだ。よって、そんな正直者である彼女が噂のおおもとであるわけがないとの結論に至った。

そもそもイプス家は日和見の中立派で、クロイツァー家と対立しているわけではないのだ。

「仲直りのしるしですわ。私たちって、よく考えてみたら、いがみ合う必要はないのでは？」

「……」

ジュリエットが疑《うたぐ》り深い眼差《まなざ》しをローザに向けてくる。ローザはもう一押しすることにした。

「第一、私は最近殿方がいらっしゃる夜会や茶会には出ておりませんし、アレックス殿下のことも追いかけておりませんから」

きっぱりとしたローザの言葉にジュリエットは目を見開いた。

（これでご納得いただけただろうか？）

だいたい、ジュリエットとのいがみ合いは、アレックスを巡って始まったことなのだ。ローザとジュリエットの間にはもうその障害はない。

ジュリエットはそれからおずおずとテーブルにあるバスボムの入った箱を手に取る。

食いついたとローザは思った。

「ジュリエット様は、ミュゲの香りが好きですよね。だからこちらのバスボム、特別に香りをつけてみました」

「え？　わざわざ私のために？」

（そりゃあ、おどろくわよねえ。今まで仲が悪かったもの）

ローザはしみじみと思う。

「よろしかったら、箱の上から匂《にお》いをかいでみてください。開封しなくても外からほんのりと香りがしますよ」

ジュリエットはおずおずと箱を顔に近付ける。

途端に破顔した。

「まあ、私の大好きなミュゲの香りですわ！」

頬を紅潮させ、目を輝かせる。

「そうでしょう？　調合するのに苦労しましたわ」

いや、ノウハウはあるので、実はそれほどでもない。

「まさか、私のために？」

「ええ、『ローゼリアン』ではお客様のオーダーメイドも承っておりますの」

ローザが得意げに答える。それをきらきらとした目で見るジュリエット。

「では、私のほうからも何かお返ししなくては……」

途端に、そわそわしだす。やはり、人は一点ものに弱い。特に自分のためだけにあつらえられたものには。

「いいえ、それには及びませんのよ。うちの店に来てくだされればそれで十分ですわ」

「え？　行っていいんですか！」

今までの敵意が嘘《うそ》のように霧散している。

どうやら、今話題のバスボムがずいぶんと気になっていたようだ。

「ええ、もちろん大歓迎ですわ！」

こうしてローザはまた一人顧客をゲットした。

そこでローザは本来の目的を思い出し、我に返る。

バスボムはいわば袖の下で、ローザは自分の悪評を探るために、家が中立派のジュリエットに近付いたのだ。

鷹揚に頷《うなず》きつつローザは用件に入る。

「それで、ですね。実は折り入ってジュリエット様にご相談がございまして」

するとジュリエットは再び警戒したように顔を引き締める。

取られまいとするようにバスボム入りの箱をぎゅっと胸に抱く。

それを見てローザはなるべく感じよく微笑む。

「難しい相談ではありませんのよ。私、最近、馬に蹴られたのはローザ・クロイツァーの自作自演ではないかという噂を耳にしましたの。ジュリエット様、何か聞いていませんこと？」

「ああ、そのお話でしたら――」

ジュリエットも最近その噂を耳にするようになったと言う。

「私にとっては非常に不名誉なことです。だって、死にかけましたもの。そうまでして馬をけしかけるだなんて、私はまるでおバカさんではないですか？　それでその噂はどこで耳にしましたか？」

「私の友人たちからですわ。さすがに真に受けてはいませんでしたけれど」

ジュリエットが意外なことを言う。これもバスボム効果だろうか。

「噂の火元はわかりませんか？」

するとジュリエットはバスボムの入った箱をぎゅっと持ったまま答える。

「このバスボムにかけて、火元は私ではありません」

「それがわかっているから、お尋ねしているのではありませんか」

「まあ、ローザ様……」

ジュリエットの瞳《ひとみ》がきらりと光り、潤んだ。

「だって、ジュリエット様は直接殴りに来るタイプですもの。そんな小賢しくてまわりくどい真似をするわけがありませんわ」

「……」

ジュリエットの表情が引きつったが、ローザはお構いなしに先を続ける。

「だから、あなたに相談したんです。それに私とは派閥が違うから、別の情報も入ってくるかと思いましたの」

「承知いたしました。アルノー家の派閥に幾人か知り合いがおりますので、聞いてみますわね」

意外にもジュリエットは噂の火元探しを手伝ってくれるようで、ローザは驚いた。

てっきり渋られると思っていたので、第二第三の案を考えていたのだ。

「それほど、驚くことでもありませんわ。中立派は争いを好まない者が多いのです。もちろん、うちの父もそうです。だから、父は二つの派閥の間で、よく蝙蝠《こうもり》のような真似をしていますわ」

イプス家は裕福なはずだが、強い派閥の間に挟まれてなかなか苦労しているようだ。

「まあ、そうでしたの」

「そんな父を情けなく思うこともありましたわ。でもイプス家はそれで財産をなしてきたので、今では何とも思っていません。もちろん、裏切るのではなく、時に利用し、争いを避けるための処世術です」

胸を張ってジュリエットは答える。

「実利的でよろしいかと思います」

それ以外に生き残るすべがないのならば――。

「私、今回は噂を流した者の悪意を感じます。ローザ様は馬に蹴られて何の得もありませんでした。そのうえ、せっかくの殿下のお誘いを断っておいでと聞いております。微力ながら、協力させていただきますわ」

「ええ、よろしくお願いしますね」

ローザの言葉に、ジュリエットは少し不安そうな顔をする。

「ただ、かなり広がっている噂のようなので、火元を特定できるかはわかりませんが」

それだけで十分だし、店の常連客になってくれたら、なおさら嬉《うれ》しい。

（よし！　中立派にもぐいぐい食い込んで販路を広げていくわよ！）

ローザは決意を新たにした。

その後もローザは積極的に夜会に参加したが、『ローゼリアン』の顧客が増えただけで、一向に情報は集まらなかった。

――ただ、中立派の貴族と仲良くなったことは、のちのち家族に称賛された。

◇

ローザは店の執務室で帳簿をつけながら、ほくほくする。バスボムの売り上げは右肩上がりだ。収益が増えていくと笑いが止まらない。

だが、ローザは思う。

「これを一過性のものにはしたくないわよね。そう！　前世のお笑いにたとえるなら、一発屋」

ローザはときどきどうでもよい前世知識を思い出してしまう。それがつらい。

（もっと肝心な漫画の展開とかを、思い出したいのに！）

内心歯嚙みしながらも帳簿の数字を追っていると、ノックの音が響いた。

返事をするとヘレナが顔を出す。

「お嬢様、お客様でございます」

「はい、今店にいきますね」

「いえ、それが……」

珍しく言葉を濁すヘレナに、ローザは帳簿をぱたんと閉じて目を上げる。

「こんにちは、クロイツァー嬢」

ヘレナの後ろには彫像のように美しいイーサンが立っていた。

眼福と感じるより、ローザの頭に疑問符が浮かぶ。

（え？　何しに来たの？　ここはバックヤードよ？　なぜ、公爵閣下が気軽にやってくるの？）

ローザの思いをよそに、ヘレナが落ち着いた様子で二人分の茶の準備を始めてしまう。

反射的にローザは最近覚えた営業用スマイルを浮かべる。そしてイーサンに、丁寧に粗末な椅子《いす》を勧めた。これは嫌味ではなく、ここには本当に廃材を利用して作ったギシギシとなる椅子しかないのだ。

父曰く、笑顔は商人の武装である。

だから、ローザは突然客に見せたくない粗末なバックヤードにやってくるイーサンも笑顔で迎え入れるのだ。ちなみにバックヤードはもうすぐ改築予定で、ローザは応接室もつくるつもりでいた。

「なぜ、そんな不思議そうな顔で見ているんだい？」

イーサンに問われ、ハッとする。

「え？　私は微笑みを浮かべているだけですが？」

ローザの向かいにある椅子に腰かけ、イーサンがため息をつく。

「君が言ったのではないか。バスボムについて忌憚《きたん》のない意見を聞かせろと。だから私はここへ来たんだ。それとも店内で語ったほうがよかったか？」

イーサンの言葉にローザは驚愕《きょうがく》する。

（真面目かっ！）

「そうでした！　わざわざ足をお運びくださり、ありがとうございます」

確かに何の用もなく、イーサンがこの店に来るわけがないのだ。

「使い心地はよかった。だから、私の患者に渡したい。それで相談なのだが、少し改良して欲しい」

イーサンはガサゴソと袋から、草を取り出す。フレッシュなものもあれば、乾燥させたものもある。

「これらの薬草を使って、バスボムは作れるだろうか？」

一瞬手土産でも持って来いよと思ったが、もっと嬉しい新規注文だった。

「これ、薬草をそのまま入れるわけではありませんよね？」

一応イーサンに確認する。

「もちろん。フレッシュなものは成分を抽出してくれ」

その後ローザはイーサンとバスボムの改良について話し合った。まさか医療用に使うとは思いも寄らない。治癒師ならではの発想だ。

「試作品の段階から、私が試したい。もちろん、その分の料金も支払おう」

（上客だわ！　太客がついたわ！　しかも治験まで本人がやってくれるの？）

「承りました！　それで期限はいつまででしょう？」

ローザはきらきらと目を輝かせた。

「私が納得のいく商品ができるまでだ。もちろん開発にかかった金も払う。人件費もかかるだろう」

（よくわかっていらっしゃる）

ローザはご機嫌で頷いた。

「はい、かかります！　うちは、残業した分は割増料金なので」

本来、バスボムの材料は金箔などのオプションをつけなければ廉価なのだが、人件費込みで考えると金額を抑えることができないのだ。

ローザとて法外な値段で売っているわけではない。それは父の教えでもある。

イーサンはローザの元気のいい返事を聞いて満足そうに紅茶を飲むと、おもむろに切り出した。

「それから、君は精力的に夜会に出ているようだけれど、情報は集まったのか？」

どうやら、おかしな噂のことも気にしてくれていたようだ。

「なかなか難しいものですねえ」

ローザは首を横に振る。

「そう。それで君は中立派を数人味方につけたようだね」

「滅相もない、彼らはバスボムを買いに来るだけですよ」

「しかし、アルノー派の考えは違う。このままいくと今までの均衡が崩れるかもしれない」

そこまでは思い至らなかったので、ローザはぎょっとした。

「それは困りましたね。できれば誰からも恨みを買いたくないのですが」

本当にローザは困った。しかし、商売はやめられない。

目的は逃亡資金をためることなのだから。

（ん？　あれ、目的がかわってない？　小さな店を持つのが夢だったのよねえ？　お父様のお金を使いまくって贅沢三昧……って、あれ？）

ローザが首を傾げている間に、イーサンの話は続く。

「中立派のイプス家のご令嬢と良好な関係を築いていると聞いたが？」

確かにバスボムを渡して以来、妙にジュリエットに懐かれている。

「何かと耳が早いのですね」

ローザは驚きつつも少し警戒してしまう。

相変わらずジュリエットはローザにツンデレ気味だが、中立派においてバスボムの広告塔になってくれているようだ。

「大貴族のご令嬢である、君の行動はどこでも目立つようだよ」

「まあ、こちらも商売ですから。と言いたいところですが、私も貴族なのでバランスを考えなければなりませんね」

（さあ、どうしましょう？）

クロイツァー家の面々はそのようなことは気にしないだろうが、没落する将来を知っているローザとしては、そうもいかない。

もっともローザの場合、家が没落する前に毒殺される予定だが。

アルノー派が毒殺犯だとすると、ローザの敵はびっくりするほど増えることになる。やはり、ここは少なくとも中立派には恨みを持たれたくない。

できるだけ犯人は絞り込みたいので、悩みどころだった。

「それで、対立派閥から情報は取れたのかい？」

「いいえ、さっぱりですわ。ジュリエット様に協力していただいているのですが、噂の出所は一か所からではないようなのです」

ローザは降参というように肩をすくめた。

イーサンは彼女の言葉に頷くと、おもむろに切り出す。

「それと……アレックスはまだ何か言ってくるか？」

イーサンの瞳がほんの少し陰る。やはりかわいい甥が心配なのだろう。

「見舞いだと言って、お手紙とお花が届きます。王族も大変ですね、いろいろと体面があって。でも私はアレックス殿下には幸せな結婚をしていただきたいです」

ローザがもっともらしいことを言う。

「女性は一度見限るとあっさりしたものだね」

「あら、女性にかぎりませんよ。性格だと思います。淑女を泣かせる殿方もたくさんいるではないですか」

ついついローザは、イーサンを軽くにらんでしまう。

「なるほど、それは失礼した」

金払いがよく、潔く己《おのれ》の非を認めるところは評価に値する。

そう、金払いがいいのは一番大事。ローザはキャッシュが大好きだ。ちなみにこの店は、つけはノーで通している。

宝飾品に比べたら、バスボムはずっと廉価なので、そんなものをつけで買われたらたまったものではない。

日銭が入ってこその商売だ。

高級店が並ぶ目抜き通りからもほんの少し外れているので、貴族の常識ではなく、庶民感覚で買い物をして欲しい。それに実際、庶民も買いに来る。作業場の従業員が噂を広めてくれたようで、バスボムはいろいろなところで普及し始めていた。

「では、閣下がお気に召すまで、バスボムの開発に努めたいと思います」

ローザは忙しいし、なぜかイーサンがいるとある種の緊張を強いられるので、用件が済んだらお帰りいただきたかった。

多分彼がアレックスの叔父だから気が張るのだろう。思い込みかもしれないが、どこかローザの動きを見張っているように感じてしまうのだ。

「あと一つ、私から提案があるのだが」

「何でしょう?」

「うちで、夜会を開こうと思う」

「え！　閣下がですか？」

ローザはびっくりした。

彼は治癒師としていつも忙しく、独身のせいかほとんど夜会や茶会を開かない。これはレア案件だ。

「君の情報収集に協力しよう。クロイツァー家の対立派閥と私は仲が悪いわけではないから、何かしらの情報が得られるかもしれない。ただ、私からの情報はあまり期待しないでほしい。表立って君の調査はできないからね」

確かにそんなことをすれば彼はクロイツァー派のレッテルを貼られてしまう。

「それは、とてもありがたいことですが、なぜそこまでしてくださるのです？」

「親戚のことで気になることがあってね。だから、私も君の自作自演だという噂の火元が知りたいんだ」

彼の親戚と言ったら、アレックスのことだろう。

しかし、アレックスがあの噂を流しているとは思えなかった。

なぜなら、ローザに求婚するという行動と矛盾しているからだ。

（それに……エレン様であるわけがないのよ。友人がいないから拡散力もなさそうだし、漫画にもなかったくだりよね。じゃあ、いったい誰が？）

ローザにはとんと見当がつかず、またイーサンの意図もはっきりとはわからない。甥についての疑いを晴らしたいのか。

（とりあえず、閣下は容疑者から、はずしても……）

そこでローザはハッとする。

（いくら太客になりつつあると言っても、完全なシロとわからない限り油断したら駄目よね。閣下は殿下の味方なわけだし）

アレックスに何かあれば、すぐさま敵に回る人間だ。ローザは気を引き締めた。

◇

その後、ローザはイーサンの要望するバスボムを作るのに忙しい日々を送っていた。

今では家にいる時間より、店にいる時間の方が長いのではと思うほどだ。

それには理由があって、フローラルな香りの広がる作業場が、妙に薬臭くなってしまったのだ。

ある日、ヘレナに呼ばれて作業場に入るとローザは匂いに酔いそうになった。

「お嬢様、これでは匂いがまざってしまうかもしれません」

「仕方ないわね。とりあえずは作業場を仕切りましょう。これからは作業場を増設して対応します。この先もバスボムが定着していくようなら、いろいろと設備投資を考えなければなりませんね」

どのみち香りによって、作業ラインを整えなければならない。

まさかここまで商品が売れるとは思わなかった。嬉しい誤算ではあるが、従業員のためにも投資は必要だ。

「オーダーメイドの値段を上げようかしら。もちろん、香りに限ってだけれど」

ローザがふと漏《も》らす。

「確かに。それはよいお考えだと思います」

ヘレナが頷いた。

その後、改良に改良を重ね、やっとイーサンの満足のいくものが納品できた。

イーサンは驚くほど、気前よくお金を払ってくれた。ローザの大好きなキャッシュで。そのうえ、新規注文までしてもらえた。これはもうイーサン専用の作業場を作るしかないだろう。

最初はイーサンに薬草からエキスを抽出してもらった物を使っていたが、今はその抽出法も覚えた。

作業場にはフラスコやビーカー、ランプが並び、さながら実験室のようになっている。

だが、ローザの本来の目標は達成されていない。彼が依頼した品は、すべて医療用なのだ。

幸い高齢者の関節の痛みや、体の冷えに効果を発揮しているという。

(違う、そうじゃないのよ。私は閣下を広告塔にしたかったの)

ローザはどこまでも俗物だ。

『グリフィス閣下ご愛用』のバスボムを商品化できないのは非常に残念である。

ちなみに店では男性用として試験的に『フィルバート愛用』のバスボムは出し始めた。

フィルバートはローザとは違ってモテるので、ローザの読み通りモテたい殿方に売れ、男性客の取り込みに成功しつつあった。

✦ 復讐と新装開店は速やかに

連日連夜、茶会や夜会に仕事と、張り切っていたせいか、いくら若いとはいえ、ローザも少しばかり疲れが出てきた。

それだけたくさん夜会や茶会に出るということは、アレックスに会うこともあり観劇やデートに誘われたりもする。そのうえ、最近ではティムの口説き方が必死で、なんだか怖いものを感じる。フィルバートに言われた通り、ローザは二人に対して適度に距離を置き、時にはそっけない対応をしていた。彼らのせいで、どっと疲れが出たような気すらする。

その日は午後から店に顔を出すことにして、彼女は久しぶりに昼近くまで惰眠をむさぼることにした。

気持ちよく眠っていると、ドンドンドンと誰《だれ》かがドアをせわしなく何度も叩《たた》く音で目が覚めた。

「もう、なんなのよ。今日は昼まで寝ているって決めたのに」

ぼやきながらも「はーい」と寝ぼけ眼《まなこ》をこすりながら返事をすると、転げるようにヘレナが部屋に入ってきた。

いつも冷静な彼女がかなり慌てている。緊急事態としか思えない。

「どうしたの？　ヘレナ」

ローザは寝起きの目をぱちくりとさせた。

「み、店が、店が大変なんです」

ヘレナが噛《か》んでいる。これはたいへん珍しい。

「どうかしたの？　ヘレナったら、そんなに慌てて、少し落ち着いたらどう？」

珍しくローザがヘレナをなだめ、背中をさする。

「店が、何者かに壊されています！」

「……」

ヘレナが真《ま》っ青《さお》な顔で、ローザを見つめる。

「お嬢様、聞いておられますか？　店が壊されてしまったのですよ！」

すると突然ローザが高笑いしだした。

「ほーほほほっ！　もう、やあねえ、何朝っぱらからくだらない冗談を言っているのよ？」

「お嬢様。私が冗談を言ったことがありましたか？」

真剣な表情でヘレナが問うてくる。

「ないわ、一度も……」

一瞬の沈黙が落ちた後、ローザがくわっと両目を見開く。

「何ですって！」

素っ頓狂な声を上げると、ローザはベッドから跳ね起き、裸足《はだし》で廊下に転がり出た。

「お嬢様！　せめて、お着替えだけはしてくださいませ！　寝巻きで部屋の外に出てはいけません！」

廊下を裸足で猛然とダッシュするローザを、ヘレナが叫んで追いかけてくる。

「それどころじゃないわ！　今すぐ確認に行かなくちゃ、人的被害はないの？」

ローザがそうしゃべっている間にも、メイドたちがわらわらと集まってきてローザを囲み、部屋に引き戻し素早く着替えさせる。

「襲われたのは終業後だったようで、怪我人は一人もおりません」

「そう」

「作業場の被害は半壊程度ですが、店はガラス棚がすべて壊されて破片が飛び散り入れない状況です」

ヘレナはローザの髪を整え、手早く化粧を施しながら説明をする。さすがはヘレナ、立ち直りが早い。

「まあ、なんてことでしょう！　いったいどこの誰がそんな真似をしたのかしら！」

そこでローザは重要なことを思い出し、血の気が引いた。

「そういえば、閣下への商品の納品が今朝《けさ》だったわね」

イーサンからは二週間ごとにバスボムの受注を得ている。

「そちらは絶望的かと」

ヘレナが悲しそうに首を振る。

「許せない！　絶対に許さないわ！」

ローザは怒りに燃えているように見えて、内心は大混乱に陥《おちい》っていた。

（なんで私のお店がっ？　どうなっちゃうの？）

「お嬢様、準備完了でございます！」

ヘレナのその言葉を合図にローザは部屋から飛び出して叫ぶ。

「すぐに馬車を出してちょうだい！」

廊下を駆け抜けるローザにロベルトやタニアが何か言っていたが、ドレスの裾《すそ》をたくし上げ猛然と走るローザの耳には届かない。

そういえば、前世ローザは高校の陸上部で短距離走者だったことを思い出す。彼女のダッシュは女の子走りとは程遠く、耳元で風がうなりを上げる。

（また、どうでもいい前世の記憶出たあ！）

階段を駆け降りると、ローザはポーチで馬車に飛び乗った。

馬車は一路ローゼリアンを目指して疾走する。車内でヒューとヘレナから報告を受けた。

それによると朝一番で作業場に出勤してきた従業員がその惨状を発見したと言う。

従業員はいそぎ、クロイツァー家へ知らせに走ったそうだ。

「それで役人には知らせていないの？」

「従業員はうちに先に知らせに来たと申しておりましたが、旦那様方がすでに手配してくださっております」

走る馬車の中で、ローザはヘレナとヒューから経緯を聞く。

ローザが店を出している地区は、目抜き通りからわずかに外れていて、自警団もなく、王都の兵や騎士の見回りもない。

今はローザの護衛が、彼女が勤務している時間のみ見張っているだけだ。今回は大貴族であるクロイツァー家が被害を受けているため、訴えを出せば、役人は協力してくれるだろう。

「従業員に怪我がないのはよかったけれど、店の惨状が心配だわ」

内装にはものすごい金額をかけている。バックヤード以外は。

それこそ今まで売ったバスボムの総額より、お金がかかっているのだ。馬車は目抜き通りを駆け抜け、ほんの少し先の路地に入り停車した。

ローザはステップを無視して馬車から飛び降りる。貴族とか令嬢とか今はどうでもいい。

「うそでしょ！」

想像の何百倍もひどい状況だった。

ローザはがっくりと膝《ひざ》をつき頭をかきむしる。

「お嬢様、御髪が乱れております」

ヘレナが手早くなおす。

そこへ王宮から派遣された役人や兵士たちが到着した。

彼らはローザに挨拶《あいさつ》を済ませると、早速検分に入る。

そうなるとローザは店の前で指をくわえて見ているよりほかはない。

「ああ、私の店が！　踏み荒らさないで！」

ローザが叫ぶ。

「お嬢様、どうか落ち着いてくださいませ。彼らは調査のために必要なことをしているのです」

「お辛《つら》いでしょうが、役人や兵士は犯人の手がかりを調査しているのです」

ヘレナとヒューがローザを守るように両脇《わき》から支え、彼女を馬車に戻す。

そして、ヒューだけが再び現場に戻った。

「わーん、ヘレナ。私とあなたたちで一緒に作ったお店が壊されたわ。たった一晩で……」

そこでローザは初めて声をあげて子供のように泣いた。

「ひどいわ、ひどい、ひどい！」

心がぽっきりと折れたように泣くローザを、ヘレナは労り慰めた。

こういう騎士団や兵士の警邏《けいら》のない場所で起きた事件というのは犯人が捕まる確率は少ないのだ。

いくら箱入り娘のローザでもそんなことはわかっている。

しばらくして調査がすんだのか、ヒューが馬車のドアをたたく。

ローザはハンカチを握りしめ、ヘレナとともに馬車から降りた。

「残されていた足跡から推測するに実行犯は男二人組で、ある程度店の構造を知っているものと思われます」

そんな役人の報告にローザはふと疑問を覚えた。

「ちょっと待って、実行犯が男二人で、店の構造を知っているって、うちの従業員は女性だけよ？」

すると役人は首を傾げた。

「それならば、店の者が手引きしたか、店の構造を知らせたのではないですか？」

「店に鍵《かぎ》はかかっていたの？」

「店舗のほうはドアごと破壊されていたのでわかりません」

「では作業場は？」

「作業場のドアは丈夫なオーク材なので破壊されることはなく、鍵がかかっておりました。店を破壊し、バックヤードの金庫を奪い、そこから通路を通って内部から作業場へ入り、破壊して作業場の窓から逃げたようです」

ヒューが以前言っていた防犯上の弱点を見事につかれてしまった。

すでにバックヤードの改築の予定は立っていたのにと、ローザは悔しさに拳《こぶし》を震わせる。

「作業場は比較的無事ということですか?」

「七割がたは。頑丈な作業机などは無事です。ただ薬品の抽出用のビーカーやフラスコと思われるものは、粉々です」

ビーカーや、フラスコは無茶苦茶高価なのだ。

「それから店舗がガラス製なので、犯人は斧のような凶器ではなく、鈍器、つまり金属製のこん棒のようなものを振り回したのでしょう。元はガラス棚の支柱と思われる金属部はひしゃげておりました。きわめて乱暴な手口です」

「強盗というより、店の破壊が目的?」

「金庫が持ち去られているようなので、その両方かと思われます。それで、金庫の方の被害はいかほどでしょうか?」

役人からきかれて、ローザは首を振る。

「金庫本体だけよ。中は空っぽだから」

「はい?」

役人が驚いたような顔をした。

「ダミーよ。お金も帳簿もすべて持ち帰っているの。夜は警備がなくなりますからね。バスボムは宝飾品やドレスに比べてずっと廉価だから、まさかこんな事態になるとは思ってもみなかったわ。ここはあなた方の見回り地区ではないのに、今日はどうもありがとうございました」

ローザは何とか貴族令嬢としての矜持を取り戻した。

「いえ、とんでもございません！　新たに見回り地区とさせていただきます！　必ずや犯人は見つけ出します」

そんなこんなで、ローザに気の毒そうな視線を送り、彼らは去っていった。


すると役人や兵士達と入れ替わるように、従業員たちがローザのそばに集まって来た。

ローゼリアンが始まった当初は五人だったのに、今では売り子を含め従業員は十二人になっている。

皆が心細げな面持ちでローザを静かに見守っている。

ローザは背筋をしゃんと伸ばし彼女たちの前にすっくと立つ。

「皆さま、今回はにっくき犯人……ではなく、私の不徳の致すところで、店を壊されてしまいました。しかし、ご安心ください。ローゼリアンは不滅です！　店を修繕する間はお休みとさせていただきますが、その間のお手当はお支払いいたします」

ローザがそこまで言うと従業員の間からどよめきが漏《も》れ、やがて歓声に変わる。

つられるように近所の店の店主たちも顔を出す。

皆が静まったのを見計らってから、ローザが再び声を張る。

「そして修繕計画ですが、現在受注しているバスボムが多数あります。よって、作業場から復旧する予定です。一週間ほどお時間をください。それから店舗につきましては半月後にリニューアルオープンということで、どうぞよろしくお願いいたします」

ローザが気丈にすべてを言い切る頃には近隣の店主も集まって、拍手喝采となった。

その頃にはクロイツァー家から、フィルバートや使用人もきていたので、ローザは従業員たちに見舞金を配った。

「では皆さま、本日はこれにて解散でございます」

ところが誰一人としてその場を動かない。

「ご主人様、私たちもお手伝いします」

「でも店はガラスが散らばっていて、危険よ」

そう語るローザはしっかりと乗馬服に着替え、頑丈な革のブーツを履《は》いている。やる気満々だ。

「掃除などの作業は慣れております！」

「お任せください！　昔は廃棄場で働いていました」

「私も食堂で割れた皿の片づけとかの作業をしていたので、慣れています！」

従業員の言葉にローザは一瞬うつむき、涙をこらえた。それからおもむろに顔を上げる。

「そう、では皆さま、お願いしますわ。くれぐれもお怪我《けが》をなさらないように、ご無理をなさらないでくださいませ」

周りから威勢の良い返事が上がる。ローゼリアンの従業員がひとつとなった。

「ローザ、お前すごいな」

フィルバートがこっそりとローザの隣に来て耳打ちする。

「庶民が職を失うと言うことは、時には死に直結します。皆も本当は泣きたいんです。でも負けたくないから頑張っているんです」

ローザは折れ曲がった支柱のみが残る店舗を見て、ありし日の栄光を思い出し、泣きそうになったが、ぐっとこらえる。

従業員の方がよほど不安でつらいはずだ。彼らが職場を失うということは生活が脅かされるに等しい。前世社畜だったローザにはその気持ちがよくわかる。だから、彼女がここでぽっきり折れるわけにはいかないのだ。この商売をお嬢様のお遊びで終わらせるわけにはいかない。

ローザは昂然と頭を上げると掃き掃除に専念した。埃《ほこり》も木片もガラス片も残らず店から掻《か》き出《だ》すのだ。

隅の方にも溝からも残らずガラス片を取り除く。そのとき支柱の残骸の隙間《すきま》に挟まっている物をローザは目ざとく見つけた。

その瞬間彼女の瞳《ひとみ》は、獲物を見つけた猫のようにらんらんと輝く。猛然と箒を使いシャカシャカと挟まったものを掻き出した。

一方、鬼気迫る様子で掃除をしているローザを見て、感動に打ち震えるかと思われた従業員たちは、一様に首を傾げる。

「なぜ、貴族のご令嬢が箒を？」

「ご主人様の箒さばきが、掃除のプロ並みだわ」

従業員の間から、ひそひそと囁《ささや》きが漏れる。

「どうして、あれほど手慣れていらっしゃるの？」

そこへすかさずヘレナが、フォローに入る。

「お嬢様は見ているだけで、掃除の技を習得するという特技をお持ちなのです」

「まあ、さすがです！」

「本当に素晴らしいご主人様ですわ！」

「ご主人様に後れをとってはなりませんね」

各々納得し、作業場の片づけや掃除に専念したのであった。


その後、夕刻になり解散となった。皆の協力のお陰で、明日にでも改装業者が修繕に入れるくらいに片付いた。これは異例の速さだ。

修繕すべきは、まず作業場からである。

ローザは馬車で仮眠を取り、家に着くと早速、注文のあった客へ丁寧なお詫びの手紙をしたため始めた。

そして翌日早くから、見舞いの品が続々と届く。

ローゼリアンの襲撃事件が王都にあっという間に広まったようだ。もちろん一つ一つに返事を書かなければならないが、ローザには大切な店の修繕の打ち合わせがある。

よって、フィルバートを呼び出すことにした。

ローザの部屋に入って来たフィルバートは、妹にかなり同情的だ。

「どうした。ローザ、落ち込んでいるのか？　何か手伝ってやろうか？」

フィルバートの言葉にローザは大きく頷く。

「お兄様、私は店を壊されて傷心しております」

ローザはフィルバートに強く訴えた。

「ん？　きのうは一瞬そんな感じにも見えたが、今日はどこかギラギラしているぞ？」

相変わらず失礼なことを言うが、フィルバートに構っている場合ではないのだ。

「お兄様、私は従業員のために店を速やかに復旧しなければなりません。彼女たちの生活が懸かっていますから」

「お前は立派な経営者だ。偉いぞ。ローザ」

フィルバートが嬉《うれ》しそうに頷《うなず》き、ローザの頭を撫でる。

「で、本題なのですが、見舞い品をたくさんいただいたので、お手紙を書かなければなりません。とってもたくさん届いてしまったので、お兄様が優先順位をつけてくださいますか？」

「は？　へ？　僕も忙しいのだが！」

びっくりしたようにフィルバートが言う。

「お兄様、私は店を復旧すべく、今すぐ業者と店の改装の打ち合わせをしてまいります！　どうかよろしくお願いいたします！」

「はあ、仕方がないな。家族は助け合いだ」

フィルバートは深いため息を一つつくと、執事も巻き込んで見舞い品の品定めを始めた。

その姿を見届けたローザは早速ヘレナとヒューとともに馬車に乗り込んだ。

◇

業者との改装の打ち合わせが終わり、しばらくの間必要な最低限のものはそろった。

まずは破壊されたドアである。

扉はガラス張りだったので、骨組みの上からベニヤ板が取り付けられている。蝶番が歪《ゆが》んでいるせいでギシギシと音をたて、きちんと閉まらない。実質、出入り自由だ。だが、ローゼリアン周辺はクロイツァー家の護衛が目を光らせていて不審者は近寄れない状態となっている。

そして、今日から騎士や兵士の警邏も始まった。そのお陰でローザはこの通りの商店主たちから感謝され、近々彼女は名誉商店会長になるらしい。だが、これはまた別のお話。

破壊された元執務室には間に合わせの粗末な椅子《いす》とテーブルが、運び込まれている。かたかたと戸を鳴らし、隙間風《すきまかぜ》が吹く。

そこで業者との打ち合わせを終えると、ヘレナがローザのためにお茶を淹れてくれていた。こんな時でも茶器だけは忘れないヘレナやクロイツァー家の使用人たちは優秀だと思う。

「お嬢様、午後のお時間が少し空いておりますが、お休みに充てますか？」

ローザは首を振り、ヘレナにも座って茶を飲むように指示をだす。

邸では絶対に同席しないヘレナだが、ここではしぶしぶ従う。

ヘレナが座るのを見届けたローザの瞳がきらりと光る。

「ふふふ、実はね。昨日掃除の途中でこんなものを見つけてしまったのよ」

ローザが得意げにヘレナの前にカフスをかざす。

「カフス、ですよね？　それって、まさか……」

そこでヘレナははっとしてガタリと立ち上がる。

「証拠の品ではないですか？　いけません、お嬢様。きちんとお役所に提出しませんと」

「ふふふ、現場に落ちていたからといって、犯人のものとは限らないわ。私に考えがあるの」

ローザが悪役な笑み丸出しで、ヘレナを座らせ身を乗り出す。カフスをテーブルの上に置くと、そこへ突然コツコツとノックをする音が響いた。ローザもヘレナもびっくりして飛び上がる。

どうやら来訪者は、執務室のドアがまだないので、壁を叩いたようだ。

彼女たちがそちらに目をやると、ヒューがいつもの無表情で立っており、その横に気まずそうに微笑むイーサンがいた。

「ええっと、店が大変なことになったね。見舞いに来たんだが……ずいぶんと元気なようだ」

イーサンの視線がテーブルにあるカフスに落ちる。ローザはさっとカフスを隠した。

(大丈夫よね？　一瞬だったし)

ローザはごまかすように微笑んだ。

「まあ、どうも閣下、わざわざお見舞いに来ていただきましてありがとうございます！　そして、ただいま少々取り込み中なのですが」

「つまり早く帰れと？　質の良いオーク材の廃材があるので、作業場に使ったらどうかと思って来たんだが」

イーサンが苦笑を浮かべる。

「そ、それはどうもありがとうございます」

ローザは慌てた。親切心から来てくれたようだ。丈夫なオーク材を分けてくれるのなら、助かる。すべてガラス棚というのはもう懲りた。

「それで、君が今手の中に握りこんでいるカフスに、どこかで見た紋章がついていたんだが？　クロイツァー嬢、証拠品はきちんと提出しなくてはならないよ」

困惑したような表情のイーサンを見て、ローザは顔を引きつらせる。

（え？　あの一瞬でバレたの？）

「あの……これには、わけがあってですね。犯人がこんなにわかりやすい証拠を残していくわけがないんですよ。そう思いませんか？」

ローザが開き直ったように一気にまくしたてる。

「つまり君は、犯人がそのカフスの持ち主に罪を擦《なす》り付《つ》けようとしていると考えているんだね」

「そうです！　その通りです！」

本当の目的は別にあるが、ローザは頷いた。

「で、これから、乗り込もうとしていたんだね。パーマー家に」

そう言われてローザはぎくりとした。

「どうしてパーマー家だとわかったのですか？」

「君は今カフスをテーブルに置いていたじゃないか」

ローザはぐっと言葉に詰まる。

（私としたことがっ！　油断大敵だわ！）

「私は、ただ彼に話を聞きたいだけなんです。昨日の役人の話では犯人は男二人で手口は乱暴」

「あそこは確かご子息が二人いたね」

ローザはイーサンの言葉にぎょっとした。パーマー家は伯爵家ではあるが、いまや落ちぶれた末端貴族だ。そんなものの情報まで彼の頭に入っていることに驚かされた。

「だから、その二人ではありませんって！」

イーサンはローザの言葉に軽く肩をすくめ、先を続ける。

「そして君に熱心に言い寄っていたのが、跡取りの長男ではなく、次男のティムのほうだったかな？」

ローザは驚愕《きょうがく》した。

「なぜ、ご存じなんですか！」

イーサンが苦笑する。

「良くも悪くも、君は目立つんだ。で、これからカフスを持ってパーマー家に行くんだろう？」

ローザは目を泳がせた。

「いっ、行くかもしれませんし、行かないかもしれません」

「感心しないな。彼らが黒幕だったらどうするんだ？　危険ではないか？」

イーサンに見破られている。だが、ローザはどうしてもティム本人から話を聞きたかった。

「それで、閣下、廃材とは？」

ローザは強引《ごういん》に話題を変える。

「いるならば、後で運び込ませるよ。で、君は今から出かけるから忙しいのだろう？」

「うぐっ」

二の句が継げないとはまさにこのことだ。

「では、私もお供しよう。護衛は多い方がよいだろう。私の護衛と君の護衛で二倍になる」

そう言ってにっこり笑う。

「なんでですか？」

ローザはそう叫んでいた。


馬車は軽快に街路を走り抜け、パーマー伯爵家に向かう。

ローザの隣にはなぜかイーサンが座っていた。

（なんで、この人、うちの馬車に自然に乗り込んでいるの？）

謎《なぞ》過ぎる。

そのうえ、イーサンはほんのりと楽しそうな笑みを浮かべているのだ。

「閣下、ずいぶんと楽しそうなのですが？　理由をお尋ねしても？」

「もう尋ねているじゃないか、そりゃあ君がどう決着を付けるつもりなのかが楽しみなんだ」

（オーディエンス気取りかっ！）

イーサンが何を考えているのかさっぱりわからないが、とりあえず口を出す気はないようなので
ローザはよしとした。


パーマー伯爵家の邸に着いた。王都の中心地からずいぶん離れている。敷地内は手入れもされておらず、草がぼうぼうと生い茂り、おまけに鉄製の門には錆が浮いていた。クロイツァー家に融資を頼むのも頷ける環境だ。

「本当に生活に困っているのね……」

ローザがぼそりと呟く。

ヘレナが訪いを告げると、執事が現れた。

エントランスは小さく、歩くとギシギシとなる廊下は、どう考えても修繕が必要そうだ。

案内されたサロンはどうにか体裁を保っているが、古びていてどこか埃っぽい。

窓枠は美しい装飾が施されているが、その向こうに見える庭は草ぼうぼうである。使用人が足りないのだろう。

ヒューとヘレナには席を外してもらっていた。なぜなら、彼らとローザがそろうと威圧感が半端《はんぱ》ないからだ。イーサンについては、諦《あきら》めた。公爵閣下を外で立たせているわけにはいかないからだ。

(まったく、馬車でおとなしく待っていればいいものを)

ローザはイーサンを横目でチラリとみる。彼は淡い笑みを浮かべ、相変わらず何を考えているのかわからない。

執事が入れてくれた薄いお茶を飲んで待っていると、ほどなくして顔色の悪いティムが現れた。

彼はローザの隣に当然のように座るイーサンを見てぎょっとする。

「これは閣下にクロイツァー嬢。ようこそお越しくださいました」

ティムが引きつった笑顔で挨拶をする。こころなし声が震えていた。ちなみにイーサンのことはグリフィス閣下ではなく、ローザの付き添いだと執事に伝えていたのだ。

「先ぶれもなく突然来て申し訳ない。私のことは気にしないでくれ。たまたま彼女と会ってついて来ただけだから」

イーサンが人を食ったような言い訳をするので、ローザは静かに目を閉じた。イーサンはこの場にはいないと自己暗示をかけ、集中力を高める。

「今日は私の方から、お話がありまして伺いました。ところでパーマー様はお座りにならないの？」

先ほどからティムは額に汗を滲ませ、直立不動である。ローザに言われてから、ぎこちない動きでソファに腰かけた。これではどちらが客だかわからない。

執事は茶を淹れると、サロンから出ていった。

「クロイツァー嬢。あなたがいらしてくれて嬉しいが、今日はどういったご用向きで？」

意外にもティムの方から切り出した。だが、嬉しいと言っている割に顔は青ざめている。

ローザも単刀直入にサクッと進めることにした。

「うちの店が襲撃されたのはご存じですよね？」

さらにティムが顔を青ざめさせる。これでは白状しているようなものだ。

「あの、なんて言っていいか……お気の毒でした」

彼の声が震える。

「で、本題なんだけれど、昨日木っ端みじんになった棚の残骸を掃除していたら、こんなものが出てきたのよ。あなたのものではなくて？」

ローザがカフスをかざすとティムが目を見開いた。

「なっ、そんなバカな……。あいつら」

そこでティムが慌てて自分の口を押さえる。ローザの瞳が猫のようにきらりと光る。

「簡単に落ちたわね」

ローザがバチンと手に持った扇子を鳴らす。

「違う、違うんだ。僕は、ただ聞かれたことに答えただけなんだ」

「そう、彼らに答えただけなんですね！」

ローザがそう言って深く相槌を打つ姿を、イーサンが怪訝そうにまじまじと見ている。

（閣下、その表情とっても気になります。お願いですから美しい置物に徹してください）

イーサンの反応が気になって仕方がなかったが、ローザはティムの話に集中する。

「そうなんだ。あの夜会の晩、僕は君にふられて。さすがにもう望みはないと思ったんだ」

（あの夜会っていつだっけ？　いっぱいあったけれど？）

「それで？」

ローザは内心はともかく、落ち着いた様子で先を促す。

「そうしたらあいつらが、飲み代を払ってやるから一緒に飲まないかと」

そこでティムはぐっと唇をかむ。

「僕は酒場に連れていかれて、浴びるように酒を飲んだ」

ローザはいい加減じれてきたが、彼の話が進むのを辛抱強く待つ。

「あいつらが、クロイツァー嬢の悪口を言い始めたんだ」

言いにくそうな口調だ。

「ええ、私は評判が悪いものね。気にしないわ。先を続けて」

無茶苦茶腹立たしいが、ローザは鷹揚に微笑む。

「それから気づいたら、君の店、ローゼリアンの話になっていて、店の様子を聞かれたんだ」

「店の様子？　つまり、どういう構造か聞かれたのでしょう？　金庫がある執務室はどのあたりにあるとか、作業場はどこかとか。店のドアがガラス張りで棚もガラスとか」

「僕が浅はかだったんだ。あの店の構造は単純だったから。それで結局、深夜まで飲んで僕は途中で眠っていたらしく、アイザックだったか、ロニーだったかに起こされたんだ。それでローゼリアンを襲いに行こうと誘われて。僕は止めたんだ！」

ついにティムの口から犯人の名前が出た。

ローザは『アイザック』と『ロニー』という名前に聞き覚えがあった。脳内で情報検索を始める。

（ティムと飲むってことは貴族の子息よね）

「信じてくれ、クロイツァー嬢。僕はローゼリアンを襲撃するつもりはなかったし、現に襲撃にも参加していない！　カフスは飲んでいるときにあいつらに盗まれたものだ」

「だから、罪がないとでも？　あなたは役所には駆け込まなかった。うちに知らせにも来なかった！」

ふっとティムの目に涙が浮かぶ。

（やめてよね。泣きたいのはこちらの方なんだから。てか被害者は私だから！）

その瞬間、ローザの中で脳内検索が終了する。犯人がわかった。

「ああ！　うっそでしょ！　あいつらもう牢から出たのね」

ローザが叫んで立ち上がると、イーサンがぎょっとしたような目で彼女を見た。

「あいつらって、いったい？」

ローザは気持ちに余裕がなくて、口を開いたイーサンをぎろりと見ると、奴《やつ》らの名前を口にした。

「スローン男爵家のバカ息子どもですよ！　男爵が保釈金を払って、牢からだしたのね！　許せない！」

そう、以前ローザが店を出す前に、あの通りでみかじめ料を取っていた不良貴族だ。きっとその頃からローザに恨みをもっていたのだろう。

ローザはドレスを翻《ひるがえ》し、戸口に向かう。今すぐ役所に向かうつもりだ。

「待ってくれ、クロイツァー嬢！」

突然ティムがローザの前に立ちはだかった。

ローザが身構えようとした時、ティムがいきなり土下座した。

（え？　土下座ってこの世界にもあるの？）

彼女の頭に最初に浮かんだのはそんな疑問だった。

「頼む。少しだけ待ってください。こんなことを頼めた立場ではないのはわかっている。どうか家族に話す時間だけほしい」

「は？」

ローザは首を九十度に傾げた。

「僕をパーマー家から、勘当してもらわないと。そうしないと家名に傷がついてしまう」

「……」

言葉もないとはこのことだ。ローザの怒りはすっと引く。

「わかったわ。今すぐ話してきて。それから、私にしつこく言い寄ってきたのは家のためなのね」

「はい、僕は父と兄にあなたを誘惑するように言われて従っただけです。クロイツァー嬢と結婚して、家に金を入れて跡取りの兄を補佐しろと言われました。僕は少しもあなたを愛していません。今まで嘘偽《うそ》りばかりで本当に申し訳ありませんでした」

ティムが床に頭をこすりつけんばかりに謝る。

しかし、内容をよく聞くと、ローザの中にわずかに残る乙女心が確実にえぐられていく。

「もういいから！　それ知っているから！　さっさと親の元へ行ってらっしゃい。それがすんだら、私と一緒に役所へ行き、きちんとスローン家のバカ息子たちの罪を白日のもとにさらすのよ。さあ、行って！」

ティムはローザの号令に弾かれたようにサロンから出ていった。

しんと静まり返ったサロンで、イーサンがおもむろに口を開く。

「ええっと、クロイツァー嬢。質問が二つほど」

ローザに答える義理はないが、おまけでついて来た公爵閣下を無下にもできない。

「はい、なんでしょう？」

「スローン家の子息と何か確執でも？」

ローザは以前店を買い取った時のトラブルをかいつまんで話すと、イーサンは納得したようだった。

「つまり君は逆恨みをされていたんだね」

「ですね」

面倒くさくなって、短く答える。

「そして二つ目の質問なのだが、ティムは逃げたんじゃないのか？」

「まさか逃げませんよ」

ローザは言い終わると、ぽすんとソファに座る。ほどなくして二階から男性の怒声が響き渡った。

それから、バタバタと階段を下り廊下を走る音が響いて、顔を青ざめさせて頭を下げるパーマー伯爵と、殴られたのか頬《ほお》を腫らしたティムが戻って来たのだった。

その後、彼らは役所に向かい、ティムの証言でスローン兄弟は今度こそお縄についた。

このことで、クロイツァー家、特にロベルトは怒り心頭でスローン男爵家に乗り込み、賠償金を支払わせ、その場で息子二人を勘当させた。

ローザも一緒に行きたかったのだが、フィルバートとタニアに反対されて留守番になった。

ロベルトとスローン家からの潤沢な資金で店は二週間後にリニューアルオープンした。それとイーサンから見舞いとして、ただで分けてもらったオーク材は非常に上質で、作業場だけではなく、店の棚にも使わせてもらっている。

ガラスの棚を一から発注する気力はなくなり、前世で思い描いていた木目を生かした温かい雰囲気の店に生まれ変わった。

ただ、要所要所にガラスの棚は使われている。ガラス棚に売れ筋や新商品、限定商品を配置することで、落ち着いた中にも華やかさを備えた内装となり、フィルバートやロベルトにも好評だった。

もちろんヒューに指摘を受けていた防犯面の欠陥について考慮して、バックヤードは工事中だ。ドアを増やし、鍵を幾重にもかける予定である。

不安な気持ちで待っているだろう従業員のために、異例の速さでローザは店と作業場を再始動させた。

きらきら感が抑えめになったせいか、男性顧客が増えていく。

そこでローザは男性顧客専門の店員兼作業員を雇った。

研修を終えた彼が今日から店頭に立つ。

「ティム、今日からよろしくね！」

「はい、ご主人様よろしくお願いします」

お辞儀の角度も貴族としてではなく、店員として完璧《かんぺき》だった。そのうえ、彼は仕事覚えがいい。

最初はティムを店員として雇うことに難色を示していたヒューもヘレナも、今では納得してくれている。


ローザがバックヤードで茶を飲んでいると、イーサンがやって来た。

「やあ、クロイツァー嬢。ずいぶんと思い切ったことをしたものだね」

イーサンがいつもの微笑みを浮かべながら、当然のように工事中の仮の執務室に入ってくる。

もう何も言うまいとローザは思った。彼は傍若無人にローザの前に現れるのだ。

「ティムのことですか？」

「ああ、なんでも彼は君とクロイツァー卿のお陰で、罪にとわれなかったとか？　そのうえ、勘当寸前だったのに貴族籍は残せたらしいね」

「はい、従業員として雇うのに貴族だと便利なんです。でもそんな稀有な貴族はティムしかいませんから。言っておきますけれど、強制労働ではなく、きちんと給与を支払っています」

ローザが椅子を勧める前に、イーサンは彼女の向かい側に腰かけ、優雅に長い足を組む。改装中の粗末な執務室でも絵になる男だ。

「正直驚いたね。裏切られるとは思わないのか？」

呆《あき》れたように彼は言う。

「二度目はありませんから、裏切らないでしょう。それに家のために好きでもない私を必死で誘ってきたくらいだから、うちの店のためにも必死に働いてくれるのではないですか？　なにより、私は彼の土下座が気に入りました。ティムなら、クレーマーにも対処できるでしょう」

イーサンは淡く笑む。

「そういうものかな？」

「そういうものです。ティムは、貴族籍が残っているとはいえ、もう帰る場所はここしかありませんから」

結局、ティムは家族とは、縁を切ったのだ。

二人の会話が進む中、ヘレナは茶の準備を進める。

「まあ私が口を出すことではないが、君は楽観的なんだね。少し心配になる。大丈夫なのかい？」

イーサンが苦笑を浮かべた。

ローザは別に、ティムに情けをかけたわけではない。今回の襲撃事件に付随して、つまらない前世の記憶を思い出してしまっただけだ。

前世のローザには弟がいた。親は跡取りが生まれたと喜び、教育費をすべて彼につぎ込んだ。仕方がないので、ローザは小学校から大学まで国公立に通い就職した。家族はそれを当然と思っていた。

のちにプライドばかりが高く育った弟が、職場で失敗しニートになる。親は定年になり、彼の教育ローンがすべて前世の彼女の両肩にかかり、常にカツカツの社畜生活が幕を開けたのだった。家族はそれを姉である彼女にとって当然の務めだと言った。

益体もない記憶がよみがえったせいで、ティムの家族に腹が立った。たったそれだけの理由。

「長男だから、次男だからって、誰かの犠牲の上に成り立つ家族の生活なんて間違っている、と思っただけです」

イーサンの問いに答えると、ローザはくだらない前世の記憶に蓋をした。

（ああ、もっと今世で役に立つ前世の記憶が降ってこないかしら？）

「答えてくれてありがとう。君は非常にユニークな考え方をするね」

イーサンはふっと笑みを漏らす。さらりとした口調に、嫌味はなかった。

「私は合理的なのです。彼は絶対にローゼリアンを辞めないでしょう。しっかりと働いてもらいます。ところで、閣下の発注した品なら、五日後に納品予定ですが今日はどういったご用件でしょう？」

ローザはにっこりと微笑む。彼女はとても忙しいのだ。

「働き過ぎじゃないかと思ってね。差し入れを持ってきた」

そういって、彼は王都の流行りのカフェのフィナンシェを差し出した。

それを見たローザの目が光り輝く。ちょうど食べたかったのだ。

「わあ。閣下ありがとうございます！　そうだ。ヘレナ、あなたも一緒に」

「お嬢様、私はあとでいただきますので」

あわてたようにヘレナは後じさり、作業場の方へ行ってしまった。

「もう、店では秘書として働いているのだから、遠慮しなくていいのに」

ローザががっかりしたように言うと、イーサンが声を立てて笑う。

「ところで、来週私の家で夜会を開くという話は覚えている？　君の悪い噂は店の襲撃と相まって、広まっているけれど大丈夫かい？」

すっかり忘れていた。

「全然大丈夫ではないです！」

ローザはガタリと椅子から立ち上がる。まだドレスの準備も済んでいない。

「だよね？　では、仕事の邪魔になるから失礼するよ」

イーサンは言いたいことだけ言うと颯爽と去って行った。

「はっ、すっかり忘れていたわ！　ドレスどうしよう？」

そこへひょっこりと再びヘレナが顔を出す。

「お嬢様、今からマダム・モンテローサの店に行きましょう。マダムならばなんとかしてくれるはずです！」

ヘレナの力強い言葉に押されるように、優先順位の高い仕事をパパッと片づけてローザはマダムの店に向かった。

もちろん、出かける前にイーサンの差し入れのフィナンシェはおいしくいただいた。

◇

その日も馬車馬のように働き、日が暮れて仕事が一段落したところで、ローザは店から帰宅することにした。

「お嬢様、明日の夜会、お忘れではないですよね？」

「もちろんよ」

「肌のお手入れをした方がよいかと思います」

いわれてみれば、最近食事もおろそかになりがちで、少し痩せて肌がカサついているような気がする。

「は！　私ったら、見た目だけが取り柄なのに」

ローザは図々しい本音を口に出す。

彼女は全くモテない残念な美人で、近づいてくる男性はもれなく財産目的である。

その点、主人公のエレンは家に財産などなくとも男性に大人気で、それこそより取り見取りだ。

ローザも生涯に一度でいいから、心から「愛している」と言われたい。前世でもなかったような……気がしてならない。

ローザは嫌なものを思い出しそうになり、慌てて首を振る。

（くだらない前世の記憶はいらないの！　この先の展開を教えてちょうだい！）

「そんなことはございません。美しさ以外にも取り柄はございます。お嬢様は経営者としてたいへん優秀なお方です」

今まで、彫像のようにおとなしかった護衛のヒューが口を開く。彼は鉄面皮だが、結構優しいのだ。ただ女性の褒め方が少し独特だ。

店が繁盛しているせいか、ヒューはローザのそばでずっと警護を続けてくれている。たいそうな威圧感があり、初めは皆戸惑うが、精悍で整った顔立ちをしているので意外に客から『かっこいい護衛さん』として人気者になっている。今では、彼目当ての女性客も増えていた。

ヒューは護衛として優秀だし、店の売り上げにも貢献している。父の見る目に間違いはなかった。

そして、襲撃事件以来ローザの護衛はさらにふえた。そのうえ、今では目抜き通りの自警団や、王宮所属の騎士、兵士がローザの店がある通りまで夜間も見回ってくれている。ローザは隣近所から感謝されまくりだ。


そんな彼女は今夜も自室で、金貨を数えた。自分で稼ぐようになってから、すっかりそれが日課になっている。

（家族全員で外国に逃亡するにはまだ少し足りないわね。もう少し頑張らないと。お兄様からもらった金の延べ棒は寝室に隠しておいて正解だったわ）

✦王都、夜会協奏曲～社交は情報収集のためにある～

いよいよグリフィス家の夜会当日となった。

ローザはトレードマークとなっていた深紅のドレスではなく、珍しく新緑色のドレスに身を包む。色はローザにしては淡いが、決して地味なものではなく、きらきらと光るビーズで刺繍がほどこされており、十分華やかなものだった。

これは有名デザイナーであるマダム・モンテローサがローザのために作ったドレスだ。

彼女によく似合っている。というか、合わない色がないのでは、と感じる今日この頃。

（すごいわ！　さすが金髪碧眼、いい仕事しているわ。ローザって、美人よね。きっつい顔立ちだけれど。なぜモテないのか不思議なんだけれど！）

やけ気味に毎度そんなことを考える。

その後、ローザは部屋にヘレナとヒューを呼び、今日の作戦を話す。

「ヒューは他家の護衛や、できれば御者からも噂の出所を集めてくれる？　それからヘレナも他家のメイドたちから私の悪評をそれとなく聞いて、元をたどっていってほしいの。難しいと思うけれど、少しでも情報が欲しいからよろしくね」

「お嬢様、なぜ、旦那様に頼まないのですか？」

ヒューが不思議そうに尋ねてくる。

「お父様に頼んだら、大変よ。アルノー派と戦争になるかもしれないわ」

「なるほど。確かにそうですね」

ヘレナが納得したように頷《うなず》いた。

「でも、ひどい噂を流す人もいるものですね。貴族の世界って怖いです。だって、ローザ様は馬に蹴《け》られたんですよ？　一歩間違えば死んでいたかもしれないのに」

ヘレナの言葉にローザは遠い目をする。

(そりゃあ、毒殺されるまで生きていなきゃいけない設定だからね)

「そうね。馬に蹴られて生きていたことが奇跡かも。ということで、二人とも無理をしない範囲で聞き耳を立てていてね」

「承知いたしました」

軽くミーティングを済ませた後、ローザはドアの前まで迎えに来ていたフィルバートにエスコートされ馬車に乗る。

実は、ローザはこのエスコートが不満だった。夜会には一人で参加するつもりだったのだが、『未婚の娘が何を言う！』と家族から猛反対を食らったのだ。

アルノー派に少しでも近づきたいと思っていたのに、フィルバートがいたら警戒されてしまう。

「いやあ、楽しみだなあ。閣下は夜会をめったに開かない方だからな。今夜は婚約者の発表とかサプライズがあるかもしれないぞ？」

うきうきしているフィルバートを、ローザは呆《あき》れた目で見る。

「そんなわけ、ありませんわ」

「どうしてそう言い切れる？」

フィルバートがにやにやと笑う。

「閣下は、薬草入りのバスボムばかり買われていきますから。思い人がいる方は金箔入りのバスボムを買っていかれますわ」

「え？　閣下はお前の店の常連なのか？」

「はい、太客です」

ローザが胸をそらし、ふっと笑みを漏《も》らす。

「すごいな……お前」

「まあ、お客様は神様ですし、お金に色はありませんから、今日はアルノー派の方々を店に取り込もうかと思っていますの」

「いやいや、それは無理だろ？」

フィルバートが渋い顔をする。

「はあ、お兄様さえいなければ、警戒されずにアルノー派に近づけたものを」

とはいいつつも目的はバスボムの販路拡大ではない。自分の悪評を振りまいている元凶を捕まえることだ。

そうしなければいつまでたっても噂はしつこく続く。噂は巧妙で、兄と両親の耳には入っていない。

「おい、お前はなんてことをいうんだ。この家族思いの兄に対して」

フィルバートは世も末だとでもいいたげに首を振る。

「私が近づいたとしても、相手は小娘ごときと思って油断するかもしれません。そこにチャンスがあるかもしれないのに」

ローザが悔しそうに閉じた扇子をぎりぎりと握りこむ。

「おいおい、ローザ、夜会に参加する前に扇子を壊してどうする。対立派閥への接触は絶対に避けろ。奴《やつ》らはこちらの落ち度を鵜の目鷹の目で探してくるはずだ。くれぐれも近づくなよ。隙を見せたら終わりだからな」

しっかりと釘を刺されてしまった。

フィルバートは両親に頼まれ、ローザのお目付け役として来ているのだ。

こうなるとイーサン頼りになってしまう。

（いや、頼りになるのか、あの人？　否、ならないだろう。ヘレナ、ヒュー、頑張って！）

夕暮れ時の街を軽快に走る馬車の中で、ローザは次善の策はないものかと頭をひねった。


夜会はグリフィス家のタウンハウスで開催され、招待客も百人は軽く超えるだろう。招待されたのは貴族だけではなく、ブルジョア層も混じっている。

これは販路拡大のチャンス……と張り切りかけて、ローザは我に返る。

（目的を見誤ってはいけないわ。私の悪評はやがて商売にも影を落とす。なんとしても解決して見せるわよ。てか、毒殺されたくないのだけど！）

ローザは改めてプライオリティの確認をする。

今夜の夜会にはローザの友人のライラやポピー、エマも来ているはずなのだが、さっぱり見つからない。

それにエレンとアレックスも……。ともかく邸の広さは驚くほどで、人も多いのだ。

加えて今回の夜会は派閥が入り乱れている。

だが、それも時間がたつごとに派閥ごとの島ができ、わかれていく。

ローザが恨めしそうにアルノー派を見ながら、果実水を飲み軽食をつまんでいると、楽団の奏でるダンス曲が流れてきた。

ダンスタイムの始まりだ。男女がこぞって参加し始める。若いカップルたちは楽しそうだ。

ふと視線を感じローザが顔を上げると、その先にアレックスがいた。

「お兄様、緊急事態です！」

「おいおい。ローザ。食べながらしゃべるな。お前はそれでも淑女か」

横でシャンパンを楽しんでいたフィルバートに窘《たしな》められる。

「それどころではありません。今すぐ、踊りましょう」

「は？」

アレックスはちょうどフィルバートの死角になっている場所から近づいてきているのだ。

ここでファーストダンスを踊ったら、面倒なことになる。

やっぱりアレックスが好きなのではないかと言われてしまうだろう。

「アレックス殿下が近づいてきています」

ローザの訴えに、フィルバートが顔を引きしめる。

それから先のフィルバートの行動は早かった。あっという間にダンスの輪に入り兄妹は踊り始める。

フィルバートの肩越しにちらりとアレックスを見るとどこかのご令嬢にダンスをせがまれているよ

うだった。

よほどのことがない限り、アレックスが断ることはない。ローザはほっと胸をなでおろす。

「ほら、見ろ。僕がついてきてよかったではないか」

「何を言っているんですか。殿下を先に見つけたのは私ですよ。お兄様は無警戒で、のんびりとシャンパンばかり飲んでいたではないですか」

ローザが抗議する。

するとフィルバートはごまかすように咳《せき》ばらいをした。

「それで、僕たちは何曲踊ればいいんだ？」

「殿下が去るまで、永遠に」

ローザがしれっと言う。

「そんなこと不可能だ。ローザ、こういう時のための紳士は用意していないのか？」

「どうして、ダンスは男女ペアでなくてはならないのでしょう？」

「何を言い出すかと思えば。へりくつをこねている場合ではないだろ？」

全くモテないと苦労することもある。

「まあ、お兄様、足元がふらついていますよ。あんなにシャンパンをお飲みになるから」

「ローザ、あのシャンパンはとんでもなく旨い」

フィルバートはほんの少し酔っているようだ。

兄妹で話している間に、二曲目に突入してしまった。

「お兄様、このまま踊り続けるわけにもいきません。どなたかご友人をご紹介ください」

緊迫した声でローザは言うが、薄情にも兄は首を横に振る。

「それは、まずい。相手が勘違いするだろ。僕が、お前を貰《もら》ってくれと圧力をかけているようではないか」

「それって、どういう意味ですか！」

なんとも失礼なフィルバートの物言いに、ローザが腹を立てている間に三曲目が始まってしまった。

結局、兄妹は三曲目に突入する。

「おいおい、兄妹で三曲続けて踊るとか何の酔狂だよ」

かなりの美形なのだが、面の皮の厚いフィルバートも周りの反応が気になるようだ。

「ああ、もう面倒なんで殿下からダンスに誘われたら、断りますけれどそれでいいですか？」

するとフィルバートが笑い出す。

「相手のメンツは丸つぶれだが、お前の名誉は保たれる。それでいいんじゃないのか？　三曲踊って疲れたとかいえばいい」

話しているうちに三曲目が終わった。

「ふう、では結論が出たので休みましょうか」

フィルバートと並んで、会場の隅にある休憩用のテーブルに向かう。

「お兄様、私、喉《のど》が渇きました。果実水を持ってきてください。それからお兄様はもうアルコールは禁止です」

「やれやれ、やかましくて世話のかかる妹だ」

なんだかんだと文句をいいつつもフィルバートはいそいそとローザの世話をして、軽食コーナーへ取りに行く。

兄の言う通りここで出される軽食は、サンドイッチも焼き菓子もフルーツも果実水もすべてが最高に贅沢でおいしい。ローザはとりあえず食欲を満たすことにした。

「やあ、ローザ嬢、見事なダンスだったね」

椅子《いす》に座って休んでいるところへアレックスがやってきた。

ローザは、まずは完璧《かんぺき》なカーテシーをして挨拶《あいさつ》を返す。隙を見せてはならない。

「ありがとうございます」

「ところで、もう一曲どうだ。僕と踊らないか？」

気軽に誘ってくる。

「申し訳ございません、今日はもう疲れたので踊りませんの」

にっこり微笑んで断りを入れると、一瞬アレックスの笑顔が引きつった。

こんな彼の表情は初めてみた。

（まあ、でも陰でエレンと付き合っているわけだし。そういえば、エレンと付き合っているという噂は一向に流れないわね？　流れるのは私の悪評ばかり……）

「足も痛くて。ほほほ」

ローザはいちおう相手は王族なのでフォローのつもりで一言付け加えた。

「いや、残念だよ。まさかフィルバートと三曲も踊るとは思わなかった」

「ええ、私もです。話に夢中になっているうちに気が付いたら、三曲終わっていました」

「兄妹仲が良くて羨《うらや》ましい」

アレックスの美しい顔に一瞬陰りがみえる。

（まあ、この人はこの人でかわいそうなのよね。確か漫画では子供の頃に暗殺されそうになって、たびたび閣下の治癒術に助けられていたって描写があったし）

「うちは皆商売が好きなので、そのことに関してだけ話が合うのです」

そこへフィルバートが戻って来た。

アレックスは、フィルバートと和やかな雰囲気の中で、社交辞令的な会話を二つ三つ交わし去っていった。今度はアルノー派のほうへと向かうようだ。

「アレックス殿下もたいへんなんだよね、第三王子だから。あちらこちらの派閥を回って気を遣わなければならない」

フィルバートが、去っていくアレックスの背中を見て、わずかに同情したように言う。

「まるで蝙蝠《こうもり》ですわね」

「おいおい、めったなことを言うものではないよ」

ローザの辛辣な言葉に顔をしかめる。

「はい、それも処世術の一つですものね。でも将来王太子の地位を得てしまえば関係ないのではないですか？」

「アレックス殿下が王太子？　ありえないな。うちの後押しがない限り無理だろう。アルノー派の人間は第一王子を推しているからな」

「政治の世界もいろいろ複雑怪奇ですのね」

ローザは絶対に関《かか》わりたくないと思う。

「だからうちは中立派がどう動くか、常に注視していなければならない」

なるほど、それで中立派の貴族とうまくやり始めたローザは、家族に褒められたのかと納得した。

「しかし、ローザが頭を悩ますことではない。お前はバスボムを売れ」

「そういえば、私は小さなお店を持つのが夢でしたのに。いつの間にか大きな野望に変わってしまいました」

ローザが遠い目をして語る。

（なんだか、純利益《りえき》が右肩上がりになるのが嬉《うれ》しくなってきたわ。もしや前世の繰り返しでは？　私、社畜化している？　人に使われることはないけれど、お金に使われている気がするわ）

優雅な貴族令嬢の生活が遠のいていく。

（これではいけない！　初心にもどらねば）

また宝飾品やドレスでも爆買いしようとローザは誓う、もちろんロベルトのお金で。

「ローザ、商売の道というのはそういうものだ。それがクロイツァーの血だ」

決め顔でフィルバートが語るのを聞いて、げんなりした。

（だからクロイツァー家は、もともとは建国の騎士だって。我が家のヒストリーが書き換えられているわ）

「はあ、何か嫌ですわ。でもお金が増えるのは嬉しいです」

ローザにとって、お金イコールクロイツァー家の逃走資金であった。

そこでローザはハタと気づく。

「やはり、私がアレックス殿下と婚約しない方がいいですね。派閥間で摩擦がおこります」

「どう転んでもうちは利益が出るように動く」

フィルバートが自信満々に言う。その結果がローザの毒殺なのかもしれないのだ。ローザはぶるぶると首を横に振った。

「いえいえ、平和に過ごしましょう。争いごとはいけません」

「何を言っているんだ。命まで取られるわけでもないし」

そう言ってフィルバートは気楽に笑う。

（いや、それが私だけは取られるんだな！）

それを考えると毒殺犯は、やはりアルノー派にいる気がしてきた。

「はあ、アルノー派の方とお話ししたかったのですが、残念です」

「お前、気づかないのか？　見えない厚い壁があるだろう？」

それはローザも気づいていた。アルノー派とは挨拶こそすれ、つけ入る隙は全く無いのだ。

「ええ、とっても良く見えていますわ」

あとはヘレナとヒュー頼みだ。

ローザはため息をつくと立ち上がる。

「お兄様。私、バルコニーでちょっと黄昏《たそが》れて来ます。お兄様は商……ではなく、社交に励んでくださいませ」

「お前はなんてことを言うんだ」

フィルバートは肩をすくめると、ローザと離れた途端に迫ってくる令嬢たちを上手にかわし、紳士の群れの中に消えていった。

あわよくば、いくつか商談をまとめるつもりなのだろう。我が兄ながら、実に商魂たくましい。

ローザは考えを整理すべく、バルコニーへ向かった。


一歩バルコニーに足を踏み入れると、素晴らしい眺めが目に飛び込んできた。

庭園には常夜灯がぽつりぽつりとともり、その先に街の明かりが輝いている。

そのせいか、点々とカップルがいる。

（目障りだわ！）

ローザはため息をつきながら、すごすごと隅の方へ移動した。

夜風にあたり、頭を冷やす。

「クロイツァー嬢」

のんびりしているところに突然声をかけられ、ローザはびくりと飛び上がり、警戒する。

「そんなに警戒しないで欲しい」

振り返るとイーサンだった。

バルコニーの隅の暗がりで苦笑を浮かべ、イーサンがローザに手招きする。こっちへ来いということだろう。ローザはそろそろと彼のもとへ近づいた。

（え？　何この人、暗がりからカップルを覗《のぞ》くのが趣味なの？）

「閣下、今夜のホストがバルコニーに一人で隠れているなんてどうしたのですか？」

「ああ、少々疲れてね」

（いや、私といるともっと疲れないか？）

そんな疑問はもちろん口にしなかった。

「何をおっしゃいます。ご令嬢に囲まれていたではないですか？」

イーサンはうんざりしたようにバルコニーの手摺りに背をもたせかけ、体を会場に向ける。

ローザは相変わらず街の明かりに目を向けていて、二人は反対の方向を見ていた。

周りのカップルは甘い雰囲気なのにここだけ空気が違う。二人の間を何の甘さも含まないさっぱりとした夜風が吹き抜けた。

「この夜会、どうやら誤解があったらしい」

「誤解？　どんなものですか？」

ローザが不思議そうに尋ねる。

「私が結婚相手を探していると思われているようだ」

イーサンの困った顔を見て、ローザは思わず噴き出してしまった。

「いい機会ではないですか。素敵なご令嬢がより取り見取りですよ」

「ああいう押しの強いご令嬢はちょっと……」

珍しくイーサンが心底困り果てた顔で言う。

「奥ゆかしい方が好きなのですね。そうすると前には出てこられないですから、探すのは難しいですよ。ああ、そういえば姉妹は性格が正反対になることもあるので、ギラギラした方の妹や姉を狙《ねら》ってみてはいかがですか？」

イーサンはローザの言葉にため息をつく。

「それで、君の方の調査はどうなんだい？」

「さっぱりです。後は使用人たちに期待というところですかね」

「私はいくつか噂を聞いたよ」

「え？　私の悪評ですか？」

「君はきっと女性からは情報を収集済みだと思って、男性から聞いてみたんだ」

「それで、火元はどこから？」

ローザの言葉にイーサンは首を横に振る。

「それがいろいろでね。細君から聞いた者もいれば、気晴らしにいった酒場で聞いた者もいた。それから家の使用人からというのもあったな」

「酒場ですか？　お相手は？」

意外な場所でローザは驚いた。

「一人は金髪の女給だったと言っていた。別の一人は赤髪とも。もちろん酒が入っていたので、容姿についてそれほど覚えていないそうだ。いずれにしても皆面白《おもしろ》おかしく噂を語るばかりで、肝心のどこの誰《だれ》から聞いたということに興味がない」

「それは困りました」

ローザが眉尻《まゆじり》を下げる。

「思うに噂が独り歩きしている状態ではないかな」

「さらに尾ひれがつきそうで嫌ですわ」

さて、どうしたものかとローザは思う。

「で、今日はアレックスが来ていただろう？　何か言われたかい？」

「ああ、ダンスに誘われましたが、断っておきました」

驚いたようにイーサンが目を見張る。ローザは呆れたように口をひらいた。

「まだ私がアレックス殿下に未練があるとでも、お思いでしたか？」

イーサンは口元を少し緩め、首を横にふる。

「いや、王族からのダンスの誘いを断るなど、ずいぶんと大胆なご令嬢だなと」

そう言って小さく笑う。周りのカップルへの配慮だろう。

「悪評の元を探しに来たのに、また噂の火種になるようなことをしたくありませんから」

「それにしても三曲も一緒に踊るとは……君たち兄妹は仲がいいね。少し羨ましい」

口元は微笑んでいるものの、イーサンの瞳《ひとみ》は虚《うつ》ろで……。

ローザは見てはいけない彼の孤独を見た気がした。

これほど広大な邸にイーサンは一人で住んでいる。食堂もさぞかし広いことだろう。

そのうえ、イーサンは幼少期から少年期にかけて何度も暗殺されそうになり、彼の母である側室も早くに亡くなっていて毒殺との噂もある。だから自分の境遇とアレックスの境遇を重ね合わせて肩入れしているのだろう。だが、今ではそのアレックスの動きも怪しく、不自然だ。

ローザはそんな一時の同情や勝手な想像を振り払った。

そこまでイーサンという人間を知っているわけではないし、誰かを理解した気になるのは危険だ。

本質を見誤ってしまう。

それでも、なんとなく家族との縁が薄いイーサンが気の毒に思えて、ローザは本音を言った。

「私、兄以外に踊ってくれる人がいないんですよ」

イーサンは一瞬ぽかんとした表情でローザを見て、次に大爆笑した。

(言わなきゃよかった！　何なのこの人！　失礼の極みだわ)

「いや、すまない。君があまりにも意表を突くようなことを言うからうっかり。クロイツァー嬢は本当に愉快な人だね」

「ちっとも愉快ではありません！」

ローザは顔を真《ま》っ赤《か》にして怒る。

「そうかな？　私はそんな愉快な君がモテないとは思えないが。いっそ火元を探すより、婚約者を探したほうが、てっとり早いのではないか？」

イーサンはちっともわかっていない。

「できたら、とっくにやっています」

ぷりぷりと怒りながらローザが言うと、イーサンは白い歯を見せて実に楽しそうに笑った。

(これって、紳士としてどうなのよ？)

ローザも悔し紛れに「ほほほほほ」と笑い声を立てた。

◇

ローゼリアンの襲撃事件も落ち着き、店が順調に回転し始めたころ、父に執務室に呼び出された。

「お父様、お見合いならばお断りですよ」

ローザが予防線を張りながら執務室に入ると、ロベルトとフィルバートは顔を見合わせて苦笑した。

「今日はそうではないんだ。私の代わりにフィルバートと出席して欲しい夜会があるのだ」

また夜会である。情報収集には必要だがローザはうんざりした。

この時期の王都の貴族社会は社交期間真っただ中で、連日どこかの邸で夜会が催されている。

（きっと、これは拒否権がないやつだ）

おそらくロベルトと取引のある貴族のものだろう。

「いつですか？」

「明後日だ」

「ずいぶんと急ですね。何の準備もしていませんが？」

のんびりと夜の風呂《ふろ》タイムを楽しみたかったのに、予定になかった夜会に出ることになったのだ。

とうぜんローザは不満である。

「ドレスなら腐るほど持っているだろう。明後日は新規の取引がある」

「新規ですか？」

「ああ、オリバー商会といってね。最近この国に進出してきた。お前も商人のはしくれとして覚えておきなさい」

（商人のはしくれって……）

「お父様、ライバル出現ですね」

ローザがにっこり笑ってやり返す。

「ふ、ははは！　私に敵などいないぞ、ローザ」

そんな父は捨て置いて、ローザは明日憂さ晴らしに買い物に行くことにした。

翌日の昼下がり、馬車に乗ると王都随一の宝飾店へ向かう。

瀟洒《しょうしゃ》な石造りの建物に、立派な錬鉄の門構えの店先で、ローザは馬車を降りる。

店に一歩入ると、まるでそこは別世界。高い円天井《てんじょう》には巨大なシャンデリアがキラキラと輝いている。床には赤い毛氈が敷き詰められていて、ショーケースには色とりどりの宝石が並べられ、燦然と光を放っている。

ローザは迷わず、店の中央のショーケースに向かった。ダイヤ、トパーズ、サファイヤ、エメラルドが飾られている。どれにしようか一瞬迷ったが、そんな必要はないのだと思い出す。

迫力ある悪女顔だが、金髪美女のローザにはどの宝石も似合う。

（そうよ。私は大富豪の令嬢。これは全部買う！）

いつの間にかローザの横にもみ手の店員がやってきていた。

「このショーケースの宝石、すべてくださらない？」

店員はひれ伏さんばかりに喜んだ。

「ほかにご注文はございませんか？　お嬢様の美貌に合わせたデザインで特注などいかがでしょう？」

さらにそんなことを言ってくる。それもそのはず、ローザは以前一点ものにこだわり常に特注していた。だが、今は成金買いに執心している。

「そうねえ。宝石ではなく、金の延べ棒が欲しいわ」

「は？」

店員がいつにないローザの注文に目を丸くする。

「できればたくさん用意して欲しいのよ。それと金の延べ棒を届ける先についてはご相談があるの」

ローザは金の延べ棒を財産として蓄えておくつもりだ。

もちろん、どさくさに紛れてロベルトの資金で買った。

ロベルトには再三再四、王国の手の及ばない場所に財産を作っておこうと提案したのだが、のらりくらりとかわされ続けている。

だから、ローザが着々と準備を進めてあげているのだ。

◇

「ああ、今夜はローザのお守《も》りか」

街路を軽快に走る馬車の中で、フィルバートがニコニコしながら、憎たらしいことを言う。

「まあ、お守りとは失礼な。お父様の代わりに行くのですよ？　お兄様がいつまでも婚約者を決めないから、私が連れ出されているのではないですか」

今二人は夜会の会場へ向かっているところだ。今日は王宮ではなく私邸で開催されるものだ。

「まあ、そう言うな。なんだか最近女性が怖くてな。どうも目がギラついていて苦手なんだ」

フィルバートが思い出したようにぶるりと震える。

「閣下と似たようなことを言っていますね」

「そうなのか？　閣下と同じか、なんだか親近感が湧《わ》く」

「そうですか？　私は湧いたことないですけれど」

フィルバートは嬉しそうだ。

そういえば、ロベルトは上機嫌で出かけていった。きっと今日の商談は、たくさんの利益がえられるのだろう。

クロイツァー家は皆お金が大好きだ。

母だけは少し浮世離れしているところがあるので、わからないが……。

「閣下は店の常連なんだろ？」

「はい、仕事熱心で医療用のバスボムの注文が入ります。まあ、お金払いが良いので、最高の上客ですが！」

ローザが「ふふふ」と笑う。

「ああ、ローザ。そんなふうに笑ったら、紳士が逃げていくぞ」

フィルバートが残念そうに言う。

「は？　どういうことですか？」

二人が話している間に、馬車は目的地に着いたようだ。


ローザはフィルバートと共に夜会のホストに挨拶をすませると後は自由の身だ。

「では、ローザ、いい夜を。僕は父上の代わりに紳士の交流があるから、お前は適当に切り上げて帰っていいぞ」

フィルバートの言う紳士の交流とは商談である。

「ええ、なんだか疲れましたわ。私は、今夜は淑女たちとの交流なしで帰ります」

「驚いたな。お前、今日はバスボムを売りつけないのか？」

「お兄様、お言葉には、お気を付けくださいませ！　私は決して売りつけているわけではありませんわ。皆様が喜んでお買い求めになるだけです！」

ローザが眦《まなじり》を吊り上げると、フィルバートはそそくさと去っていった。

クロイツァー家ならではの会話ではある。


この夜会には王族が誰も参加していないと聞いているので、ローザに緊張感はない。

適当に何かつまんで庭園でも散歩したら帰ろうと思う。実はローザは夜会や茶会で、他家の庭園を見るのが好きだ。

前世の記憶があるせいか、実に優雅な気分に浸れる。

軽食コーナーでウキウキしながら、焼き菓子を選んでいると声をかけられた。

「ローザ様、お久しぶりです」

振り返ると、上品な薄桃色のドレスに身を包んだエレンが立っていた。胸元《むなもと》や袖口《そでぐち》は繊細なレースがあしらわれている。

「まあ、エレン様。ごきげんよう」

敵意はないとばかりに、ローザはにっこりと微笑んで返事をした。

（ああ、疲れるわ。この子も来ていたのね。なんで声をかけてくるのかしら？　スルーしてくれない？）

「ローザ様、今日も素敵なドレスですわね」

「ありがとう。あなたもとても素敵よ」

そこでローザは違和感を覚えた。

いつものエレンはもう少しおどおどしているのに、今日は堂々としている。

そして、何よりドレスと宝飾品が目を引いた。

いつもと違い、エレンの身に着けているものすべてが、オーダーメイドの一級品とわかる。

ルビーの髪飾りは凝った細工がされていて、特注品だろう。エレンのストロベリーブロンドの髪によく似合っている。

以前父が、モロー家はクロイツァー家に借金があると言っていた。

(これは、殿下からのプレゼント？　随分とお金がかかっているわね。やっぱり、エレンに本気で惚《ほ》れているのね。さっさと婚約すればいいのに)

気にはなったが褒めるにとどめておいて、ローザは何も尋ねないことにした。

エレンとはとにかく関わり合いになりたくないのだ。

「ローザ様、実は私、バスボムの店に興味がありまして」

「まあ、そうですの？」

いくら商売とはいえ、エレンに店まで来てもらいたくはない。ローザはそっけなく答える。

「ええ、飽きたら売ってくれませんか？」

「え？」

ローザは、一瞬エレンが何を言っているのかわからなかった。

「お店をです。ほら、ローザ様は趣味でお店をやっているのでしょう？　うらやましいですわ。だから、飽きたら売ってほしいのです」

にっこり笑うエレンが信じられなかった。

「はあ？　エレン様が何をおっしゃっているのか、さっぱりわかりませんわ？」

するとエレンはローザの剣幕に怯《おび》えたような顔をする。

「ごめんなさい。私、貴族の生活に慣れなくて」

「それは貴族の生活云々ではなく、軽々しく言ってよいことではありませんわ」

ローザからしてみれば手塩にかけて一から作った店であるし、売り上げは今後没落予定のクロイツァー家の生命線になるかもしれないのだ。

確かにローザは商売を楽しんでいるが、何の苦労もないと思っているのだろうか。

なによりも従業員には心を砕いているつもりだ。一度は破壊された店を見事復活させた自負もある。

ローザの剣幕にエレンが泣き出しそうな顔で後じさりする。

これではローザがいじめているようだ。

「どうしたんだ。エレン嬢？」

そこへやって来たのはアレックスだった。

ローザは驚きに目を見開く。

今日は、王族は招待されていないと聞いていたのに、なぜ彼がこの場にいるのか不思議だった。

（え？　お忍びで来てエレンと密会しているってこと？）

「アレックス様」

助けが来たとばかりに、エレンがアレックスに縋りつく。ところがアレックスがやんわりとエレンの手を外した。

ローザはその様子をみて唖然とする。

エレンは瞳を陰らせ「すみません。アレックス殿下」と言い直した。

ローザの怒りはすっと冷めていく。

(これから、くだらない茶番でも始まるのかしら？　絶対に挑発にはのらないからね)

ローザが腹をくくったその時、柔らかな男性の声が飛び込んできた。

「アレックス殿下、取り込み中かな？」

「叔父上、いらっしゃっていたんですね」

驚いたようにアレックスが、イーサンを見る。

叔父上とは言ってもイーサンはアレックスより、二歳上なだけだが。

「ああ、アレックス殿下はひょっとしてお忍びかな？」

イーサンは、アレックスを見てにこりと微笑んだ。

「まあそんなところです。叔父上こそどうしてここに？」

すこし困惑気味の表情でアレックスが問う。

「招待されたんだ。それより、ちょっとクロイツァー嬢を借りてもいいかな？」

「いえ、それがローザ嬢とエレン嬢が揉《も》めていたようなので」

アレックスがイーサンにそう説明する。

そこへ、すかさずエレンが震える声で訴える。

「違います。私がローザ様に失礼なことを言ってしまって、ローザ様のご機嫌を損ねてしまったんです」

（始まったよ、お約束が。前世もいたよね？　被害者ムーブする女子）

ローザは心の中で突っ込みを入れる。

可憐で愛らしいエレンを見ていると勝敗は明らかである。

（面倒くさいわね！）

これは、以前のローザの行いをエレンが根に持っているのかもしれない……。

どうやら身から出た錆のようだ。

「別にエレン様に機嫌を取ってもらう必要はありませんわ。私はそれほど偉くはありませんもの」

淡々とローザは告げる。

（これから、ヒロインとヒーローの見せ場でも始まるのかしら？　馬鹿《ばか》らしい）

ローザは妙に白けてしまい、今すぐ帰りたくなった。なによりもくだらないことに時間を割きたくない。ここにいればいるほど、ローザの楽しいお風呂タイムは短くなっていく。

「ということだそうだよ、アレックス殿下。悪いがクロイツァー嬢は借りていくよ」

ローザの言葉を引き取ったイーサンがさらっと言う。

「え？」

ローザはイーサンに手を取られ、彼を二度見した。

「薬草入りのバスボムの件で話がある。君が開発してくれたお陰で患者には好評だよ」

「まあ、そうですか！」

現金なもので、ローザの気持ちはすぐに浮上した。

（自分の店の商品を褒められるのは嬉しいものね。全部私が作ったわけではないけれど）

「じゃあ、あちらで話そうか」

そう言ってイーサンが二人から引き離してくれた。

（ん？　これは助けてくれたの？）

よくわからないが、その後また新しい薬草を使ったバスボムを開発する商談がまとまっていた。

ローザはアレックスとエレンのことをすっぱり忘れて、その晩は上機嫌で帰っていった。

◇

翌朝ローザは食堂で父を見つけて早速質問した。

「おはようございます、お父様！　昨夜、オリバー商会と何のお話があったのです？」

「なんだ、藪《やぶ》から棒に。朝食の時間くらいゆっくりと楽しんだらどうだ」

父はのんびりとエッグスタンドの卵を割る。

「楽しんでいますわよ」

ローザはサラダを口に運ぶ。

邸は王都の中心地にあるにもかかわらず、広い庭があり食堂の広く切り取られた窓からは朝日が差し、カーテンが風に揺れる。

天井が高いため非常に声が響き、テーブルは長方形で縦に長く、貴族を集めて会食できる広さだ。

父は窓からバラの咲く庭園に目を向け、目を細めた。

「ローザ、外の景色を見てみろ。美しい眺めではないか。それに毎朝聞こえる鳥のさえずり、耳に心地よいぞ。ここは王都の一等地だ。私はこうして毎朝ゆっくり朝食をたべながら、クロイツァー家の財産の豊かさを確認し堪能している」

（……確認して堪能って）

ロベルトは景色の美しさを観賞しているのではなく、財産を確認しているらしい。

「確かに美しいですわ。それでお父様。昨夜は何があったのです？」

「仕方のない奴だ。モロー家の借金を全額返してもらった」

「え？　オリバー商会にですか？」

寝耳に水だ。

「それが、狐につままれたような話なんだが、オリバー商会がモロー家の借金を肩代わりすると言ってきてね。それで急遽オリバー商会の代表とモロー卿と会見し、その場で借金を全額返済してもらった」

「まあ！　そうなんですか？」

「そうだ。利息もしっかりもらった」

「どれくらいの金額ですか？」

「ローザ。外でそんな不躾《ぶしつけ》な物言いをするのではないぞ？」

父が心配そうにローザを見る。

「大丈夫です。家の中でだけです。で、おいくらくらいですか？」

ローザは父をせかす。

「うむ、金額にしたら、王都に中規模な邸が一つ買えるくらいだ」

「うわ！　そんなに借金していたんですか？」

ローザはびっくりした。

「ああ、積もり積もってそうなった」

「でも、どうしてオリバー商会はモロー家に？」

「ああ、王都進出で焦《あせ》っているのだろう。貴族とのパイプが欲しいんだ」

ロベルトの言葉を聞いて、ローザははたと膝を打つ。

（そういえば、漫画にそんな描写があったわ）

ご都合主義的に父親デイビスが立ち直り、モロー家の財政が豊かになっていくのだ。デイビスは大商人の信頼を得て、後押しをうけてこれから伯爵家はますます豊かになっていくと――。

（やったわ！　これで殿下とエレンは晴れて婚約できる！　私の毒殺もなしの方向に向かうのでは？）

まだロベルトが何か話したそうにしているが、ローザは瞳をきらきらと輝かせ、解放感に浸っていた。

叔父と甥

「叔父上」

イーサンが王宮の執務室で仕事をしているとアレックスがやって来た。

「なんだ。アレックス、どうした？」

「少しご相談したいことがあるのですが、久しぶりに一緒にお茶でも飲みませんか？」

昔から変わらない穏やかな笑みを浮かべるアレックスに、イーサンは頷《うなず》いた。


彼らは王宮の庭園で茶を飲むことになった。優美で大きな四阿《あずまや》は昼の眩しい日差しを遮《さえぎ》ってくれる。

メイドが茶の準備を終えると、アレックスが人払いをした。

「どうした。珍しいな。内密の話か？」

イーサンは軽く応じる。

「実はローザ嬢のことでお話が。叔父上は最近ローザ嬢と懇意にしているようですね」

ローザとは懇意にしているというより、協力し合う仲だ。

「気になるのか？　お前の所には、モロー嬢が通ってきているそうではないか」

アレックスがため息をつく。

「やはり噂になっているのですね。正直に言いますと、以前に何度か来たことはあります。しかし、僕はローザ嬢に求婚した身なので、おかしな噂が立つと困るから、来ないように言ってあります」

まるでエレンが一方的に訪れているような言い方だ。そういえば、彼はローザが訪れていた時期もそのような言い方をしていた。

このようなありさまでは、アレックスが何か相手に気を持たせるような言動をしているのではないかと、勘繰ってしまう。

「だが、求婚の件はクロイツァー嬢に断られたのだろう？」

アレックスはイーサンの言葉に一瞬唇をかむ。

「……思ったのですが、ローザ嬢は叔父上にのりかえたのではないでしょうか？」

イーサンはそれを聞いて、思わず失笑した。

「クロイツァー嬢はそういう人ではないよ。今は商売に夢中なようだ。私もあの店にはいくつか商品を発注している」

「え？　そうなのですか？」

アレックスが驚いたような顔をする。

「店主と客の関係だ」

イーサンから見たローザは、男性を追いかけるより、店の経営の方がずっと楽しそうだ。

それに今は自分の悪評をまいた奴《やつ》は誰《だれ》かと息巻いている。とても恋愛どころではないだろう。

「それで、お前はどうするんだ。求婚を断られた以上、自由に相手を決めてもいいのではないか？」

「父上が納得する相手でなければ、結婚はできません。それに道義的責任があります。ローザ嬢の顔には傷がのこっているでしょう？」

それが気がかりだというようにアレックスは訴える。

「傷痕ならば、問題ないと思うが？　それと、お前はクロイツァー嬢に関する噂を聞いていないのか？」

アレックスがエレンから聞いているのは知っているが、イーサンは彼を試したくなった。

「噂……ですか。馬に蹴《け》られたのが、自作自演だという話ですよね？」

「やはり聞いていたか。かなり噂は広がっているようだからな」

「だから、不安なんです！　僕が誰かと婚約が内定したとして、彼女が前言を翻《ひるがえ》したら？」

「婚約の承認を国王から得たのちに発表すれば、彼女が前言を翻したところで、どうにもならないだろう」

「叔父上、クロイツァー家は脅威です」

アレックスが憂鬱《ゆううつ》そうに髪をかき上げる。

「で、結局、お前はどうしたいんだ？　クロイツァー嬢と婚約したいのか？」

イーサンはいささかうんざりして来て、核心をついた。

「僕は……ただ、彼女の豹変《ひょうへん》ぶりが怖いんです」

「クロイツァー嬢にとらわれる必要はないと思うが。九死に一生を得て、人生観が変わるというのはあるそうだよ」

気楽な口調でイーサンが答える。

「なんだか、叔父上の方がローザ嬢のことをご存じのようですね？」

アレックスのその一言で二人の間の亀裂が顕在化する。

「彼女はいたってわかりやすい人だろう？」

それにはアレックスも頷かざるを得ないようだ。

「いっそのこと、ローザ嬢が誰かと婚約なり、結婚なりしてくれれば気が楽になるのですが……。もちろん叔父上と、ということではなく。誰か彼女と似合う相手と」

こういう物言いをされると牽制されているように感じる。いや、実際そうなのかもしれない。

「アレックス、私はそろそろ診療の時間だから、失礼するよ。お前は好きな相手と結婚するといい。周りの思惑にとらわれるな。私が言えるのはそれだけだ」

アレックスに対するイーサンの最後のアドバイスだ。彼がそれを聞こうとしないことはもうわかっていた。甥は変わってしまったのだ。

これ以上は時間の無駄だと思い、イーサンはアレックスとの茶会を切り上げた。

子供のころは第三王子ということで両親に顧みられず、アレックスはさみしい思いをしていた。

そんな時イーサンがよくアレックスの話し相手になっていたし、彼に勉強を教えていた時期もあった。

しかし、今の彼はエレンと付き合いつつも、ローザと婚約したがっている。クロイツァー家の力を利用しようとしているようにしか見えない。

（いつからそんな野心に目覚めたのか……、それとも私が見抜けなかったのか）

イーサンは家族を失ったような一抹の寂《さび》しさを覚える。

現在のローザはまったくアレックスに執着していない。むしろ責任を取るなどと言って婚約を迫っているのはアレックスのほうだ。

そしてエレンとアレックスの仲は噂になり始めている。アレックスはイーサンに本心を明かすことなく、忠告を受け入れることもない。

イーサンは彼の将来に不穏なものを感じた。

◇

その頃、ローザはドレスを爆買いしたり、店の経営をしたり、宝石を買いあさったり、隠し財産をせっせと作ったり、フレグランスを買いまくったり、王都で評判のスイーツを食べ歩いたりと豪遊していた。

いよいよ毎年恒例の夏の舞踏会が王宮で開催されることになったのだ。

驚いたことに、招待状と共に、ローザにアレックスからエスコートの申し出があった。

「ほら、見てヘレナ、殿下からエスコートのお誘いよ。なんてしつこいのかしら！」

自室で午前の茶を飲みながら、ヘレナを相手にその話をする。

「お嬢様、不敬罪に問われてしまいます」

ヘレナの冷静な突っ込みが入る。

「そうね。口は慎まないと。では、今日もやることが山積みだし、早速お断りのお返事を書いちゃいましょ！」

ローザは今貴族の間に広がっている『馬に蹴られたのは自作自演』の噂を利用して上手に断りをい

れた。

「お嬢様は本当に殿方への興味を失ってしまわれたのですね」

残念そうにヘレナが呟いた。

「言ったでしょ？　私は私だけを愛してくれる人でなければ嫌なのよ。考えてもみて、うちはすごい財産があるじゃない？　だから、結婚したとたん毒殺でもされたら、たまったものではないわ」

ヘレナが訝しげに首を傾げる。

「あの、お嬢様。以前から不思議なのですが、その毒殺の発想はどこから湧《わ》いて出るのです？」

まさか漫画の設定というわけにもいかず、ローザは高笑いでごまかすしかなかった。

「ほーほほほ！　もののたとえよ！」

✦ 喰えない男

舞踏会では再びフィルバートにエスコートを頼んだ。

行きの馬車で彼は文句を言う。

「おい、閣下と仲良くしているんじゃないのか？　なんで僕がお前のエスコートをしなければならないんだ」

ローザが社交界デビューして以来、毎年のことだ。

「お兄様だってお相手がいないじゃないですか。それに閣下はただのお客様です」

ローザも負けてはいない。

「いつまでも兄妹で舞踏会に出るわけにはいかないぞ」

フィルバートが仕方なさそうに肩をすくめる。

「ではお兄様が結婚なさってください。できれば『未婚の義妹』をいじめない人でお願いします」

「おいおい、誰《だれ》がお前を虐めると言うんだ。そんな命知らずはいないだろう」

かなり引いた様子でフィルバートが答える。

「まあ、失礼な！」

いつものように会話をしながら、兄妹は王宮に降り立った。

もちろん今回は父も母も参加している。受付が終わり会場に入ると、国王夫妻に挨拶《あいさつ》を済ませた。

ここまではいつも通りである。

「ああ、囲まれているなあ」

兄が額に手をかざして、会場の中央を見る。なるほどそこだけ妙に人口密度が高く混み合っている。

「何がです？」

「ほら、グリフィス閣下だよ。目の色変えた令嬢たちに包囲されている」

フィルバートのその言葉を聞いて、ローザは噴き出してけらけらと笑う。

「おモテになるのもたいへんですね。はやく婚約者を決めてしまえばいいのに」

イーサンは愛想笑いを浮かべ、令嬢たちに対応している。

「お前はあのギラギラとした令嬢の中から相手を選べと言うのか？　酷だな」

フィルバートが顔色を失う。

「まあ、それも致し方ないのでは？」

ローザにとっては他人事だった。

「僕があのようなギラついた令嬢と婚約したら、ローザはどう思う？」

「ふつうに嫌ですわね。どこか遠くに邸を買って、そこで一人で暮らします。そうそう、お兄様には、もしクロイツァー家が没落したとしてもついてきてくれる女性を選ぶことをお勧めしますわ」

ローザはそう言いながら、隠し財産に思いを馳せる。

（社交界を離れ、毎日おいしいものを食べて、散歩して優雅に過ごすなんてこともいいわね。どこか安全な国はないかしら）

「お前なあ、もう少し言いようはないのか？　だが、ローザの言うことは間違ってはいない。あの手の女性と結婚するくらいなら僕は独身をつらぬく」

「お兄様、それでは困ります！　家が途絶えてしまいますから。舞踏会や夜会のたびに商談相手を探すのではなく、ご自分でお相手を探してきて下さい」

「手厳しいことをいうなあ」

フィルバートがうんざりとした表情を浮かべる。

「とりあえず私とファーストダンスを踊ってからにしてくださいね？」

「注文が多いぞ」

二人は手を取り合って、会場を移動していく。

「あ！　お兄様！　あちらの集団もみてくださいよ。アレックス殿下が囲まれています」

「おやおや、殿下は今日もエスコートはなしかい。なんで婚約しないんだ？　お前のことは大丈夫だと伝えているんだがな」

その時ローザはアレックスを囲む令嬢たちの集団の後ろに、ぽつりと立つエレンを見てしまった。

ローザは急いで目をそらす。

兄妹は今宵もダンスの輪にごく自然に入るのだった。

ローザは一見優しげな兄の美貌を見ながら呟く。

「お兄様のような顔に生まれていれば、私の状況も変わっていたかもしれないのに」

「いやいや、お前の場合は顔に性格がでているだけだろ？」

フィルバートが不思議そうに言う。

「はあ？　お兄様、私の人格批判はおやめください！」

「大丈夫だ。お前の顔は、作りは美しい」

「え？　さらに私の人格を貶めますの？」

そんなやり取りを交わしつつダンスを終えて、ローザはフィルバートと別れた。

その後、ローザは派閥の若い女性たちに囲まれて、いつもの社交が始まった。

そこには、ちゃっかり中立派のジュリエットと数人の女性たちが加わり、賑やかな集団が形成された。『ローゼリアン』のバスボムのファンだ。順調にバスボムの布教は進んでいる。しかし、残念ながら、男子禁制の雰囲気を醸し出し、老若問わずではあるが、女性しか集まらない。

ひとしきり彼女たちと話した後、ローザはひと時、集団を抜けた。

その途端対立派閥から、冷たい視線とひそひそ声が聞こえてきた。

どうせ、『馬に蹴《け》られたのは自作自演』という噂でもしているのだろう。噂が広まるというよりはすっかり定着してしまった感じだ。ここまで来るとなんとしてもローザを悪役にしようとする怨念すら感じる。ローザはさっさと休憩室に向かうことにした。しゃべり続けていたので、少し一休みしたい気分なのだ。

だが、そこでついうっかり、アレックスにつかまってしまう。どうやってあの令嬢たちの包囲網を抜け出してきたのだろう？

「ローザ嬢、もしかして僕を避けている？」

(もしかしなくても避けていますよ？)

「私の自作自演という噂が、とても気になっていますので」

ローザはきっぱりと言う。

噂が収まるまでアレックスとは接触を避けたかった。

「しかし、君は噂を気にする人ではないだろう？」

「噂の種類にもよりますね。この噂はたちが悪いうえにしつこ過ぎます」

「すまなかったね。僕がエスコートしていながら、君に怪我をさせたうえ、さらにこのような悪評まで流れてしまうなんて」

アレックスが申し訳なさそうに言う。別に彼を責めているわけではない。避けたいだけだ。実際のところアレックスはこの噂をどう思っているのだろう？　ローザはちょっと確かめてみたくなった。

「案外意図的に流している者がいるかもしれませんよ」

「え？　そんなひどい噂を流す者がいるのか？」

驚いたようにアレックスが目を見開くが、彼の水色の瞳《ひとみ》はガラス玉のように感情を映していない。

（閣下にしろ、殿下にしろ、なんで王族って本音がわかりづらいのかしら）

「悪評というより、あたかも事実であったかのように定着してしまっているから、火消しに走っても、もう手遅れなのですよ。私のことは気にせずにお捨て置きください」

そうローザは言ってにっこりと笑う。ローザは逃げることにした。

「ローザ嬢、やはり僕と婚約してくれないか？」

今度はローザが大きく目を見開いた。

（ホワッ？　今、私の話をちゃんと聞いていた？　会話が成立しないんですけれど？　この王子、打たれ強しっ！）

「ほほほ、お戯れを。もっと評判の良いご令嬢を選んだらいかがでしょう？」

失礼なのは重々承知だが、ローザは笑って流すことにした。扇子をパサリと広げる。

「戯れなどではない。今のローザ嬢ならば、貴婦人方からの信頼も厚いし、きっと王族としての役目を果たせることだろう」

（だから、お断りだって言っているでしょ。あなたと婚約したら、私は毒殺されるのよ？）

ローザはこの場をどう切り抜けるか考える。一瞬でよいアイデアが浮かぶ。

「あら、あちらにエレン様が？　どうなさったのかしら？」

ローザがそう言って会場の隅に目をやった途端、アレックスが振り返る。

（反応はやっ！　やっぱり、好きなんじゃない。付き合っているのよね？）

「では、私はこれで失礼いたしますわ。ちょっとお花を摘みに」

下品かと思ったが、今更体裁を気にしている場合ではないのだ。

ローザはさっさと逃げ出した。

途端に周囲からとげとげしい視線が刺さる。アレックスから声をかけてきたと言うのに、きっとローザが言い寄っているというふうに取られてしまうのだろう。

「これは、まずいわね。ダミーの婚約者とかどうかしら？　誰かなってくれないかしら？」

ふとそんな独り言が漏《も》れた。

◇

休憩室に逃げ込んで一息ついた。

宴もたけなわで、会場に人が集中しているせいか、中は閑散としている。

「もう帰りたい……」

とりあえず、ローザが逃げたことにより、アレックスはまたどこぞの令嬢たちに囲まれていることだろう。

しばらく休憩室で休んでから、ローザはそろりと会場に戻る。案の定、アレックスは囲まれていた。

ついでに兄のフィルバートも今宵は令嬢の皆様につかまってしまったようだ。国中の貴族が参加するこの舞踏会は、まさに出会いの場である。これを逃す者はいないだろう。

ローザは哀れな兄の救出を早々にあきらめ、彼らに見つからないように会場の隅を移動し、テラスから庭園にでる。

ちょっと外の空気を吸いたいと思ったのだ。

だが、残念なことに広い庭園にはカップルがたくさんいて、結構混み合っている。

(さすが一大イベントね。皆お相手を探すのに必死なのね)

ローザは目立たない茂みを目指し移動していく。しかし、暗がりにもカップルが点々といる。

「ちょっとこれ、居場所がないわね」

ローザがぼそりと呟く。

「気配を消していれば大丈夫なようだ。カップルはそれぞれの世界に入り込んでいて、周りが見えないんだよ」

答える声にぎょっとして振り向くと、イーサンが大樹の暗がりに一人佇《たたず》んでいた。

「な、なにをしているんですか!」

「静かに」

ローザは慌てて口をふさぐ。

「で、閣下はいったいどうなさったのですか？」

ローザはひそひそと話しかける。

（王宮主催の舞踏会で、この人、めっちゃ、こそこそしているわ。立場的に許されるの？）

「会場から逃げだして来たに、決まっているだろう」

うんざりしたように言うイーサンを見て、ローザは初めて気の毒に思った。

「ああ、囲まれていましたものね。よかったです。覗《のぞ》きではなくて。前回もそのような暗がりにいらっしゃったので、てっきりそういう趣味をお持ちかと勘違いしてしまいました」

ほっと胸をなでおろす。これからも良好な客と店主としての付き合いができそうだ。

「それはどういう意味かな？」

「以前も、覗きをしていたではないですか？」

アレックスとエレンの密会現場を確かに彼は覗いていた。

「やめてくれないか。誤解も甚だしい。私は覗きをしているわけではない。前々回も前回も今回も会場から逃げ出しただけだと言っているだろう」

「ああ、すみません」

いつもはにこやかなイーサンが、少し気分を害したようなので、ローザは謝っておく。

「で、君はなぜ一人でこのような場所に？」

（いや、あなたに聞かれたくないんですけれど？）

と本音を言うわけにもいかず。

「ちょっと外の空気が吸いたくなって出てきただけです。まさかこれほどカップルがいるとは思わなくて。どこか人気のないところに移動したいのですが、また何かを目撃したり、誰かにつかまったりしそうで悩ましいところです」

ローザは顎に手を当てる。

実際、ここにイーサンと一緒に潜んでいてもしょうがない。

それともこの隙に高いバスボムでも売りつけようかと思案する。

「私も君と同じ考えで、ここから動けないんだ。理解してもらえたかな？」

「いいえ、全然違います。閣下はモテ過ぎて困って逃げてきたんですよね？　私はアレックス殿下にうっかりつかまって隙をついて逃げてきたんですよ？　どれだけ周りからとげとげしい視線を注《そそ》がれたことか」

ローザがうんざりした様子で言うと、イーサンは小さくため息をつく。

「アレックスはまだ君に執心しているのか」

「そうでもないみたいですよ？　『あら、あちらにエレン様が？』といったら、すぐに振り返られたので、エレン様が好きなのではないですか？　お陰さまでその隙に逃げられました」

ローザは取り繕うのも面倒で、ありのままを告げる。

「なるほど、君も苦労しているわけだ」

イーサンが自嘲気味に笑う。

「はい、殿下から話しかけてきても、まるで私から積極的に近づいているように言われてしまうのですよ。なぜですかね？」

「誰かが噂を操作しているのだろう」

「はあ、いっそのこと私に婚約者がいればこんなことにならなかったのに」

（こんなに美人なのに、モテない自分が憎いわ！　何が悪いの？　このゴージャス過ぎる雰囲気？　それとも金遣いの荒さ？　どっち？）

「選り好みしているからできないのでは？」

意表を突くイーサンの意見にローザは驚きを隠せない。

「はい？　違いますよ。うちが大金持ちだと言うことはご存じですよね？　財産狙《ねら》いの殿方しか寄ってこないんですよ。百歩譲ってそれはいいとして。もし、その殿方がほかに女性を作って私が邪魔になったら、殺されてしまうかもしれないではないですか！」

ローザがそう訴えると、イーサンはかなり引いた様子だ。

「いや、それは考え過ぎではないのか？　なぜそれほど極論に？」

漫画の展開ですから、と言えないところがつらい。

「それならば、閣下はなぜご結婚なさらないのです？　そうすれば、しつこく女性に追いかけ回されないで済むではないですか」

「君と似たような理由だ」

「まさか、そんなことはないと思いますよ」

ローザはぶんぶんと首を横に振る。

「私は何度も毒殺されかけている。女性が信用できないんだ」

いきなりの重い話にローザは胃もたれを起こしそうになった。

（ちょっと待って？　そんな告白、私にしないでほしい）

どこで会話を間違えたのかと、ローザは途方に暮れた。

「それは……お気の毒に。って、どうして女性限定なんですか？　暗殺を企てるのってたいてい男性ではないのですか？」

不躾《ぶしつけ》だと思ったが、どうにも気になってローザは聞いてしまった。

ぜひとも今後の参考にしたい。

「黒幕はそうかもしれないが、毒殺の場合実行犯は身近な女性が多い」

ローザはイーサンに首《こうべ》を垂れた。

「お気の毒でございます。幸多い人生をお祈り申し上げます」

順風満帆そうに見えるが、未《いま》だに苦労しているのだろうか。

イーサンがすこしかわいそうになる。甥のアレックスはアレだし。

ローザはこれ以上深入りすべきではないと思ったので、そろそろこの場所から去ろうかと考えた。

「では、閣下はここで心安らかにのんびりとおくつろぎください。私は移動しますので」

「移動した先で、またアレックスに会ったら、どうするつもりだ？」

「うっ、逃げます！」

「ずっと不思議だったんだが、君はアレックスが好きだったよね。馬に蹴られた後から、突然見向きもしなくなった。どうしてだ？」

イーサンが訝しげに尋ねてくる。ローザは前にも同じことを彼に聞かれていた。よほど不思議なのだろう。だが、毒殺される未来が見えたら、普通は避ける。

「目が覚めたからです！　殿下はたぶん私がお嫌いでしたよね。はっきり言われたわけではないですが……。しばしお待ちください。どう言ったら、不敬にならないか表現を考えているところなので」

ローザがシンキングタイムに入る。するとイーサンがため息をついた。

「いいよ、だいたい何を考えているかわかったから。アレックスを財産目当てで近づいてくる男たちとかわらないと思っているんだね」

言葉が的を射過ぎていてローザはドキリとした。

「ええっと、そのご意見には頷けません。言質を取られたくないので」

ローザはきりりと表情を引き締める。

どこに罠《わな》があるかわからないのだ。慎重にいかなければならない。

「君はつくづく面白《おもしろ》い人だね。もしも、私が君に婚約者を準備すると言ったらどうする？」

「あの、言っている意味がさっぱり分からないのですが？」

ローザが首を傾げる。

「財産目当てではない相手ならばいいのだろう？」

「まあ、そうですが、人格破綻者は嫌ですね。できれば私を愛してくれる人がいいです」

イーサンは顎に手を当てて何か思案しているようだ。からかわれているのだろうか。

「愛してくれる人は難しいな。例えば、君にとって都合の良い相手ならどうだ？　君が真実の愛に目覚めたら、すぐに円満に婚約を解消してくれるとか？」

「それは理想的です！　いたら今すぐ婚約して欲しいくらいです。そういう相手なら、別に恋人がいてもいいですよ。できれば、真実の愛うんぬんより、殿下の婚約がどなたかと整ったら、婚約解消してくださる方がいいです。が……いるとは思えません。あの、もしも、万が一、そう言う方がいらっしゃるのでしたら、外国の方でも構いませんよ？」

一瞬、盛り上がったが、ローザは少し冷静になった。

「それはまたすごい条件だね。要するに君は都合よく便利に使える人間がほしいんだね」

「平たく言うとその通りです。私がどなたかと婚約することで、噂もある程度沈静化できますしね。でもいくら閣下の人脈をもってしてもそんな方はいらっしゃいませんよね。実は人を雇うという手もあるかなと考えたんですが」

ローザは言いよどむ。

「確かに雇用関係の方がさっぱりしているね」

「でも契約がむずかしいですし、相手がすんなり解消してくれなかったらと思うと面倒です。それになにより、親にバレますし、世間の評判も落としかねませんから。バスボム販売に影響が出るのは困ります」

ローザはわりと真剣に悩んでいて気づいていなかったが、よく見るとイーサンの肩が揺れている。

「あの、笑っています？」

やはりからかわれているのだと思う。

「いや、失礼。君の条件はわかったよ。ただ、もし君が相手から同じ条件を突き付けられたらどうする？」

「それはあと腐れがなくて最高な関係ではないですか？　ついでに契約もきちんと交わしてもらえれ

ばなおよしです」

イーサンが不思議そうに首を傾げる。

「君は本当に十七歳なのか？」

「ヘレナにも言われます。なぜでしょう？　私、年齢より老けていますか？」

「そんなことはないよ。君は十分若い。ではそんな都合のいい相手を探してみよう。顔のタイプはあるかい？」

ローザは疑わしそうな目でイーサンを見る。なぜなら、イーサンが微笑んでいるからだ。

「顔ですか？　私は顔だけなら、閣下のご尊顔が好きです」

「は？」

イーサンがあっけに取られたような表情をするのを見て、ローザはちょっと胸がすく。

ローザにとっては、イーサンは前世の『推し』だ。その事実は変わりようがない。

「ああ、でも閣下ほどお綺麗《きれい》な方は二人といないと思うので、条件にあえば顔はどうでもいいですよ」

（本当にいればね？）

その後、ローザは早々にイーサンとの実りのない会話を切り上げると、薄暗い庭園から眩いばかりに光り輝く会場に戻って来た。

一瞬目がくらむ。

ふと鋭い視線を感じ、目を細めるとその先にアレックスがいた。どうやらローザは庭園から会場に戻るタイミングを誤ったようだ。アレックスがこちらに向かって歩を進めてくる。

もう一度、庭園に逃げ込もうかと思ったが、助けてくれる者はいない。

王族主催の舞踏会で、もしもアレックスに求婚されたら？

（待って、漫画の中でローザはどこで、求婚された？）

目まぐるしく回転するローザの頭に、その様子が再生される。王宮の舞踏会だ。ローザがそれをアレックスに要求したのだ。それでエレンはひっそりと悲しみの涙を流す。

（なんで、今ごろ思いだすのよ！　今夜じゃない！）

進退窮まるとはこのことだ。自然と膝《ひざ》から力が抜けていく。

「クロイツァー嬢」

ふいに後ろから声をかけられ、ローザは振り返る。

そこには微笑みを浮かべるイーサンが立っていた。

「え？」

彼女の頭に真っ先に浮かんだのは、なぜ彼が庭園から会場に戻ってきたかだ。あの場所に潜んでいれば安全なのに。

「これは契約だよ。君に貸しを一つ」

そう囁《ささや》いて微笑む。

「はい？」

ローザが首を傾げたその瞬間、イーサンが彼女の前に跪く。

「ローザ・クロイツァー嬢。私、イーサン・グリフィスの妻となってくれ」

そういって彼が極上の笑みを浮かべ手を差し出す。

宴に騒めいていた会場がしんと静まりかえり、ローザの頭は一瞬真っ白になる。

(なぜ？)

だが、ローザに選択の余地はない。

「――グリフィス閣下、謹んでお受けします」

物音ひとつしない会場がやがて少しずつどよめきを増していく。

そこへアレックスの声が割り込む。

「叔父上、いったいどういうつもりで」

しかし彼の言葉は、会場の喧騒にかき消される。歓喜や驚きの声がわきおこり、未婚女性たちは阿鼻叫喚だ。アレックスがローザの間近に迫り腕を摑《つか》もうとするが、かなわない。

イーサンがローザを自分の元へ引き寄せたのだ。

真っ先に彼らに祝いの言葉を与えたのは、国王と王妃だった。これでもうなかったことにはできない。二人の婚約は確定事項だ。

ローザはにっこりと微笑むイーサンの横で茫然《ぼうぜん》自失状態となる。

(うそでしょ？　なんで、どうして？　この人どうしちゃったの？)

ローザは混乱しまくった。そこでふとローザはイーサンが求婚する前になんと言っていたか思い出す。

これは『貸し』であり『契約』であると。

完璧《かんぺき》なまでに美麗なイーサンの横顔を見上げながらローザは思う。

(え、もしかして私、何かしくじった？)

アレックスの求婚から逃れるため、ローザはイーサンの手を取ってしまった。

「怖いわ。これからどうなっちゃうの？」

「ただの利害の一致だよ」

耳元でイーサンという名の悪魔が囁く。

ローザも負けじと囁き返す。

「待ってください。これで私の評判はよくなるのでしょうか？　嫉妬《しっと》されまくって殺されませんか？」

徐々に状況が飲み込《こ》めてくる。どう考えても、さらなる悪評が広がる未来しか見えない。

「何を寝ぼけたことを言っているんだ。君なら、そんなもの返り討ちにするだろう？　君より強い女性など存在しないのだから」

「はあ？」

この男はなんてことを言うのだろうと、ローザは逆毛が立ちそうなほど腹を立てた。

悔しくてイーサンの足を踏んでやろうかと思ったが、すぐそばにクロイツァー一家が駆けつけてきて喜びにむせび泣いている。

そして、なぜか王族も歓迎ムードでそばを離れない。

ローザは混乱しながらも、微笑みを浮かべる。

（返り討ちなんて絶対無理！　私、毒殺される脇役《わきやく》で悪役な当て馬令嬢なんだから！）

ローザは心の中で叫びをあげる。

かくして、ローザ・クロイツァーとイーサン・グリフィスの婚約は大々的に決まった。

――爽《さわ》やかな初夏の夜の珍事だった。ただし、それは偽装婚約。

✦ それぞれの思惑

麗らかな昼下がり、王宮に出仕したイーサンが回廊を歩いているとアレックスに呼び止められた。

「叔父上、いったいどういうつもりです。ローザ嬢と婚約するだなんて」

今更アレックスが何か言ったところでどうにもならない。国王はあっさりとローザとイーサンの婚約を認め祝福している。国王からすれば、ローザがアレックスと婚約するより、イーサンと婚約したほうがましなのだろう。

なぜなら、アレックスとローザが婚約すれば、王子同士の権力争いの火種になるからだ。それほどこの国でのクロイツァー家の扱いは難しい。

「どういうつもりかと言われても。さっぱりしていていいお嬢さんじゃないか」

イーサンがあっさりとした口調で言う。

「今はそうかもしれませんが、少し前の彼女はそうではなかった。粘着質な女性です。気をつけたほうがいいですよ」

アレックスの言葉は、イーサンを心配しているように聞こえる。

「まあ、確かにわがままではあったが、許容範囲ではないのか？」

ローザの噂は芳しくはなかったが、執拗ないじめをしたり、犯罪まがいのことをしたりといったことは聞いていない。

馬に蹴《け》られる前までは、典型的な金持ちのわがまま令嬢だった。今はだいぶ風変わりだが。

「人などそう変わるものでしょうか？」

アレックスが疑義を呈する。

「変わってしまったのだから、仕方がない。いや、変わったというより、何かを悟ったようだ。本質はおなじだろう。アレックス、私のことよりも、お前はモロー嬢と付き合っているのだろう？　その後どうなんだ？」

「付き合ってなどおりません。叔父上までそのようなことを」

アレックスがわなわなと震え、端麗な容貌を歪《ゆが》ませる。

「しかし、私のところまで噂が流れてきているぞ。事実でないならば気を付けるべきではないか？」

「それは、誰《だれ》かが意図的に噂を流しているのでしょう」

アレックスは苦しい言い訳をする。

「モロー家が意図的に噂を流している、ということか？　最近、モロー家は景気が良いようだな。十分お前の後ろ盾になれるのではないか？」

イーサンはさらに畳みかけた。

「お前は以前王位には興味がないと言っていたな。ならば好いた女性と一緒になったらどうだ」

「叔父上はもしかして、王位につきたいという野心をお持ちなのですか？　それでローザ嬢と」

イーサンは呆《あき》れたようにアレックスをみて首を横に振る。

「話にならないな。私はとっくに離脱しているし、ローザ嬢も王位に興味はないよ。彼女はバスボム作りに夢中だ」

「そんな！　彼女は王族と縁づくことをあれほど望んでいたのに、なぜ？」

イーサンは質問に答える気にもなれなかった。

「では、患者が待っているので、私はこれで失礼するよ」

「待ってください。叔父上」

「まだ何かあるのか？」

仕方なく、イーサンは振り返る。

「ローザ嬢は、商売や金儲けが大好きです。しかし、叔父上は無料で市井の人々に治癒を施しているのでしょう？　ローザ嬢の店から買ったバスボムも無料で配ったと聞いています！　そんなあなたと贅沢で俗物なローザ嬢が、気が合うとは思えません」

アレックスのあがきを悲しく思い、イーサンはふと柔らかい笑みを浮かべる。

「不思議なものでね。結構うまくいっている。それに彼女は贅沢がしたければ、自分で稼ぐだろう。ではお前も政務に励め」

イーサンは、今度こそ踵を返した。

甥に対して憐れみを感じていたが、アレックスに自分の言葉は響かないとわかっている。

アレックスは明らかに王位を狙《ねら》っている。それがいつからかはイーサンにはわからない。

だが、クロイツァー家の対立派閥は第一王子派だ。

ローザとの婚約がかなわなければ、彼が王位につくことはないのだ。

◇

エレンは舞踏会で、ローザがイーサンの求婚を受けたのを見て歓喜した。

すぐにアレックスに話しかけようとしたが、彼はあっという間に女性たちに囲まれてしまった。

イーサンがローザに求婚したことで、アレックスに乗り換えた貴族令嬢たちである。

エレンが近づく隙は全くなかったし、そもそも人目のあるところでは親しげな様子を見せないように言い聞かされている。ローザがいたせいでエレンはいつでも日陰の存在だった。

だが、今は最大の懸念であったローザがいなくなったのだ。時がたてばきっとアレックスはエレンを迎えにきてくれるはず。二人は運命の出会いをしたのだから。


舞踏会から一週間後の晩、モロー邸のエレンの元に来客があった。

サロンに入って来たその人を見て、エレンの心が揺さぶられる。

「アレックス様！」

やっと待ち人が来た。

エレンはひしとアレックスに抱きつくが、すぐに引き離されてしまう。どうしてしまったのかと悲しくなる。二人の間にはもう何の障害もないはずだ。てっきり、アレックスが求婚しに来たと思っていたのに。アレックスの硬い表情を見ていると、エレンの胸の内に不安がじわりと広がっていく。

「エレン、今日は人目を忍んできた。あまり長くはいられない。話があるんだ」

「何のお話でしょう？」

アレックスの様子からあまりいい話ではない気がした。

その後、エレンはアレックスをサロンの奥へと案内し使用人に茶の準備をさせ、人払いをする。

「モロー家には悪評を広く流す伝手があるのだろう？」

いきなり切りこまれ、エレンは衝撃を受けた。アレックスはローザの悪評を流したのが、モロー家だとわかっているのだ。その事実に怯《おび》える。

「違うんです！　私は反対したんです。でも父が強引《ごういん》に……」

「エレン、そのことに関してはもういい。説明はいらないよ。僕がその詳細を知ったところで、ろくなことにはならないからね」

「え？　それはいったい、どういう？」

エレンが不安そうに瞳《ひとみ》を揺らしてアレックスに目を向けるが、彼のこわばった顔からは緊張感しか伝わってこなかった。

「実は頼みがあってね。僕の叔父上の噂を流してほしいんだ」

「叔父上って、グリフィス閣下のことですか？」

エレンは戸惑いを覚えた。アレックスは、なぜ唯一懇意にしている叔父を陥《おとし》れるような真似をするのだろう。彼が何を考えているのか、エレンにはわからなかった。

「そうだ。今から話すことは断じて嘘《うそ》ではない。このままでは国が乱れる恐れがある。だから僕は叔父上の目論見を阻止しなければならないんだ。叔父上は変わってしまった。それで君の力を借りたいのだ」

アレックスの説明を聞いていくうちに、エレンの口元にゆっくりと笑みが浮かんできた。

（私はアレックス様のお役に立てるのね。もうじき、私を迎えに来てくれる）

エピローグ　私たちは婚約者だから

新装開店後のローザの店は日に日に混雑してきていた。ローザが夜会やお茶会に出るたびに店の評判はなぜか上がっていく。

可愛らしい売り子のアンに、幅広い商品知識を持つヘレナ、新たに加わったモブ系イケメンのティムは店を盛り上げている。もちろん、護衛のヒューも、時に困惑顔で接客の補助をしてくれていた。なぜかマダム層に好かれ、彼目当てに来る客も多いのだ。

店内はきらきら感が抑えめになり、落ち着いた雰囲気になったお陰か男性客も増えてきた。そのため、業績は以前にもまして好調だ。

この状況にローザは笑いが止まらない。

(人間万事塞翁が馬とはこのことね。って、相変わらず益体もない前世知識しか思い出さないわね、私)

ローザは少し店を手伝った後、執務室に入り書類仕事を片付け始めた。ほどなくしてヘレナがローザの元へやって来た。

「お嬢様、閣下がお見えです」

即座に帳簿から顔を上げる。

（太客のご来店だわ！）

するとヘレナの後ろから、イーサンが顔を出す。やはり当然のように店ではなく、執務室へとやってくる。ちなみに応接室はあともう少しで出来上がる予定だ。

（解せぬ。しかし、閣下は太客！）

ローザは疑問を飲み込んだ。

「まあ、閣下、いらっしゃいませ！」

ローザは営業スマイルを浮かべて出迎えると、イーサンが軽く咳《せき》ばらいをした。

「ローザ。私たちは婚約したのではなかったか？」

うっかりその設定を忘れていた。

「失礼しました、イーサン様。それで、本日のご注文はいかがなさいますか？」

面倒くさいなと思いつつも、店の売り上げに貢献してくれているので、彼の意向にそうように名前で呼び、再び愛想笑いを浮かべる。

しかし、イーサンは残念そうな視線をローザに向けると、慣れた様子で執務室に入ってきて勧められる前にソファに座り、長い足を組む。

淡々とお茶の準備を終えたヘレナが執務室から出ていくと、彼は口を開いた。

「ローザ、思うに私たちが婚約したことは周知の事実だ」

「さようでございますね」

とはいえ今のところ二人の間で変わったのは、お互いの呼び方だけである。

「デートの一つでもしないと怪しまれるのではないか？」

「はい？」

ローザは小首を傾げた。

（デートしなきゃダメなの？　この人と話すことなんて何もないんですけれど？）

「最近、おかしな噂を聞いてね」

「私の悪評ですか？」

せっかくイーサンと婚約したのに、また変な噂を立てられたらたまったものではない。

「それはいつものことだろう。そんなことより、この婚約には裏があるのではと疑われている」

ローザの悪評はさらりと流された。

「いつものことって……。すべて下種の勘繰りですわ！」

ローザは不服そうに言い返す。

「その下種の勘繰りが当たっているから困るんだ」

「私の悪評は別として！　確かにそうですわね」

どう考えても二人が突然婚約するなど唐突過ぎて不自然である。それにイーサンに熱をあげていた令嬢たちの怨嗟の的となることが怖い。

「そこで、提案がある。目立つ場所でデートをするのはどうだろう？」

イーサンが七面倒なことを言ってくるので、ローザは眉根《まゆね》を寄せた。店が休みの日は家族やヘレナとまったりとして過ごすか、ロベルトのお金で買い物をしまくりたいのだ。

「夜会やお茶会の同伴で十分な気がいたしますわ」

きっぱりと答えるローザに、イーサンは柔らかい笑みを浮かべる。一瞬、その美しさに見惚《みほ》れかけたが、ローザの中で警戒警報が鳴る。

(だめよ。これは腹黒スマイルだわ)

「それでデートの場所を見繕ったのだが、最近目抜き通りにできたタルト専門店はどうだろう?」

「私の話聞いてます?　って、え?　タルト専門店ですか!」

途端にローザは目を輝かせた。タルトはローザの数ある好物のうちの一つだ。

「ああ、評判がいいようだよ」

イーサンがにっこり笑う。

「ぜひ、お供します!　真ん中の席で目立ちましょう」

そういうことならば早くいってほしいとローザは思った。スイーツ店なら大歓迎だ。

「では、君の次の休みに」

イーサンは紅茶を飲み干すと、用は済んだとばかりに爽《さわ》やかな笑顔を残して執務室から去っていった。


「お嬢様、閣下がお帰りですが、お見送りはよろしいのですか?」

イーサンが出ていった後に、ヘレナが執務室に入ってきて不思議そうに聞いてくる。

「うん、いいの。だって閣……イーサン様は、今日はご注文なさらなかったから、お客様ではないでしょう?」

「お嬢様……、ヘレナは非常に残念です」

なぜかヘレナが眉間に深くしわをよせ、拳《こぶし》を震わせている。

「あら、いやね。ヘレナったら、しわになってしまうわよ」

ロ－ザはヘレナの眉間をもみほぐす。

「そんなことより、次の休みに閣、じゃなくてイ－サン様とタルト専門店に行くことになったの。お土産は何がいいかしら？」

打って変わってヘレナが嬉《うれ》しそうな顔をする。

「それはようございました。デ－トですね。お嬢様、くれぐれもタルト専門店で『ここから、ここまで』はなさらないようにお願いいたします」

その瞬間、ロ－ザの青い瞳《ひとみ》があやしく光る。少し失礼な言動が目立つイ－サンに、ちょっとしたかわいいいたずらを仕掛けるのも一興。

「ふふふ、その考えはなかったわ。ヘレナ、いい知恵をありがとう」

「え？　お嬢様、まさか！」

ヘレナがぎょっとして後じさる。

「ほ－ほほほ、安心してちょうだい。食べきれなかったものはすべてあなたたちへのお土産にするから、楽しみにしていて！」

「お嬢様、どうかお考えを改めてください。せっかくの良縁ですよ？　つぶす気ですか！」

不敵に高笑いをする残念なロ－ザを前に、ヘレナは今日も頭を抱えるのだった。

GAノベル

王子様《おうじさま》などいりません!
～脇役の金持ち悪女に転生していたので、今世では贅沢三昧に過ごします～

2024年5月31日　初版第一刷発行

著者　別所 燈
発行者　出井貴完
発行所　SBクリエイティブ株式会社
〒105-0001　東京都港区虎ノ門2-2-1

装丁　AFTERGLOW
印刷・製本　中央精版印刷株式会社

ISBN978-4-8156-2367-8
Printed in Japan

ファンレター、作品のご感想をお待ちしております。

〒105-0001　東京都港区虎ノ門2-2-1
SBクリエイティブ株式会社
GA文庫編集部 気付

「別所 燈先生」係
「コユコム先生」係

本書に関するご意見・ご感想は
下のQRコードよりお寄せください。
※アクセスの際に発生する通信費等はご負担ください。

https://ga.sbcr.jp/

第17回 GA文庫大賞
GA文庫では10代～20代のライトノベル読者に向けた
魅力溢れるエンターテインメント作品を募集します！
書く、その先へ。
イラスト／はねこと
大賞賞金300万円＋コミカライズ確約！
全入賞作品を刊行までサポート!!
◆募集内容◆
広義のエンターテインメント小説（ファンタジー、ラブコメ、学園など）で、日本語で書かれた未発表のオリジナル作品を募集します。希望者全員に評価シートを送付します。
※入賞作は当社にて刊行いたします。詳しくは募集要項をご確認下さい。
応募の詳細はGA文庫公式ホームページにて
https://ga.sbcr.jp/